MNEMOS
éditions

Collection dirigée par
Célia Chazel

Mathieu Gaborit

ABYME

ICARES

Une collection grand format pour
les romans événements de l'imaginaire.

ABYME
est le soixantième-et-unième ouvrage
des éditions Mnémos.

32, bd de Ménilmontant
75020 PARIS
mnemos@multisim.com
www.editionmnemos.com
✱
ISBN : 2-911618-64-5

À Laure, qui me soutient, toujours.
À mademoiselle Anne B.
À Fred, Karim et Pascal,
amis précieux et mardiistes du jeu
(que j'invite néanmoins à consulter
Richard G. pour apprendre à jouer...)

ABYME

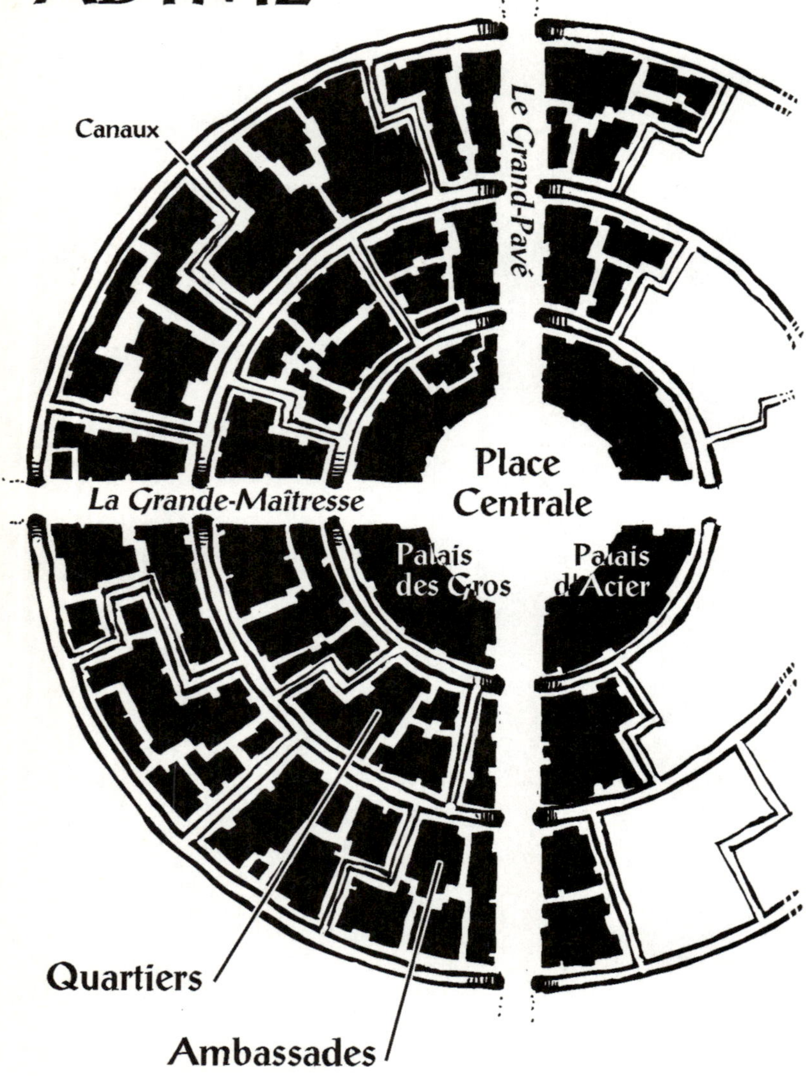

Canaux
Le Grand-Pavé
Place
Centrale
La Grande-Maîtresse
Palais
des Gros
Palais
d'Acier
Quartiers
Ambassades

Aux Ombres d'Abyme

Livre I

I

Un léger pincement, je suis réveillé. Au pied de mon lit, une petite créature juchée à califourchon sur ma cheville joue avec mon orteil. Je me hisse sur les coudes pour la chasser du plat de la main. Ce démon inférieur a accompli sa besogne. Il se laisse glisser le long de la couverture, traverse ma chambre puis gagne le rebord de la fenêtre en attendant les premiers rayons du soleil qui viendront l'emporter. Mes yeux engourdis finissent par s'habituer à l'obscurité. Je me lève en maugréant. Le sommeil est venu trop tard. Tant pis ! Je m'accommoderai d'une forte liqueur ou d'un café de Morabie en guise de petit-déjeuner. Je sors. Les couloirs sont déserts. Mes pensionnaires ne se lèvent pas avant six heures, excepté Pertuis. Comme à son habitude, il doit être dans la salle commune que je gagne d'une démarche traînante.

La pièce, située au rez-de-chaussée, est assez large pour nous accueillir tous. Et pour cause : voilà une ancienne auberge que j'ai rachetée dix ans auparavant pour une poignée de deniers. Pertuis n'a pas ouvert les volets. Éclairé par quelques abeilles safran retenues à ses cheveux grisonnants, il feuillette déjà son traité, enveloppé dans une grosse couverture de laine. La bâtisse conserve une fraîcheur agréable bien que l'été soit exceptionnellement chaud. Il ne m'a pas entendu venir. Son espace se résume à ce gros livre de cuir et ses abeilles bourdonnantes qui évoluent paresseusement à hauteur de son front.

Je pose mes mains sur ses épaules. Il se retourne. Son visage vieilli exprime toujours les mêmes rêves, les mêmes absences. Il met plusieurs secondes à réaliser ma présence, à prendre conscience qu'il s'agit bien de moi et pas d'un autre.

— Tout va bien ? lui dis-je.

— Oui. Une petite imperfection. Là, tu vois, fait-il en me montrant les feuilles gribouillées de symboles mathématiques.

Je ne vois rien, bien entendu.

— Bien sûr. Et tu as la réponse ?
— Pas encore, pas maintenant. J'irai voir cette après-midi.
— Bon.

Je n'insiste pas. Un peu lâchement, je m'efforce d'échapper à la conversation. Lorsque Pertuis se persuade que vous pourriez l'aider, les mots lui viennent par cascades sans qu'il soit possible de l'interrompre. Les autres l'ont bien compris et ont fini par le mettre à l'écart. Je suis le seul à faire partie de son monde, à briser par à-coups les murs de son obsession. Une imperfection... Voilà près d'une décennie qu'il les traque sans répit. Son *Traité des Angles* le maintient en vie. L'ancien arbalétrier ne m'a jamais servi que par défaut du temps où j'étais Prince-voleur. Sa passion pour les chiffres était trop instinctive pour lui ouvrir les portes de l'université. Il a fini, à l'heure de notre retraite, par se consacrer à ce livre qui tente de reproduire la course parfaite d'un carreau à travers la cité. Selon lui, grâce à des repères, il serait capable de viser n'importe quel endroit d'Abyme de la fenêtre de sa chambre. Le carreau, travaillé comme une pièce d'orfèvrerie, serait susceptible de *rebondir* aux angles des rues pour finir sa course où Pertuis le désire. Je n'ai jamais osé lui demander une démonstration. Un échec le tuerait. Je crois surtout qu'un jour, je le trouverai là, à cette table, le visage éteint avec sa plume gorgée d'encre à la main, quelques chiffres de plus ou de moins... Au moins vit-il, et bien plus intensément que les autres, gagnés par la sénilité.

J'ai attrapé une bouteille de Morabie dont je me sers une copieuse rasade. Le liquide chaud et pétillant me revigore aussitôt. Je n'aurai pas besoin de moins pour rencontrer Valditch. Réveillé, je remonte dans ma chambre pour m'habiller. Je choisis un habit toscan d'un bleu pâle dont la longue veste a le col relevé comme je les affectionne. La coquetterie me perdra bien que, par moments, elle me serve. Au diable les rustres ! Je prétends seulement avoir bon goût...

Sur une commode, j'attrape les outils qui m'accompagnent toujours dès lors que je quitte notre maison : la ceinture où sont accrochées les fioles d'encre et les pinceaux indispensables à l'exercice de l'invocation et le poignard à lame sauteuse, le même depuis trente ans. Je n'aime pas cette arme, comme toutes les autres d'ailleurs. M'en servir équivaut à un aveu d'impuissance. Mais les jeunes gens ne savent plus se tenir. Des compagnies factieuses naissent chaque jour au mépris du droit commun. Les anciens ne sont plus respectés comme par le passé. Des écervelés, improvisés assassins ou voleurs, s'attaquent à n'importe qui. De mon temps, on avait encore la décence de connaître sa victime. Un signe du temps parmi d'autres.

Je suis prêt. En bas, Pertuis n'a pas bougé. Seules les abeilles, à l'approche du jour, commencent à manifester leur fatigue.

Une fois dehors, je commence par longer la grève. Sur le canal, quelques gondoles s'échappent vers le Troisième Cercle. On entend parfois un rire gras ou un grognement franchir les rideaux de velours pour mourir sur la rive en laissant un sillage embué d'alcool et de désirs féroces. Les derniers ambassadeurs, saouls ou pressés d'étreindre leurs putains, fuient le jour et sa franchise sous le regard amusé des matinaux.

Je dépasse l'horloge publique en lorgnant sur les aiguilles grinçantes que le lierre de la nuit a déjà rattrapées. Il sera bientôt six heures : je presse le pas. Valditch s'irrite facilement des retards. En administrateur chevronné, la ponctualité est à ses yeux une vertu. J'ajuste à nouveau ma veste de soie. Valditch est attentif à la mise de ses clients. Je le soupçonne d'y chercher le signe de cette nonchalance dont il a une sainte horreur.

Je quitte la grève pour remonter la rue des Ciergeries où s'attardent les senteurs des cierges parfumés. À cette heure, l'odeur est moins forte et surtout affranchie de celles des pèlerins, cette moiteur impatiente et fiévreuse. Un petit escalier au bout de la rue me conduit dans la grande rue des Treilles où s'ouvrent les premiers étals des marchands de vin. Plusieurs jardiniers sénéchaux sont à l'œuvre pour dégager les vantaux prisonniers du lierre. Les feuilles violacées s'entassent des deux côtés de la rue en attendant les apothicaires qui les emporteront toutes.

Je cède par superstition à une vieille habitude, épousant avec l'index la cicatrice qui court au milieu de mon visage. Sous mon doigt, la chair de l'adolescence se révèle, tendre sillon de jouvence. Le lierre qui a recouvert le quartier m'a offert cet étrange souvenir de mes vingt ans. Lorsque la saison des pluies s'annonce, les feuilles se durcissent et se creusent en forme de bol, recueillant l'eau de pluie avant de la déverser quelques heures plus tard. Les encorbellements, si nombreux dans Abyme, donnent lieu à une deuxième pluie, une cascade d'un instant dont une seule goutte, dit-on, détient ce pouvoir de jouvence. J'y goûtai un matin d'automne : elle tomba sur mon front, glissa jusqu'au nez, dégringola jusqu'à la lèvre supérieure, y resta sans doute en suspens avant de finir sa course sur le menton. Sur le moment, je ne ressentis qu'un curieux chatouillement avant de découvrir, le soir venu, cette ligne claire qui s'était frayé un chemin entre mes rides naissantes.

Mon geste n'a pas échappé à un jardinier qui me salue avec respect. Je lui réponds sachant bien qu'il me jalouse, que lui et ses pairs ne vivent que pour cette cicatrice qui fera leur réputation.

La rue des Treilles s'achève sur les escaliers menant au sommet du quartier. Je choisis celui de l'Official. Mon souffle n'est plus ce qu'il était, je dois le ménager. Pourtant, une volée de marches franchies, mon cœur bat déjà la chamade. Je serre les dents, bien décidé à continuer malgré ce corps trahissant. Au premier palier, je dois m'asseoir, incapable d'aller plus loin. Une douleur lancinante me bat les tempes, écho sinistre de ma vieillesse. Le relief d'Abyme n'a jamais servi les gens de mon âge. Je maudis ce diable de Valditch et ces rendez-vous au sommet du quartier. Je jette un regard gourmand sur les fioles d'encre. Mais les ombres portées n'ont ici aucun sens. L'une d'elles, dans une heure ou deux, aura peut-être la taille suffisante. Je n'ai pas ce temps devant moi. Agacé, je me relève en luttant contre le vertige et me rapproche du mur qui borde le prochain escalier. Je n'aime pas m'aider du lierre, sentir ma main écraser les feuilles qui s'effritent facilement et se répandent en poussière. Je n'ai pas le choix. De marche en marche, une main après l'autre, je m'efforce d'empoigner les racines encore vierges, le regard baissé. Quelqu'un vient à ma rencontre, hésite et finalement continue de descendre non sans avoir marmonné quelques mots d'insulte.

Au premier coude de l'escalier, j'aperçois cette poussière couleur de lavande qui s'étire mollement derrière moi comme un panache de fumée. Rien à craindre pourtant, même si le souvenir des grandes pluies de la saison dernière me revient en mémoire. Gorgé d'eau, le lierre se désagrégea, emporté par les vents. Pendant près d'un mois, le quartier vécut dans une brume humide et odorante qui mit à mal la plupart des commerces, délaissés à juste titre par le reste de la ville.

Les horloges publiques sonnent les six heures. Celle du quartier les imite avec un temps de retard, preuve que les jardiniers n'ont pu libérer les aiguilles à temps.

Je parviens enfin au dernier palier, une petite rotonde coiffée d'arceaux recouverts de lierre. Je reprends haleine. Petit à petit, mon corps se redresse, la fatigue se dilue sans laisser de souvenir. Devant moi, la venelle des Traversaines mène tout droit à la place où Valditch m'attend. Nichée au sommet du quartier, la place des Fous tient son nom de l'asile qui la ceint. La place est ouverte à tous, à ceux qui viennent y déposer leurs dons ou prodiguer quelques tendresses aux malades. À cette heure matinale, les promenades n'ont pas commencé. Lorsque j'entre sur la place, Valditch est là, seul avec son ogre.

Il se tient à l'ombre, debout, les mains jointes dans le dos. Près de lui, l'ogre est assis sur son tabouret, le même depuis dix ans, le dos ployé sous la Bibliothèque. Je m'approche. Les deux tournent leur visage dans ma direction. J'observe l'Advocatus qui porte immanquablement la même blouse grise et ses vieilles sandales de cuir. Ses petits yeux m'observent par-dessus ses bésicles aux verres épais. On le dirait pétrifié si ce n'était cette mèche unique qui se dresse au sommet du front, une maigre touffe de cheveux poivre et sel agitée par la brise. J'évite surtout de croiser les yeux de l'ogre, ses deux billes d'acier luisantes et sinistres qui témoignent de son infirmité.

L'excitation me gagne. Chaque confrontation avec un Advocatus Diaboli a une saveur incomparable. Valditch est le plus ancien, celui qui m'a vu abandonner mon titre de Prince-voleur pour devenir un conjurateur. Nous nous apprécions tous les deux, assez du moins pour ne pas devenir des amis. Au fil de nos rencontres, nous avons su ébaucher une complicité confortable, une simplicité d'affaires rarement de mise entre un Advocatus et son client. Comme le veut la tradition, il esquisse un geste de la main dont le souffle imperceptible est aussitôt perçu par la créature. L'ogre se lève lentement, le dos savamment penché pour ne pas risquer d'être déséquilibré par la Bibliothèque. Les sangles qui se croisent sur sa poitrine paraissent incrustées à même la chair lorsqu'il les sollicite de cette manière. Son visage se creuse mais jamais je ne l'ai vu trébucher ou se rasseoir. Solide comme un roc, il élève ses trois mètres charpentés puis empoigne le petit escabeau qui pend le long de sa cuisse pour le poser devant Valditch. Ce dernier m'a laissé venir jusqu'à lui.

— Maspalio, mon petit, tu es en retard… murmure-t-il.

— Pas ici, tu le sais bien…

— Ton joli quartier n'a pas encore le privilège de jouer avec le temps…

— Abyme non plus.

Il me sourit. Il sait combien la vieillesse m'obsède et évite de me provoquer. Il empoigne l'escabeau et le déplie juste derrière l'ogre.

— Nous y sommes. La clé, et nous parlerons affaires… fait-il en plongeant la main dans une poche.

Je jette un œil sur la Bibliothèque, sur ses dizaines d'étroits tiroirs verticaux contenant nos connivences. Chacun d'entre eux porte un nom sur une plaque de cuivre, le nom d'un client comme le mien. « Maspalio » est en haut, à droite. Huit lettres gravées qui ouvrent sur les abysses. Valditch grimpe sur l'escabeau avec une lenteur calculée. Sa main gauche tient déjà la clé de mon tiroir. Il en possède des dizaines ainsi, entassées dans ses poches où, d'un seul doigt, en frôlant les minuscules reliefs, il peut retrouver celle dont il a besoin. Ce bonhomme est hors du temps même si rien ne prouve qu'il soit un démon. La réponse, de toute manière, ne m'intéresse pas. On y perd toujours à vouloir en savoir plus sur les Advocatus. J'ai appris à me contenter des rendez-vous qu'ils vous donnent…

Valditch a ordonné à son ogre de se baisser. Juché sur la pointe des pieds, il introduit la clé dans la serrure, ouvre le tiroir et attrape les parchemins. À cet instant, je réalise qu'il ne joue plus les mêmes règles. Au lieu des trois ou quatre connivences que j'entretiens régulièrement chez lui, il extrait une liasse épaisse qu'il me tend sans un mot.

Interloqué, je la saisis. Je brûle de la feuilleter pour trouver une explication mais j'ai besoin de son assentiment. Il redescend calmement de son escabeau, le ferme et le redonne à l'ogre.

— Bien, bien... fait-il en se frottant les mains. Tu peux regarder. Allez, lis-les donc. Je n'essaie pas de te tromper.

Toutes ces connivences portent ma signature. Je les reconnais sans mal. Celle-ci appartient normalement à Gornov, celle-là à Medieski. Comment Valditch peut-il les avoir toutes en sa possession ?

— C'est vrai, j'aurais pu te consulter, ajoute-t-il en me retirant les parchemins des mains. Tu tiens tant à ta liberté ! Mais je n'avais pas le choix, Maspalio.

Je ne l'écoute plus. A-t-il seulement le droit de racheter une connivence à d'autres Advocatus ? Je n'ai aucun précédent en mémoire. Je lui pose franchement la question.

— Oh ! tu en douterais ? me répond-il en écartant les bras en signe d'étonnement. Tu connaissais cette éventualité. Je t'ai lu tes droits le jour de notre première entrevue. Tu ne te souviens pas ?

Je jure intérieurement. Douze longues années se sont écoulées depuis. Comment aurais-je pu avoir ce détail en mémoire ?

— Non, je ne me souvenais pas.

— C'est toujours la même chose. Vous autres, vous pensez que nous ne sommes que des exécutants, de simples fonctionnaires des abysses. Nous avons de l'imagination, nous aussi, et je...

— Où veux-tu en venir ? l'interromps-je sèchement.

— Tu deviens vulgaire, Maspalio.

L'ogre a dû sentir ma colère. Il s'est approché pour se placer juste derrière Valditch.

— Tu vois, même lui trouve que tu t'emportes.

— Je te faisais confiance.

— Ce n'est pas de ma faute si ta mémoire flanche, dit-il en arborant un sourire fielleux.

Je laisse glisser l'affront. J'ai besoin d'en savoir plus. Que veut-il ? Je pressens sa gêne comme s'il n'avait pas l'avantage. Pourtant, j'ai les mains liées. Avec autant de connivences, il peut exiger n'importe quoi.

— Tu as compris, n'est-ce pas ? dit-il. Un petit service, presque rien...

— Naturellement.

— Asseyons-nous, fait-il en m'indiquant l'un des bancs de pierre qui entourent la place.

Nous sommes tous les deux l'un à côté de l'autre. Il hésite, il cherche ses mots. Étrange… Je ne l'avais jamais vu ainsi, comme si les rôles s'inversaient.

— Eh bien ?

— Un démon.

— Comment cela ?

— J'aimerais que tu mettes la main sur un démon.

J'éclate franchement de rire. A-t-on déjà vu un Advocatus *perdre* un démon ? Lui ne rit pas. Il retire ses lunettes qu'il se met à essuyer consciencieusement.

— Ce n'est pas si drôle, Maspalio. L'affaire est délicate. Je te connais. Tes mondanités ne sont qu'une façade. Tu sais rester discret. J'ai appris que tu avais repris le vol d'enseignes. Tu n'as pas vraiment quitté le métier. Je peux te faire confiance.

— Et la milice ? Ou même la République-Mercenaire ? Ils ont une ligue à Abyme.

— Ce ne sont pas des conjurateurs. Ils n'y comprendraient rien. Tu côtoies les démons depuis plus d'une décennie. Tu sauras le suivre, anticiper ses réactions.

— De qui parles-tu, à la fin ?

— Un Opalin, plutôt élégant, utilisé par un passeur.

— Et ?

— Il a disparu. Il était chargé d'accompagner une dame, une aristocrate. Il n'était plus là au retour, lorsque le passeur est revenu les chercher.

— Il n'a pas rejoint une ombre ?

— Non. Le passeur ne l'a pas *senti.*

Un silence.

— Et si je refuse ? dis-je d'une voix posée.

— J'ai assez de tes connivences. La moitié sont en retard. Je peux appeler l'Artificier, lâche-t-il d'une voix grave.

Je me tourne vers lui pour savoir s'il plaisante. Nos yeux se croisent. Il en serait capable, en plus ! Tous les conjurateurs connaissent l'Artificier, mystérieux bourreau dont on ne sait de quelle manière il met la main sur ses victimes. La légende veut qu'il sache se déplacer d'ombre en ombre et surtout qu'il capture les âmes pour les enfermer dans ses fusées qui éclairent parfois les toits d'Abyme. Avant de devenir conjurateur, j'aimais les feux d'artifice, le bruit, l'odeur. Plus maintenant. Le chuintement d'une fusée ne me laisse plus en paix. Les jours de fête, je gagne les tavernes souterraines où je bois pour ne pas avoir à entendre cette monstrueuse pétarade. Que peut-on ressentir lorsque votre âme se fragmente en mille petits morceaux que le vent disperse aux quatre coins de la ville ? La souffrance, dit-on, est démultipliée à l'infini. Vraisemblablement, quelques pensées finissent par échouer *à l'ombre*. Certains démons ont parfois des intonations familières que des conjurateurs prétendent reconnaître. Je n'ai aucune envie de finir au service d'un blanc-bec qui m'invoquera pour porter ses bagages !

Je mime un frisson qui fait sourire Valditch.

— Tu le crains comme les autres, fait-il en posant une main sur mon épaule. Tu as raison. Je ne connais rien de pire. Entretiens bien cette peur, Maspalio. Elle te gardera en vie. J'ai vu pas mal de conjurateurs oublier l'Artificier. À ce moment-là, je sais que j'ai perdu mon temps. Ils se mettent à signer des connivences à tour de bras. C'est tellement plus facile d'appeler un Pourpre ou un Carmin, mais vient un jour où il faut payer. Le soir, les enfants auront les yeux au ciel pour ne rien manquer d'un joli feu d'artifice…

Je hausse les sourcils, surpris par ses accents de confession. D'habitude, il ne parle pas des autres clients. Il semble lassé et désireux de partager. Il continue de nettoyer ses bésicles comme s'il voulait prolonger l'instant. Je n'aimerais pas être comme lui. Il reste un serviteur quoi qu'il en dise. Peut-être a-t-il rêvé un jour d'être des nôtres pour éprouver les démons comme un conjurateur…

Je devine les raisons qui l'ont poussé à me forcer la main. Je suis l'un des rares à avoir survécu depuis ces douze ans que nous nous connaissons. Beaucoup sont morts, certains ont quitté Abyme. Mais des vieux clients, il n'en a plus ou presque.

— Je vieillis plus vite que toi, Maspalio, finit-il par dire après un nouveau silence.

— Alors, abandonne ce métier et viens chez nous !

— Mais pour qui me prends-tu ? ironise-t-il. Je ne veux pas finir ma vie au milieu de tes vieillards radotants. Libre à toi d'entretenir ces vieilles carcasses…

Je sais qu'il plaisante, mais il ravive des doutes qui m'assaillent de plus en plus souvent. Nos dîners ont fini par se ressembler, entre le mutisme des uns et les soliloques des autres. Je triche, je les garde comme des souvenirs même si trois ou quatre d'entre eux sont encore des amis.

— Le passeur s'appelle Andelmio. Il travaille près de l'ambassade des Communes Princières, intervient Valditch.

— Son rang?

— Vingt-deux plis exactement. Autant dire qu'il n'est pas très facile.

Vingt-deux… La hiérarchie des passeurs se lit à la fraise qu'ils portent au cou, à cette grande collerette à plis qui fait leur réputation. Celui-ci est un passeur important, de ceux qui officient uniquement sur le Troisième Cercle, susceptibles de transporter de hauts ambassadeurs et peut-être même des rois de passage à Abyme.

— Tu peux m'en dire plus sur ce démon? finis-je par demander.

Je me suis résigné à accomplir cette étrange besogne même si certaines choses me déplaisent. Valditch ne me dit pas tout, c'est évident. Un démon, en particulier un Opalin, ne disparaît pas comme ça. Les lois abyssales sont suffisamment sévères pour prévenir ce genre d'écart. Alors? Je doute pourtant qu'il s'agisse d'un piège. Si Valditch avait voulu se débarrasser de moi, il pouvait aussi bien faire appel à l'Artificier. Non, il s'agit d'autre chose.

— Pas vraiment. Je devais entériner la connivence le lendemain. Ce que j'ai dû faire, d'ailleurs. Même si ce démon a disparu, le passeur l'a invoqué. Le contrat est valable.

— Mais alors, l'Artificier?

— Oui, je n'osais pas te le dire mais ne perds pas de temps. Le passeur n'en a plus pour très longtemps.

— Cela ne me facilite pas la tâche!

— Peut-être que si. Le passeur est aux abois. Il peut craquer si tu choisis tes mots.

— J'ai passé l'âge des interrogatoires.

— Et tes mondanités? S'agit-il d'autre chose? Apprivoise-le comme tu sais si bien le faire.

Il me flatte et j'y suis sensible, malgré moi. Finalement, je puis peut-être retourner la situation à mon avantage. Valditch semble assez inquiet pour m'être redevable si je retrouve ce démon. Réconforté par cette idée, je me lève pour le saluer. Il m'imite et, de manière surprenante, me tend la main. Jamais nous ne nous sommes serré la main. La sienne, grande et glaciale, recouvre la mienne. Un signe ? Même si je ne suis pas superstitieux, il m'arrive d'être influencé par ce genre de détail.

— Je serai là tous les jours à la même heure, me dit-il. Des affaires à régler. N'hésite pas à venir me déranger.

— Très bien.

Je le salue d'un signe de tête avant d'emprunter l'escalier pour redescendre vers la grève. Je sens son regard vrillé sur mon dos. Dès le premier coude qui m'y soustrait, je respire soudain un peu mieux, comme si la conversation s'était déroulée dans un souffle. Une oppression diffuse me barre la poitrine. Je n'aime pas cela. Est-ce la perspective de renouer avec mon passé, avec ces missions quotidiennes du temps où j'étais Prince-voleur ? J'ai eu assez de filatures, de cambriolages ou d'assassinats. Cette affaire commence comme les autres. Mais cette fois, il ne s'agit plus d'un marchand mis à mal par un concurrent. J'obéis à un Advocatus Diaboli, représentant officiel des abysses. Puis-je l'ignorer ? Démons et diables ont pris l'habitude de la duplicité, presque par esthétisme. Si Valditch n'est pas un démon, il a ce rôle fâcheux de les représenter tous…

***

Lorsque j'arrive sur la grève, le quartier et la cité toute entière changent déjà de visage. Il est presque sept heures du matin. L'échelle calée sur l'épaule, les lampistes ont fait leur apparition pour retirer les feux follets de leurs prisons de verre. Les lampiers qui parsèment les rues d'Abyme ne brillent plus à cette heure. Sous le soleil, les petites flammes se sont endormies, ravalant leur éclat en entendant la nuit à venir. Étant jeune, j'ai caressé l'idée de devenir un chasseur de feux follets. Le métier avait une saveur particulière qui convenait parfaitement à mes rêveries adolescentes. Arpenter les cimetières avec mon filet de verre, attendre des heures caché derrière une stèle, il y avait là un charme mystérieux et romantique auquel je renonçais à contrecœur. Car si les lampistes sont jeunes, le métier les rattrape bien vite en leur prêtant une vilaine teinte cireuse… À vivre la nuit en compagnie des morts, ils charrient une odeur persistante et nauséeuse qui les laisse à l'écart de la cité. Les plus solides apprivoisent des feux follets pour les vendre, les autres mourront de solitude. Un ami avait embrassé cette carrière malgré tout. Je l'avais trouvé un matin, mort de froid, serrant sa petite flamme sur son cœur. Depuis, j'éprouve une tendresse particulière pour ces gens-là. Aucun, pourtant, ne voudrait de mon aide. Ils ne vivent que pour leurs créatures...

La rue s'anime. Les derniers apothicaires emportent leur brouette chargée de feuilles mortes dont le violet vire rapidement au prune. Une poussière aux reflets mordorés se lève sous les pas des passants et surtout des enfants qui s'amusent à la provoquer en sautant à pieds joints comme dans des flaques d'eau. Une odeur caractéristique me pique le nez, une odeur forte et sucrée qui disparaîtra avec les apothicaires.

J'hésite encore à me rendre immédiatement au Troisième Cercle. Je devais terminer une enquête de voisinage autour d'une auberge dont je dois voler l'enseigne pour le compte d'un collectionneur. Je sais déjà que l'aubergiste a acheté la maison qui fait face à son établissement, un vis-à-vis qui lui permet de préserver *l'innocence* de son enseigne en installant ses pièges de l'autre côté de la rue. Une pratique éculée mais dont les jeunes voleurs ne se méfient pas assez. Je dois savoir qui habite cette maison, si l'aubergiste y vit, bref tout ce qu'il est bon de savoir avant de m'y aventurer pendant la nuit.

Mais le passeur est menacé par l'Artificier. Un sursis effrayant qui emporte ma décision. Au pont des Moindres-Désirs, je franchis le canal pour pénétrer dans le Deuxième Cercle. Je suis dans le quartier des Gros. Je poursuis mon chemin en longeant les frontières du quartier livrées aux courtisans qui s'apprêtent à monter au Palais. Leur inquiétude est presque palpable. Les moins riches, privés de chaise à porteur, portent de longues écharpes parfumées qui les protégeront, du moins le pensent-ils, des maladies qui règnent autour du Palais. Je les ignore, je les évite même. Je déteste lire dans leurs yeux cette lueur servile teintée de panique qui les pousse à monter. On ne joue pas avec la vie de cette manière, on ne la brade pas sous prétexte de gagner les bonnes grâces d'un Gros. J'en veux d'ailleurs à mes amis obèses de laisser cette tradition se perpétuer. Mais Abyme sert précisément cette folie baroque et suicidaire. Je n'ai jamais eu le pouvoir d'y remédier, dussé-je le faire à ma mesure.

Un peu agacé, je me décide à louer les services d'une chaise à porteur qui vient dans ma direction. Tous ces courtisans m'ont rendu maussade. Je n'ai plus le cœur à marcher une heure ou deux pour rejoindre le Troisième Cercle.

Les deux gaillards qui font office de porteurs acceptent volontiers de me conduire. Un farfadet ne pèse pas lourd et leur journée ne fait que commencer. Je me glisse à l'intérieur de l'habitacle en murmurant ma destination et en réglant la première moitié de la course. L'usage veut en effet que l'on procède de la sorte, sans quoi le métier aurait déjà disparu. Les rues d'Abyme sont trop encombrées pour garantir le voyage. En cas de chute, les porteurs perdent l'autre moitié de la course. Une règle simple qui sert les plus malins et les plus habiles. Ces deux-là, j'en suis sûr, me mèneront à bon port. Je l'ai vu à leurs bottes en peau de Hurleur, un cuir solide et souple qui supporte les brusques changements de direction lorsqu'un pied ou un autre porte soudain tout le poids de la chaise.

Je ferme le volet pour m'isoler. La chaise tremble et nous voilà partis. Les accoudoirs du fauteuil ne sont pas de trop pour rester en place. J'ai très vite l'impression de me disloquer comme un pantin tant les porteurs se doivent de serpenter entre chariots et passants, de s'arrêter et de tourner sans prévenir. Je me fie à leurs cris, concert d'injures et d'excuses. Je me souviens des courses lorsque j'étais plus jeune. Nous étions toute une bande d'amis à avoir construit deux chaises à porteur rudimentaires afin de nous poursuivre à perdre haleine dans les rues d'Abyme. Depuis, le métier a été largement visé par les lois sénéchales, obligeant chaque porteur à être muni d'une licence pour travailler. Les accidents étaient bien trop nombreux.

Je m'efforce de deviner les rues empruntées, de reconstituer mentalement notre trajet. J'y parviens par instants lorsque nous franchissons les petits canaux qui sillonnent le quartier. Mais, très vite, lorsque nous plongeons de nouveau dans l'entrelacs des ruelles, je m'y perds et abandonne jusqu'au prochain pont. L'odeur m'avertit enfin que nous arrivons. La puanteur du sang et des déchets d'abattage s'insinuent à travers l'habitacle. J'ouvre le volet pour respirer un peu d'air même si l'odeur est plus forte. Bouchers et tripiers nous regardent passer avec des yeux malsains en espérant sans doute que l'un des porteurs glisse sur le pavé rouge et poisseux. Mais nous passons sans encombre. Le grand canal qui sépare le Deuxième et le Troisième Cercle est devant nous. Aucun pont ne le franchit de sorte que les gondoles sont beaucoup plus nombreuses. De l'autre côté, on aperçoit l'ambassade des Communes Princières. La chaise s'immobilise. Je descends, heureux de retrouver la terre ferme. Je paie les deux porteurs en les gratifiant d'un bon pourboire. Ils repartent aussitôt.

Les choses, désormais, se compliquent. Je veux pouvoir observer mon bonhomme avant de l'aborder. Mais est-il seulement ici ? Peut-être escorte-t-il déjà un ambassadeur vers le cœur de la cité ? Quoi qu'il en soit, j'ai besoin de me familiariser avec le personnage, de connaître son entourage et ses habitudes. J'ai déjà un indice en sachant de Valditch qu'il travaille à proximité de l'ambassade des Communes Princières. En règle générale, le choix d'un passeur pour tel ou tel pays représenté témoigne d'une inclination particulière, d'une affection de cœur ou d'esprit. Le choix des Communes Princières ne m'arrange guère. La vanité des landgraves princiers m'incommode à tel point que je ne manque jamais une occasion de leur faire savoir. Combien de fois ai-je été provoqué en duel par l'un d'eux alors que je m'étais employé, une soirée durant, à railler cette vanité qui les étouffe. Je supporte mal les généralités mais je n'ai jamais fait l'effort de les comprendre. Certains doivent, bien entendu, échapper à la règle et peut-être un jour aurai-je la patience de dénicher ceux-là.

J'avise plusieurs gamins remontant la grève dans ma direction, des jeunes lutins qui interpellent les passants pour obtenir quelques pièces. J'attrape le premier, venu à ma rencontre, en lui glissant plusieurs deniers dans la main.

— Tu auras le double si tu m'indiques où je peux trouver Andelmio. Le triple si tu sais tenir ta langue.

Les yeux de l'enfant pétillent.

— J'peux t'aider, farfadet, répond-il. Suis-moi, messire.

Il a fait un signe à ses camarades qui nous emboîtent le pas. Nous marchons peu de temps avant qu'il ne m'indique une impasse en disant :

— Au bout, y'a un Moulin où il est souvent, messire. Je peux avoir mon argent, maintenant ?

Je lui cède volontiers. Je ne pense pas qu'il cherche à me tromper. Un passeur à vingt-deux plis est une figure, une véritable personnalité que les Abymois respectent par principe. Je m'engage dans l'impasse. Le Moulin est visible tout au bout, à l'angle du grand canal et d'un autre, plus étroit. L'entrée n'est pas visible. Sans doute s'ouvre-t-elle de l'autre côté, à la verticale d'un embarcadère. Je contourne la bâtisse. La roue tourne, prolongée au fil de l'eau par un ingénieux système de poulies que propulsent des hippocampes. Les poissons (dont la queue s'est refermée comme un anneau sur le manche qui actionne la machinerie) apparaissent et disparaissent au ras de l'eau avec une régularité de métronome. Lorsque je suis face au Moulin, j'aperçois le Danseur attaché en croix au beau milieu des ailes qui tournent lentement au rythme des hippocampes. Des étincelles crépitent par moments autour du corps pour s'éparpiller le long des ailes. Des étincelles d'un bleu clair, celles des Éclipsistes. Abyme abrite près d'une dizaine de ces auberges un peu particulières tenues par des mages du Cryptogramme abymois. Depuis peu, elles connaissent un succès retentissant avec l'arrivée des fuyards urguemands, des mages de toutes confessions qui y trouvent un refuge tranquille.

J'empoigne le heurtoir, une tête de minotaure dont on saisit les deux cornes pour frapper. Un homme ouvre la porte, un serviteur en livrée bleu nuit qui m'invite à entrer. L'intérieur est somptueux. Une petite expédition nocturne ferait ici le bonheur d'un receleur. Je souris en pensée d'avoir cédé à mes vieux réflexes. Le serviteur m'indique un petit escalier menant à l'étage. Je monte pour me retrouver dans une pièce circulaire tenue par deux jeunes femmes. Dans les bras l'une de l'autre, elles cessent leurs petits jeux pour me toiser puis se lèvent pour me tendre une corbeille. Je dépose ce qu'il me reste de deniers, assez pour être considéré comme un client intéressant. Sans un mot, elles me prennent chacune par la main pour m'emmener jusqu'à une petite porte donnant logiquement sur le vide. J'entre en connaissance de cause : un picotement désagréable et me voilà hors du temps, dans une pièce surnaturelle, générée par les ailes du Moulin. Nous sommes au-dessus de l'eau, dans une pièce translucide comme du verre dont un Danseur, nimbé d'étincelles et suspendu au plafond, atténue l'éclat. Je ne me suis jamais vraiment habitué à marcher ainsi au-dessus du vide. Mais la vocation du Moulin est bien de protéger ses occupants, de leur donner l'asile à la manière d'une ambassade.

Plusieurs clients, des mages pour la totalité, se sont interrompus en me voyant entrer. Les regards accrochent surtout ma ceinture et ses encriers. Plusieurs sourient en portant la main à leur Danseur. La rivalité entre mages et conjurateurs nous sépare déjà. J'ignore leurs provocations silencieuses, salue l'aubergiste visible derrière son comptoir puis m'assois à une table.

Je crois avoir trouvé Andelmio. Un homme seul, attablé dans un coin de la pièce, une fraise posée à côté de lui. La sienne ? Je compte vingt-deux plis. Je ne crois pas au hasard : voilà mon conjurateur, une silhouette efflanquée sous une tunique à ceinture couleur de cuivre, des cheveux blonds jusqu'aux épaules. Le visage est tout en rondeur, presque grassouillet. Sous d'épais sourcils, ses yeux fixent un verre vide qu'il fait tourner dans une main. Il semble résigné. J'aurais préféré qu'il soit saoul ou paniqué. Mais non, il attend, il laisse le soin à l'Artificier de le trouver pour accomplir sa besogne. Je n'aurais pas de prise sur lui. Dois-je l'impressionner en jouant le serviteur zélé de Valditch ? Ou plutôt le confident, en sursis lui aussi ?

S'il sert les Communes Princières, il n'aura que faire de mon sort si je viens en victime. Il devrait plutôt être sensible à l'autorité. Je prends mon parti, me lève et viens m'asseoir à sa table.

— Je ne t'ai pas invité, farfadet, dit-il d'une voix lasse. Va-t-en…

— Valditch n'apprécierait pas, malheureusement, rétorqué-je.

Il me dévisage autrement, comme s'il me découvrait après coup.

— Tu le représentes ? me demande-t-il.

J'acquiesce d'un signe de tête.

— Tu ne crois pas que tout a été dit ? Ce maudit démon a disparu pour de bon. Je suis mûr pour le feu d'artifice…

Il n'a pas achevé sa phrase qu'il m'attrape par le col, les yeux flamboyants.

— Je me fous de savoir ce qui est arrivé, siffle-t-il entre ses dents. Tu peux le dire à Valditch !

Sa main étreint mon col comme s'il voulait m'étrangler.

— Tu viens pour quoi ? ajoute-t-il. Vous voulez des détails, c'est ça ! Vous voulez faire votre petite enquête pendant que je serai dispersé aux quatre coins de la ville. Ne rêve pas, farfadet. J'ai bien envie d'emporter l'affaire avec moi. Avec un peu de chance, Valditch va payer les pots cassés, conclut-il en me lâchant sans ménagement.

Il croise les bras, me sourit.

— C'est embêtant pour toi, n'est-ce pas ? Tu aimerais bien faire plaisir à ce vieux Valditch.

— Pourquoi cherches-tu à me défier ? lui demandé-je d'une voix posée.

— Parce que Valditch est impuissant, parce qu'il est un Advocatus médiocre avec ses petites habitudes, ses journées bien orchestrées. Il n'a pas essayé de m'aider.

— Et que fais-tu de moi ?

— Toi ? Tu serais venu pour m'aider ? Oublie cela, veux-tu...

— Au contraire. Si je le retrouve, tu es sauvé.

— J'ai plus de chances que toi de mettre la main dessus.

— Mais tu n'as pas le droit, tu le sais bien. Aucun conjurateur ne fait sa loi.

— Alors, tu proposes quoi ? fait-il en me défiant du regard.

— Tu me dis comment on a pu en arriver là. Tu ne me caches rien.

Il hésite. Je réalise que je l'avais mal jugé. Il est arrogant mais loin d'être stupide. Il joue la comédie, s'improvise revanchard pour épancher cette peur qui lui ronge les entrailles. À présent, je remarque les cernes dissimulées sous un maquillage de fortune, les ongles rongés et le tremblement de ses mains qu'il ne cherche plus à cacher. Il n'a rien d'un Princier, en définitive. Sans doute a-t-il échoué près de cette ambassade pour avoir des clients solvables et dignes de foi. Un passeur sans histoires en somme, victime malgré lui. L'aborder sur le ton de la confidence aurait été plus approprié...

— Bon sang, je ne sais pas, murmure-t-il. Le savoir à mes trousses, je n'arrive même plus à penser.

— Dis-moi quand cela s'est passé.

Il fait un signe à l'aubergiste, commande un verre de vin et, le visage résigné, me dit :

— Il y a trois jours. J'accompagnais la duchesse de Boldia à l'un de ses rendez-vous. J'ai conjuré un Opalin, un inférieur, pour la transporter à notre arrivée. L'embarcadère était trop glissant. Je ne voulais pas qu'elle risque de se tordre la cheville ou tomber, tout simplement. J'avais un démon élégant, idéal pour ce genre de service. Quant je suis revenu au petit jour, il n'avait pas attendu la duchesse. Elle était au bout de l'embarcadère avec quelques amis, mais sans ce diable de démon !

— Tu n'étais pas en retard, bien entendu ?

— Tu penses ! Je connais mon affaire, tout de même. Mais non, aucun rayon de soleil, pas le moindre. Aucune ombre susceptible de l'emporter, c'est certain.

— Valditch m'a bien dit que tu ne l'avais pas senti repartir.

— C'est bien ça qui me tracasse. Il est encore dans Abyme, tu te rends compte ? Il doit vivre terré quelque part, en attendant la nuit pour échapper aux ombres.

— Où était-ce exactement ?

— Je ne peux pas te le dire.

— Tu plaisantes ?

— Je suis un passeur, farfadet. J'ai beau être en sursis, je ne te dirai pas où je l'ai emmené.

— Mais je vais perdre un temps précieux !

— Et moi, mon âme avant l'heure si je te le disais. Écoute-moi bien : nos lois prévalent sur celles de la conjuration. Tu vois cette fraise ? Vingt-deux plis pour près de trente ans de métier. C'est tout ce qu'il me reste…

— Je dois donc rencontrer cette duchesse.

— Oui.

— Ce n'est pas très malin, Andelmio. Je trouve ta loyauté un peu déplacée…

— Peut-être bien. Mais tu n'as jamais été l'un des nôtres. Il ne s'agit pas seulement de moi. Abyme a besoin de notre discrétion. Que feraient les ambassadeurs si nous révélions leur trajet à n'importe qui ? Tu as pensé à cela ? Si tu es abymois, tu pourrais faire l'effort de comprendre.

— D'accord.

Il s'est tourné vers le Troisième Cercle, vers les murs crénelés des ambassades.

— Mon père était passeur, me dit-il. Il m'a fait découvrir cette ville. Je l'aime, tu sais. Je n'imagine pas la trahir.

Un silence.

— Où vit ta duchesse? finis-je par dire.

— Au Palais d'Acier. C'est une garce, méfie-toi d'elle.

— Une garce?

— Elle s'encanaille avec tout ce qui lui tombe sous la main et elle se lasse très vite. Elle est si belle, malheureusement. Ne la laisse pas te séduire, farfadet.

— Elle est humaine?

— Oui. Mais elle adore les petits dans ton genre...

— Je te remercie.

— Je veux simplement te mettre en garde. Je dois aller travailler, maintenant, fait-il en se levant. Je n'espère rien, sache-le. Je ne serais pas mécontent que tu le retrouves mais je n'y crois pas.

Je serre sa main tendue, moite et fébrile, avec le sentiment de lui dire adieu. Il l'a senti, lui aussi. Il agrafe la fraise à son cou puis sort sans un mot de plus. Je ne bouge pas. Il apparaît quelques instants plus tard juste au-dessous de l'auberge. Il s'arrête, lève les yeux vers moi. Il ne me voit pas, mais ses yeux semblent vouloir me dire quelque chose. Il veut rebrousser chemin, se ravise puis disparaît derrière le Moulin. Que voulait-il ajouter? Mal à l'aise, je quitte la salle rapidement.

Je décide de prendre mes précautions. Cet Andelmio m'intrigue. Sa résignation ne lui va pas, comme si l'Artificier n'était pas le seul à le menacer: en me livrant uniquement le nom de la duchesse, il s'est presque condamné à mort. Je m'engage dans la première rue venue à la recherche d'une ombre. Je quitte les artères principales pour les ruelles et les venelles moins fréquentées. Je découvre bientôt une étroite placette dominée à l'est par une haute tour carrée. L'ombre portée est suffisamment étroite pour ma réserve d'encre. Il me faut de l'azurine, une encre d'un bleu très clair. De la main, je m'assure que les pavés n'ont pas conservé l'humidité de la nuit. Il faut être attentif au détail pour ne jamais gaspiller son encre. J'aurai tout de même besoin d'une fiole en entier: l'usure de la pierre risque, par endroits, de *boire* le précieux liquide.

Je nettoie rapidement l'espace que j'ai délimité en pensée. Désormais, ma main doit être sûre, mon geste parfaitement maîtrisé. Je choisis, parmi mes fioles d'azurine, une encre dense, suffisante du moins pour se fixer rapidement sur le pavé. En temps normal, je n'aurais pas choisi celle-ci, bien trop coûteuse. Mais le temps m'est compté. Qui sait où Andelmio a bien pu se rendre après m'avoir quitté...

Je pose la fiole devant moi et attrape un pinceau. Je me suis décidé pour un poil rêche. L'avantage est de pouvoir appuyer son geste, sans risquer de glisser. En contrepartie, l'encre sèche beaucoup plus vite. Cela exige du sang-froid : la ligne qui cernera l'ombre doit être exécutée d'un seul trait. À aucun moment je ne pourrai suspendre mon geste.

Je suis prêt. Je repère le trajet du pinceau une dernière fois. Je fais surtout attention aux interstices entre chaque pavé : il faut savoir relâcher son geste pour éviter que le pinceau ne s'y glisse et brise la trajectoire du trait.

Je suis prêt. Sitôt que le bouchon de l'encrier sera dévissé, je devrai commencer. Les automatismes que j'ai acquis au fil de mes conjurations prennent le relais. Ma main droite dévisse, le pinceau dans la main gauche s'imprègne d'encre et commence à cerner l'ombre. Accroupi, j'avance à petits pas mesurés. Le trait bleu s'allonge sous mon pinceau, il épouse les contours de l'ombre jusqu'à ce que je rejoigne mon point de départ. Voilà ! L'ombre est scellée.

Sur le sol, elle se met petit à petit à osciller, à prendre consistance. Rapidement, elle devient une sorte de drap d'un gris profond sous lequel la créature commence à naître. Les démons apparaissent toujours recroquevillés sur eux-mêmes. On ne devine d'abord que la colonne vertébrale, plus ou moins bosselée ou cornue selon les cas. Puis le visage se lève, les bras s'écartent : l'ombre abandonne petit à petit les frontières tracées par l'encre. Les ailes du démon se déploient enfin. L'ombre se tend, semble sur le point de céder avant d'abandonner brusquement le sol. La créature est consciente, désormais. Elle n'a pas encore sa couleur mais l'ombre ne tardera pas à se dissoudre. Le démon s'ébroue pour en disperser les derniers lambeaux. Il est enfin lui-même et me fixe de ses petits yeux de braise.

J'ai souvent recours à ce démon, lui ou un autre de sa fratrie. D'une envergure d'un demi-mètre, ils sont capables de voler sans encombre dans les rues étroites d'Abyme. D'une couleur argileuse, la tête enchâssée entre les épaules sur un corps maigre et osseux, ils sont souvent ridicules. Je les adore. Fidèles, un peu espiègles, ils sont de remarquables pisteurs doués de parole. Les meilleurs sont bilingues, mais tous savent au moins s'exprimer dans le patois d'Abyme. Je sors mon écritoire et rédige rapidement la connivence qui va nous lier tous deux. Il esquisse un sourire carnassier et agite ses petits doigts, impatient de signer. Je ne m'inquiète pas outre mesure. Je lui dois une chasse, quelques victimes belles et innocentes dont il est friand : des colombes ostraguiennes. En temps normal, l'oiseau est rare et cher. Heureusement, mes amitiés au Palais des Gros me permettent d'en acheter à bon prix.

J'ai piqué le bout de mon pouce pour imprégner la plume de mon sang. Je signe puis tends le parchemin au démon. La mine réjouie, la langue pendue, il signe maladroitement d'une grande croix, à côté de ma signature. Nous sommes liés, désormais : la connivence l'oblige pour trois jours.

— C'est un passeur, à vingt-deux plis. Il s'appelle Andelmio. Il travaille près des Communes Princières. Tu le suis sans te faire remarquer. Il est sur ses gardes, alors sois le plus discret possible. Tu viens me voir tous les matins au pont des Lys, à six heures précises. Tu ne le quittes pas des yeux, ou uniquement pour venir me voir. Si tout se passe bien, tu en auras une septième.

— Ah oui, maître, une septième, bien grasse et très farouche. Oui, oui, ce serait bien. Ce sera comme vous le dites. Sans le moindre problème.

— Je l'espère. Ne perds pas de temps. Je l'ai quitté il y a une heure au Moulin, impasse des Paraires. Tu ne devrais pas le chercher trop longtemps.

— Bien, maître, fait-il en se mettant à battre des ailes.

Le départ est toujours grotesque. Tout en poussant des grognements rageurs, la créature s'élève et retombe plusieurs fois avant de retrouver l'usage de ses ailes. Finalement, elle parvient à s'envoler et disparaît dans une ruelle. Je suis rassuré. Je préfère savoir le passeur à ma portée, avoir la garantie qu'il n'essaie pas de me tromper.

Il est presque dix heures. Je peux essayer d'être dans le quartier des Aciers pour le déjeuner et, pourquoi pas, le partager avec cette duchesse. L'enseigne attendra.

En chemin, j'essaie de résumer ce que je sais. Voilà trois jours, un Opalin mineur est conjuré par Andelmio pour conduire une dame dans un endroit que j'ignore. Au cours de la soirée, ce démon disparaît. Du fait même que le passeur ne l'a pas senti rejoindre les abysses, il est encore dans Abyme. Aucun n'est susceptible de dépasser les frontières de la cité, s'il faut en croire les Advocatus Diaboli. Alors? A-t-il choisi de quitter l'embarcadère ou l'en a-t-on empêché? Tant que je ne serai pas allé là-bas, je n'aurai pas de réponse. Je n'ose même pas imaginer si une telle chose m'arrivait. La connivence entre Andelmio et le démon était parfaitement anodine, sans aucune ambiguïté. Le genre de connivence que l'on signe les yeux fermés. Ce démon n'a pas pu disparaître volontairement. Pourtant, qui aurait intérêt à enlever un Opalin de cette envergure? Voudrait-on la mort du passeur? Voilà une idée qui ne m'était pas venue à l'esprit. L'Azurin risque fort de m'être très utile.

***

J'ai finalement été éconduit. Je suis trop impulsif, on me le dit assez souvent. L'âge, soit dit en passant, n'a sûrement pas arrangé mes affaires...

Au Palais d'Acier, j'avais pourtant bien mené les choses. Les ogres de garde m'avaient indiqué les appartements de la duchesse, quelque part dans les méandres de l'aile nord. J'avais ensuite été guidé par des courtisans zélés que mes relations parmi les Gros avaient suffi à impressionner. J'étais à la porte de la duchesse lorsqu'une horde de prétendants ont surgi des pièces avoisinantes et m'ont littéralement fracassé sur la porte d'entrée. Mesurer un mètre cinquante tout au plus ne présente pas forcément *que* des avantages. En quelques secondes, je me suis retrouvé coincé au milieu de jeunes coqs empoudrés dont le seul souci était de parvenir jusqu'à la duchesse. Faut-il qu'elle soit si belle pour les faire courir ainsi? Ulcéré, je suis parvenu à m'extraire de la meute non sans avoir distribué quelques pointes malicieuses avec ma dague. Dans ces moments-là, j'aimerai avoir un bon mètre de plus pour me frayer un passage entre tous ces imbéciles.

J'ai dû renoncer. Si la conjuration n'avait pas été interdite entre les murs du Palais, j'aurais signé des deux mains pour un Vermillon capable de les balayer tous d'un seul revers de la main. J'ai patienté près d'une heure dans un corridor, entre deux garçons pleurant à chaudes larmes. Pour finir, un serviteur est venu m'avertir qu'elle ne recevrait que le *lendemain soir*. J'ai eu beau amadouer, hurler, tempêter, hurler, rien n'y a fait. La garde a fini par venir pour me jeter hors du Palais. Me débattre à un mètre du sol dans les bras d'un ogre au sourire en coin a le don de me mettre hors de moi.

Une fois dans la rue, j'ai tant bien que mal réussi à me calmer. Rageur, j'ai regagné l'hospice. Ma journée était gâchée. L'esprit bouillonnant, j'étais incapable de me concentrer. J'aurais pu mettre à profit l'après-midi pour aller achever ma petite enquête de voisinage du côté de l'auberge. Non, j'ai choisi l'alcool.

Je suis passablement saoul. Nous sommes à table, au souper. Mes vieux compagnons sont là, mal à l'aise. Ils savent, eux, que l'alcool ne me réussit guère. Comme à l'accoutumée, je siège en bout de table. Je n'ai pas faim. À quoi bon si je suis incapable d'obtenir un rendez-vous? Une journée de plus pour ce démon ou pour ses ravisseurs…

— Malthus, sers-nous donc du Dueli, j'ai soif.

Mes vieux compagnons plongent le nez dans leur assiette. Eh oui, messieurs, je n'ai pas envie de vous écouter, ce soir! pensé-je. Je leur fais peur, dans ces moments-là. Je peux être méchant, en blesser certains avec quelques mots bien choisis. Pourtant, je n'ai pas assez bu pour être cynique. Je les regarde sans parvenir à être dégoûté par leurs mâchonnements bruyants, leurs veines vilainement saillantes. Comment puis-je encore m'embarrasser de ces épaves? Il y a ces souvenirs qui tissent entre nous une toile indestructible, ces nuits gaillardes et dangereuses que nous avons partagées corps et âme. Les farfadets vieillissent moins vite que les humains. Un soupçon d'immortalité qui me rend triste, qui m'empêche d'être à eux jusqu'au bout. Les enterrements se succèdent comme des chapitres que l'on ferme. Bon Dieu, l'alcool ne me réussit pas.

J'attrape une nouvelle bouteille pour me saouler pour de bon. Je fuis encore une fois. La table s'allonge, les visages se fragmentent, les voix se perdent. J'oublie tout…

II

Lorsque j'ouvre les yeux, le petit démon s'emploie à me mordiller le nez. Je louche sur sa gueule, sur les deux rangées de dents minuscules et pointues qui titillent ma chair. Je le chasse gentiment hors du lit. Je suis dans ma chambre, couché dans mes habits de la veille. Comme il se doit, ma tête résonne comme un tambour. Je me hisse sur les coudes, tente d'y voir plus clair. Quelle heure est-il ? Je n'ai pas donné de nouveaux ordres au démon chargé de me réveiller. Il doit être cinq heures. Les événements me reviennent petit à petit en mémoire. Valditch, le démon, l'Azurin. L'Azurin ? J'ai rendez-vous avec le démon dans une heure.

Je m'assois au bord du lit en essayant d'oublier cette douleur qui me vrille les tempes. La porte de la chambre grince. Un visage s'encadre : Pertuis.

— Maspalio ?

Je lui réponds par un grognement.

— Les Gros te demandent au plus vite. Un grand malheur.

— Quoi ?

— Je ne sais pas. Un héron a apporté le message. Tu veux le lire ?

— Non.

Je me lève. La douleur fête l'occasion : je manque de retomber mais Pertuis s'est déjà avancé pour me soutenir.

— Tu as beaucoup bu, murmure-t-il.

— Je sais.

Il n'insiste pas. Bras dessus, bras dessous, nous descendons au rez-de-chaussée. Une odeur familière me pique les narines. Pertuis a fait chauffer l'une des concoctions dont il a le secret, capable de me garder debout jusqu'au soir.

Il me sert un bol fumant que j'avale sans un mot.

— Ils ne disent pas ce qui est arrivé, me dit-il soudain. Mais ils insistent pour que tu sois à l'aile sud au plus tôt.

Je finis mon bol. Voilà qui est mieux ! La douleur s'estompe enfin en me laissant à mes pensées.

— Le héron est venu ce matin ?

— Un peu avant cinq heures.

— Je dois régler une petite affaire avant. S'ils envoient quelqu'un, dis-lui que je serai là-bas dans deux heures environ.

— Bien.

Je gagne le pont des Lys à pied. Le démon est là, perché sur un lampier. Il se laisse glisser jusqu'à moi en poussant des petits cris ravis.

— Maître, comme je suis content de vous voir ! s'exclame-t-il.

Je m'accroupis pour être à sa hauteur.

— Alors ?

Il dodeline de la tête, humecte ses lèvres et dit :

— Eh bien, votre passeur est un peu curieux. D'abord, il ne travaille pas. Il a bien trop peur pour tenir sa perche. Quand je l'ai retrouvé, il est allé directement dans une Maison aux fumées. Vous pensez bien que je n'ai pas pu le suivre, bien sûr. En tout cas, il est ressorti moins agité…

— Tu as une idée de ce qu'il a pris ?

— Hum… je dirais qu'il a inhalé un ou deux élémentaux d'air en entier.

— Ne plaisante pas !

— Mais j'en suis persuadé, maître ! C'était un autre homme quand il est ressorti. Un effet aussi rapide, aussi efficace… Je ne vois qu'un élemental pour irriguer tout ce mauvais sang.

J'imagine Andelmio allongé sur sa méridienne, secondé par les nains dont les doigts sculptent l'entité à la mesure de l'organisme drogué. Je me suis essayé à ce petit *exercice* à mes débuts lorsque la pression était trop forte. L'élemental se dissout en vous comme une tornade pour chasser cette angoisse qui vous tord les entrailles. On prend goût facilement à cette possession bienheureuse. Et bien vite, sous peine d'inhalation quotidienne, la paranoïa vous mène tout droit au suicide.

— Maître ?

— Oui, continue, continue…

— Voilà. Il ressort de la Maison aux fumées, il gagne la Grande-Maîtresse où il rencontre un autre homme.

— Quel genre ?

— De ceux qui portent des encriers à la ceinture.

— Que font-ils ?

— Ils gagnent une ruelle adjacente où, dans le prolongement d'une arcade, votre deuxième lascar conjure un Cuivré.

— Fichtre!

— Je ne vous le fais pas dire! J'ai bien failli y laisser des plumes, moi! Heureusement, le Cuivré n'était pas pour l'escorter. Lui et son conjurateur sont repartis aussitôt. Andelmio s'est alors engagé dans le quartier des Hasards.

— Des Hasards?

— Oui, mon cher maître. Et vous savez pourquoi?

— Non.

— Pour écumer les comptoirs des astrologues. Il en a visité des dizaines, jusqu'au soir.

— Et ensuite?

— Il est allé au Moulin où il a dû prendre une chambre. Il n'est pas ressorti de la nuit.

— Tu y retournes immédiatement. Nous nous revoyons demain à la même heure.

— Soyez-en sûr, cher maître.

Je m'adosse au parapet. Il faut que je voie Valditch. J'ai le sentiment que l'Advocatus nous déplace comme des pions, qu'il nous trompe, moi et Andelmio. Je dois rompre ce petit jeu de secrets, quitte à brusquer les événements. Du trio, je suis le seul à ne pas être directement concerné par l'affaire. Peut-être suis-je une sorte d'intermédiaire entre Valditch et le passeur? Je n'ai vraiment aucune envie de jouer ce rôle-là: l'un des deux devra parler…

***

Je suis en route pour le Palais des Gros dont le quartier occupe près du tiers du Deuxième Cercle. Les courtisans sont là, prêts à monter. Les charlatans et les parfumeurs s'affairent pour ne rien manquer de ces clients que la peur empêche de compter. Pour ma part, je ne crains rien. Un farfadet n'est pas aussi fragile qu'un humain. Les maladies n'ont pas de prise sur nous. Les humains, eux, ont de quoi trembler lorsqu'il s'agit de gagner le sommet de la colline. Les maladreries ont ici pignon sur rue. On en trouve dans toutes les rues, sur toutes les places et à tous les paliers. Petites ou grandes, privées ou publiques, elles drainent les milliers de pestiférés qui vivent sur les flancs de la colline. Et pour cause ! Les Gros ont perpétué la tradition, ne prélevant que des biens en nature sur l'ensemble des caravanes qui transitent par Abyme. Les denrées s'entassent dans leurs greniers pour finir par être déversées dans le quartier lorsqu'elles menacent de pourrir.

Je m'engage dans un lacis de ruelles dont la pente n'est pas trop accentuée. L'odeur devient presque irrespirable. Je suis obligé de ménager mon souffle avec soin, de lorgner sur les façades. À l'heure qu'il est, la nourriture avariée ne va pas tarder à pleuvoir. Je croise déjà plusieurs apothicaires à la démarche maladroite dont les visages grimacent sous le poids d'énormes chapeaux de fer. L'envergure de cette coiffe plus lourde qu'un heaume de bataille leur permet de récupérer les larves qui pullulent dans les aliments jetés par les fenêtres. Le bruit me donne la chair de poule. Les projectiles, en particulier les fruits, s'écrasent sur le pavé ou sur les chapeaux de fer pour exploser en bouillie de vermines. En été, les rues semblent presque s'animer sous vos pieds, *grouillantes* et glissantes…

Il me faut franchir un dernier obstacle pour parvenir au Palais, une rue pentue dont l'inclinaison nécessite l'aide d'une corde. Le Palais des Gros est ceinturé par ces rues dangereuses qu'ils empruntent pour descendre jusqu'aux canaux. Hissés sur des luges somptueuses, ils dévalent la pente à toute vitesse, escortés par des courtisans portant de lourds soufflets qui se chargent de repousser l'air infecté…

J'appréhende toujours ce passage. Usée, parfois même cisaillée discrètement par des voisins, la corde cède souvent en vous laissant à vos réflexes. Si par malheur vous l'avez lâchée, votre corps glissera jusqu'au canal en bas de la colline, écorché entre-temps par les pavés disjoints dont les arêtes effleurent le sol comme des piques. Je ne regarde jamais vers le bas. La perspective est effrayante, de quoi vous faire renoncer.

Je me suis avancé jusqu'au coin de la rue afin de jauger l'état de la corde et des anneaux qui la supportent. Un pas de plus et je serai l'esclave de ce tortis de chanvre…

Elle paraît solide. Je l'empoigne, tire plusieurs fois dessus : elle résiste. Je m'assure que mon poignard est à sa place. Si la corde vient à céder, il peut me sauver la vie : les interstices entre les pavés sont suffisants pour le planter à même le sol et m'empêcher de dégringoler.

Une main, puis une autre. Je suis engagé. Je garde un œil sur les fenêtres qui m'entourent. Les gens se divertissent d'un rien dans ce quartier. Certains pourraient avoir la fâcheuse idée de me bombarder... Mon corps supporte mal l'effort. Plus jeune, je montais en trois ou quatre minutes. Il m'en faut au moins dix aujourd'hui. Pas à pas, je me rapproche du sommet. Encore un pas, je suis arrivé. Épuisé, je me laisse glisser contre un mur.

Le Palais est devant moi. Sur les greniers qui constituent le socle de l'édifice, on dénombre une multitude de tourelles, de campaniles et de beffrois construits à l'intention des oiseaux qui les recouvrent comme une chape de plumes. Aucune ne bouge encore. Il faudra qu'une fenêtre s'ouvre pour que cette marée piaillante se désagrège et devienne un immense ballet multicolore. Mais la particularité de ce Palais tient surtout à la fiente des volatiles qui s'est accumulée d'année en année au point de faire disparaître l'architecture d'origine. Comme un moule titanesque, la fiente a fini par composer un relief mystérieux, improvisé au gré des pluies dont les écoulement ont tracé des milliers de rigoles. Certains y voient les pleurs de la pierre, étouffée sous cette carapace laiteuse. D'autres préfèrent y lire le chagrin des Gros, condamnés à l'immobilisme. Je n'ai pas autant d'imagination. Seuls les bras ou les visages des statues qui émergent ici et là après les grandes pluies ont su m'émouvoir, pareilles à des naufragés en sursis.

Je me suis attaché à cette folie baroque, à ces Gros qui la défendent malgré les pressions des ambassades. À mon sens, l'extravagance est une qualité. Les Gros en ont fait un art de vivre.

Au pied du Palais, les cadavres des derniers suicidés parsèment la chaussée. Leurs squelettes sont l'objet d'une véritable vénération. On leur prête des vertus curatives qui poussent certains malades à s'installer à l'intérieur en improvisant des tentes de fortune. Ces monticules fleurissent un peu partout, esquissés par des morceaux de tissus dépareillés. Rien de morbide, pourtant. Les squelettes font désormais partie du décor. Ils y participent, même, en témoignant de cet instant fulgurant où ces Gros ont pu enfin se déplacer sans l'aide de quiconque...

Un autre s'apprête sans doute à sauter aujourd'hui. Il restera longtemps debout, au bord d'un balcon, en attendant que les oiseaux le recouvrent. Puis il basculera en battant des bras pour tenter de s'envoler. Les oiseaux abandonneront son corps à sa course mortelle et il s'écrasera, comme les autres, au pied de la tour. Je m'enfuis toujours lorsqu'un suicide s'annonce. J'ai bien trop peur de découvrir un ami...

Je pénètre dans l'aile sud, sous l'œil somnolent du garde de faction. Les couloirs ne font écho qu'à mes pas, si légers soient-ils. J'enjambe ici et là des corps endormis que les fêtes de la nuit ont dispersés comme des épaves rejetées par la mer. Au fur et à mesure que j'avance, les visages s'épaississent, les corps grossissent à vue d'œil. La préséance veut naturellement que les plus gros soient au-devant de la scène. Je suis bientôt forcé d'escalader des montagnes de chair pour pouvoir avancer. Leurs propriétaires grognent, ouvrent un œil injecté de sang qu'ils referment aussitôt. Aucun ne tentera de me retenir pour exiger des excuses. Ils s'éveilleront au déjeuner lorsque la faim sera trop pressante. Je marche sur les ventres sans aucune hésitation, en empoignant la graisse pour m'aider à les franchir. Les ronflements ont fini par couvrir le bruit de mes pas. Sonores et puissants, ils me précèdent comme si je plongeais au cœur d'une tempête. Je parviens enfin aux escaliers menant aux étages, une frontière qu'aucun courtisan n'est en droit de franchir lorsque la fête s'achève.

Épuisé, j'emprunte l'un d'eux. Cette partie-là de l'aile sud est plus animée. Sitôt la première pièce franchie, je croise des serviteurs chargés de nettoyer reliefs et vomissures qui parsèment le *champ de bataille*. Ils sont des centaines à s'affairer ainsi, armés de balais, de plumeaux et de torchons. Une armée tout juste suffisante pour rendre aux murs et aux planchers leur éclat d'origine avant le réveil des Gros. Ils travaillent à la lueur de lanternes capuchonnées, en s'efforçant de faire le moins de bruit possible. Aucune fenêtre n'est ouverte. La fiente les a recouvertes à tel point que le jour ne passe plus. Je me délecte des jeux d'ombres qui s'allongent et se déforment lorsque la lumière d'une lanterne vient frapper une fenêtre.

On commence tout juste à me regarder, à me suivre des yeux. L'entourage des Gros est plus attentif lorsque l'on s'approche des chambres à coucher. On me reconnaît, naturellement. On me laisse passer, mais des regards s'attardent plus longtemps qu'à l'accoutumée. Il règne une atmosphère étrange, presque soupçonneuse. Un peu gêné, je franchis un groupe chuchotant pour entrer dans la chambre d'Hornème, mon plus vieil ami.

Il est allongé sur son lit, le bas du corps recouvert par un drap blanc. Il porte simplement un bonnet de nuit dont l'extrémité est enroulée autour du poignet du médecin chargé de le veiller pendant son sommeil. Ce dernier m'invite à entrer en me jetant ce même regard que les courtisans à l'extérieur. Que se passe-t-il ? Hornème respire normalement. Aurait-il choisi de se suicider pour que l'atmosphère soit aussi tendue ?

Je m'approche du lit. Je distingue un mouvement sur sa poitrine, preuve que les Salanistres qu'il couve actuellement sont en bonne santé. Son corps en abrite près d'une dizaine, lovées dans les plis graisseux du ventre et des bras. Elles y resteront en attendant d'être assez fortes pour les écarter. Les plus faibles mourront étouffées et iront nourrir les concoctions des apothicaires. Les autres, figures emblématiques de notre cité, iront se jucher sur les épaules des ambassadeurs.

— Viens, me souffle Hornème.

Je m'approche, empoigne le pouce qu'il a levé pour marquer notre poignée de main. La mienne épouse tout juste la circonférence de son doigt bouffi.

— Mon bon Maspalio, je suis heureux que tu sois venu.

— Je suis là, Hornème.

Nos yeux se croisent. Les siens sont vifs, doux démenti de son impotence. D'un brun pétillant, ils parlent avec une intensité redoutable, comme s'ils avaient appris à remplacer tous ces gestes qui soutiennent un propos.

— Comment vas-tu ? me dit-il.

— Je survis, c'est l'essentiel...

Il rit, faiblement, pour éviter tout surmenage. Son cœur fragile ne supporte aucun excès.

— Tu as eu notre message, alors ? me demande-t-il.

— Oui.

— Il est arrivé un malheur, un grand malheur. Adiphoise est mort.

Je ne dis rien. Avec Adiphoise, nous formions tous les trois un trio inséparable. Je baisse les yeux, j'observe mes mains qui se sont mises à trembler.

— Il s'est suicidé, murmuré-je.

— Non.

Je relève les yeux, surpris.

— Son cœur ? demandé-je.

— Non. On l'a assassiné.

J'écarquille les yeux, interloqué.

— Assassiné ? Adiphoise ?

— Et de manière atroce.

— Qui ?

— Peut-être bien toi…

Cette fois, je fais un pas en arrière, la bouche ouverte en signe de protestation.

— Tu plaisantes, Hornème ?

— Presque. J'ai besoin que tu m'expliques certaines choses.

Je me suis laissé choir dans un fauteuil. Je pense à notre trio jouant aux cartes des nuits entières, à nos discussions interminables, à nos après-midi paillardes derrière les télescopes d'Adiphoise fouillant l'intimité des Abymois.

Sur un ordre d'Hornème, plusieurs serviteurs entrent dans la pièce pour s'harnacher au bout du lit. Ce sont eux qui conduiront le véhicule à travers les couloirs, commandés par le médecin. Le convoi quitte la chambre. Je marche au côté d'Hornème qui ne dit rien. La conversation avec l'Azurin me revient en mémoire. Se pourrait-il que le Cuivré soit l'instigateur de l'assassinat d'Adiphoise ? Je ne vois aucun lien entre les deux. Andelmio s'efforcerait-il de me faire peur ? Je ne le crois pas.

Nous avons traversé de hauts couloirs, franchi les petits théâtres où des castrats commencent leurs vocalises, dépassé les bains et les salles de fête, jusqu'aux appartements d'Adiphoise, à l'extrémité de l'aile sud. Son entourage est en émoi. Devant la grande porte de sa chambre, une foule de serviteurs et de courtisans se sont tus à notre apparition. On me toise, on me dévisage. D'une manière ou d'une autre, ces gens-là ne sont pas loin de penser que je suis l'assassin…

Je serre le lit d'Hornème de plus près. Sans lui, je n'ose imaginer le sort qui me serait réservé.

— Sa mort est atroce, Maspalio. Monstrueuse, fait-il en fermant les yeux. Sois courageux, mon farfadet.

Le médecin éponge aussitôt son front en murmurant :

— N'y pensez plus, Hornème. Laissez-le faire, maintenant.

— Soit. Ouvre-lui les portes, dit-il en m'invitant à entrer.

Je déglutis et entre dans la pièce dont on referme la porte derrière moi. Je ne doute pas que je suis observé. Toutes les chambres à coucher comportent un certain nombre d'œilletons qui servent aux médecins officiant parmi les Gros.

Je connais bien les lieux, éclairés pour la circonstance par plusieurs torches. Adiphoise n'aimait que la lumière du soleil mais Hornème a dû juger bon de ne pas réveiller les oiseaux. Le lit est placé dans l'alignement de cette grande baie vitrée d'où Adiphoise espionnait la cité. Il n'était pas le seul : beaucoup de Gros sont devenus des voyeurs insatiables à défaut de pouvoir se déplacer dans la cité.

Je m'aventure entre la forêt de télescopes qui font face à la baie tout en jetant un œil sur les toiles inachevées. Sur des trépieds attendent à jamais toutes les esquisses des scènes qu'Adiphoise capturait derrière ses télescopes. Je suis devant le lit, que l'on a recouvert d'une immense couverture. Je remarque le sol, d'un rouge sombre, tapissé de plumes d'un brun orangé. À l'évidence, le sang a coulé à flots. Les draps gisent sur le sol, déchirés et rouges eux aussi.

— Retire la couverture, Maspalio, me dit soudain Hornème que je n'ai pas entendu entrer.

Son lit a été poussé à l'intérieur, mais la porte est close à nouveau.

— Allez, regarde donc.

J'avance une main, le cœur glacé à l'idée de ce que je pourrais découvrir. Je tire d'un coup sec.

Atroce, insoutenable. Je me retourne en serrant les poings, prêt à vomir. L'odeur, putréfiée, me saisit à la gorge.

— Alors ? me demande-t-il d'une voix vacillante.

Que puis-je répondre ? Du corps d'Adiphoise, il ne reste que des reliefs informes comme s'il avait été dévoré par une meute sauvage.

— Des buses, Maspalio. Au moins une centaine. L'assassin a dû obliger Adiphoise à boire une essence sexuelle terriblement puissante. Les rapaces se sont battus pour atteindre cette femelle qui n'existait pas. Ils ont creusé la chair, ils l'ont arrachée par petits bouts pendant plusieurs heures. Adiphoise a dû mourir lentement, très lentement.

— Personne n'a entendu?

— La fête battait son plein, hier soir. Non, personne n'a vu ni entendu quoi que ce soit. Adiphoise ne se sentait pas très bien. Il s'est retiré après le souper. On l'a trouvé dans cet état, vers trois heures du matin. Un médecin qui faisait sa ronde.

Je m'efforce de regarder encore le corps mutilé d'Adiphoise. Les buses ont épargné le visage en laissant au Gros toute sa conscience pour éprouver la souffrance. Un tel procédé est connu dans Abyme, même si son usage est condamné par la communauté assassine. On lui préfère les soufflets gorgés d'infections qui tuent à petit feu.

— Hornème, tu as prévenu la milice?

— Non. Avant, je veux que tu jettes un œil sur sa bague.

Il n'a pas besoin d'en dire plus. Je connais cet instrument que tous les Gros apprennent très tôt à manipuler. La bague est constituée d'un petit alphabet circulaire, un travail d'orfèvre qui permet, d'une simple pression, d'inscrire un mot, une phrase, une pensée lorsque la mort est proche. À vivre dans la crainte d'une crise cardiaque, cette bague fait désormais office de testament même si le message n'est jamais très clair. La minuscule petite plaque expulsée par la bague d'Adiphoise a été posée à son chevet, dans une boîte capitonnée de velours. Je parviens tout juste à lire les caractères microscopiques: « Maspalio ou un. » Il manque la suite mais mon nom est bien là.

— Tu comprends notre désarroi, Maspalio, me lance Hornème.

— Oui, dis-je en venant près de lui.

— J'ai cédé à la colère, tout à l'heure. Je ne pense pas que tu l'as tué.

— Très aimable, ironisé-je.

— Ne te vexe pas, mon ami. Je veux que tu regardes, que tu me dises qui a fait ça. J'ai donné des ordres pour qu'on ne touche à rien. Après, je préviendrai la milice.

J'acquiesce, bien conscient de ce qu'il me demande.

— Je présume que tu as interrogé les serviteurs et les médecins.

— Oui. J'ai parlé à ceux qui l'ont raccompagné, à ceux qui étaient de ronde. Je n'ai rien appris de plus. La porte n'était pas verrouillée, la fenêtre était fermée. Comme si rien ne s'était passé…

J'embrasse la pièce du regard. Par expérience je connais la manière de ne laisser aucune trace, de rentrer et de sortir d'une pièce sans déranger le moindre objet. Je ne m'explique pas la présence des oiseaux. Si la magie n'en était pas l'œuvre, seule la fenêtre a pu leur permettre d'entrer. J'examine la serrure. Il me faut plusieurs minutes avant de découvrir une éraflure, une trace imperceptible qui n'est pas celle d'une clé. Un travail admirable.

— Je dois ouvrir cette fenêtre, Hornème.

— Fais donc.

J'écarte les deux battants de la baie. Le balcon, cerné par une rambarde en fer forgé, est assez large pour contenir le lit d'Adiphoise. L'endroit est vide mais j'ai ma petite idée. Elle m'avait effleuré lorsque, par jeu, j'avais imaginé les moyens de m'introduire dans le Palais. Je me penche à la rambarde pour observer attentivement la façade. Je m'en doutais. Notre homme est passé par là. Plusieurs traces se détachent nettement dans la fiente. Une empreinte qu'il faut se dépêcher de récupérer car, à présent, les oiseaux sont éveillés.

— Hornème, appelle vite l'un de tes antiquaires. Vite !

Il obéit aussitôt. Je suis avec appréhension le déploiement majestueux de ces milliers d'oiseaux dont les excréments ne vont pas tarder à effacer les précieuses empreintes. Un antiquaire vient d'entrer, un grand escogriffe équipé comme il se doit pour travailler le long des façades. Lui et ses pairs se chargent de récupérer les bijoux volés quotidiennement par les pies qui tournoient autour du Palais. Si les mendiants attrapent ceux que les pluies charrient jusqu'au sol, les antiquaires, eux, se chargent de localiser les nids.

— Comment t'appelles-tu, antiquaire ?

— Espalion, messire.

— Regarde sur cette façade. Tu vois ces empreintes ? Rapporte-m'en une intacte. Et dépêche-toi !

L'antiquaire connaît son métier et ses dangers. Il ne perd pas de temps et s'engage aussitôt sur la façade. Il progresse rapidement, indifférent aux cinquante ou soixante mètres qui le séparent du sol et des rapaces qui planent au-dessus des toits. En quelques secondes, à l'aide de ses crochets, il parvient au niveau d'une empreinte. Il a tôt fait d'en tailler les contours, de la glisser dans son sac puis de revenir jusqu'à la terrasse. Je respire. Voilà le seul indice que nous tenions. Espalion me tend le *moulage*. Je le regarde.

Incroyable. Je m'efforce de rester impassible, de ne rien trahir, mais l'empreinte ne ment pas. Cet arc étoilé de petites encoches aux deux extrémités de la chaussure : je porte les mêmes aux pieds. Des bottes fabriquées par un artisan, sur mes recommandations. Hornème et l'antiquaire n'ont pas remarqué mon malaise. Je dois dire quelque chose pour ne pas éveiller leurs soupçons.

— Bon. Il faudra la montrer aux autres antiquaires, s'assurer qu'aucun courtisan n'a quitté les lieux depuis cette nuit. Je ne pense pas que cela donne grand-chose mais on peut toujours essayer.

Je lève les yeux vers Hornème. Il a deviné. Il reste silencieux, pourtant. Il se contente de regarder mes bottes, de sourire puis d'appeler des serviteurs pour venir le chercher. Je ne comprends pas. Je dormais à l'hospice, cette nuit-là. J'étais saoul… Se pourrait-il que l'un de mes pensionnaires ait orchestré le meurtre en me subtilisant mes bottes ? Une sueur glacée glisse le long de mes bras. Je veux sortir, quitter cet endroit sinistre. Hornème m'invite à le suivre. J'obéis. Je n'ai plus vraiment le choix. En moins de deux jours, je suis menacé par l'Artificier et sur le point d'être accusé d'un meurtre dont je ne garde aucun souvenir…

Hornème a été placé dans sa chambre puis a ordonné que nous soyons seuls. Un silence pesant s'installe, ponctué par sa respiration.

— Maspalio, je doute, je réfléchis. Tu ne sais pas mentir avec tes yeux. Ces empreintes sont les tiennes, n'est-ce pas ?

J'hésite à parler. Je n'ai aucune chance de m'échapper. À quoi bon, de toute façon ?

— Certainement. Je dois vérifier auprès de l'artisan, mais en toute logique, il n'en a fabriqué qu'une seule paire.

— Cela devient délicat, Maspalio. Tu as intérêt à trouver une explication rapidement. Les serviteurs qui t'ont déchaussé à la faveur de nos nuits finiront par reconnaître le moulage. À ce moment-là, je ne pourrai plus rien pour toi. Rien du tout, conclut-il avec une voix lugubre.

— Je suis victime d'un complot, Hornème. Je ne connais pas le motif mais je suis persuadé qu'on tente, d'une manière ou d'une autre, de m'entraîner là où je n'ai *pas du tout* envie d'aller.

— Sois plus précis, mon ami.

— Je t'ai parlé de Valditch. Il m'a forcé la main.

— Ton Advocatus ?

— Exactement. Une sombre affaire, un démon qui disparaît. Et aujourd'hui, je suis presque un assassin. Je n'ai pas abusé des élémentaux, crois-moi. On essaie de m'avoir, bon Dieu !

— Maspalio ! Où sont tes beaux discours ?

— Ne plaisante pas.

— Écoute. Je vais tenter d'étouffer l'affaire le plus longtemps possible. Pendant ce temps, fais de ton mieux. Pour la milice, ne t'inquiète pas : je connais bien le sénéchal.

— Merci, Hornème.

— Ce n'est pas utile. Je vais regretter nos parties de cartes… Maintenant, sauve-toi.

Je n'insiste pas. J'ai besoin de marcher, d'être seul pour envisager la suite. Tout en traversant salles et couloirs, je cherche une raison qui aurait poussé quelqu'un à mettre en œuvre une telle machination. Je n'ai pas d'ennemi, du moins depuis que j'ai abandonné mon titre de Prince-voleur. La passation des pouvoirs s'est faite en douceur, un seul homme ayant été désigné par la guilde pour me succéder. Personne ne fut évincé. Alors ? J'ai le sentiment qu'il ne faut pas chercher aussi loin dans le passé. Cette page est tournée depuis longtemps.

Je suis à l'air libre. Les alentours du Palais ont changé de visage : des mendiants, par centaines, s'agglutinent en masse compacte aux portes de l'édifice. Une cour des miracles où il n'est jamais souhaitable de soulever tous ces capuchons baissés jusqu'au menton. Le bruit est infernal, entre les cris des oiseaux et celui des crécelles. Je ne m'attarde pas. Les pestiférés me dégoûtent, quoi qu'en disent les bien-pensants. J'emprunte à nouveau cette rue terriblement pentue en sommant plusieurs mendiants engagés le long de la corde de rebrousser chemin. Mes encres suffisent à les convaincre.

Un quart d'heure plus tard, je suis au bord du canal, soulagé, bien que je réalise que j'ai oublié d'acheter les colombes pour mon Azurin. Une autre fois : je n'ai pas la force de remonter.

L'esprit bouillonnant, je rejoins l'hospice. Je n'ai pas encore le courage de convoquer mes pensionnaires un à un pour savoir ce qui a pu se passer la nuit dernière. Peut-être ai-je peur de me découvrir somnambule…

Je suis fatigué. Ce soir, je dois rencontrer la duchesse. Je gagne ma chambre, ferme la porte à clé puis m'allonge sur le lit. Un peu de repos me fera du bien. Je ne veux plus penser à tous ces détails qui me trottent dans la tête. Je revois la chambre d'Adiphoise. Je n'ai pas eu le réflexe de regarder attentivement ses dessins ou l'orientation de ses télescopes. Aurait-il découvert quelque chose en espionnant la cité ? Et s'il avait été victime d'un mari jaloux ? L'idée est grotesque. Je finis par m'endormir, trop heureux d'abandonner le réel.

***

— Moi, je crois qu'il dort.

— Et moi je te dis qu'il nous entend.

— Qu'il ouvre les yeux, alors !

Je me réveille. Odeno le cul-de-jatte, penché sur mon visage, s'est relevé en poussant un soupir satisfait. Quant au diablotin qui soutient son torse à bout de bras, il se contente de me dévisager, la mine soucieuse.

— Il n'est pas bien frais, dit-il.

— Il travaille beaucoup, rétorque Odeno.

— Suffit, vous deux ! grommelé-je en m'asseyant. Quelle heure est-il ?

— Près de huit heures, répondent-ils en même temps.

— Odeno, prépare-moi un bain chaud, veux-tu ?

— Vous ne soupez pas avec nous ?

— Non. Un rendez-vous important, avec une duchesse.

— Et nous ne sommes pas invités, bien entendu ? s'exclame le diablotin.

Odeno lui assène une claque sur la nuque en s'excusant du regard.

— Vas-tu arrêter de dire des âneries ! lui dit-il. Ce n'est pas le moment !

— Ce n'est jamais le moment, marmonne le diablotin. Moi, je trouve que messire Maspalio ne s'intéresse plus vraiment à toi, ni aux autres, d'ailleurs. Cet hospice n'est pas un mouroir, n'est-ce pas messire ?

J'attrape la figure du diablotin dans une main.

— Tu as perdu tes bonnes manières, mon petit. Contente-toi de porter Odeno. Pour autant que je le sache, tu ne fais pas vivre cette maison.

— Des grands mots, messire ! Vous achetez leur présence, voilà tout !

Je ne le trouve plus très drôle. Odeno l'a senti et, d'un geste, ordonne le départ. Je reste seul. Je sais que, dans quelques minutes, l'hospice va s'ébranler comme un vieux navire. Lorsqu'Odeno aura annoncé mon rendez-vous, la plupart des pensionnaires y mettront du leur pour que je sois le plus élégant possible. Ils rêvent tous que j'épouse une femme. Certains pensent que j'arrêterais aussitôt de boire, les autres imaginent que l'hospice deviendra un véritable petit palais. Une frénésie bon enfant qui m'oblige à essayer plusieurs dizaines de costumes avant d'emporter l'unanimité.

La cérémonie a débuté par le bain qu'Odeno orchestre d'une main de fer. On me frotte, on me récure de la tête aux pieds. Puis on me sèche, on me coupe les cheveux de près. Enfin, on apporte les costumes que j'enfile de bonne grâce sous les yeux de tous mes pensionnaires. Après des conciliabules interminables, des chamailleries mesquines, on élit le costume qui correspond le mieux aux circonstances. Je suis libre ! Il est presque dix heures et demie.

Je dégringole les escaliers, indifférent aux recommandations des vieux libidineux, et retrouve la rue. J'y suis plus à mon aise. Je loue au plus vite une chaise à porteur. Après un petit quart d'heure de voyage, je suis au pied du Palais d'Acier.

L'édifice ne ressemble en rien à celui des Gros. L'architecture, lisse et épurée, ne laisse rien aux rondeurs ou aux décorations superflues. Excepté les meurtrières, les murs sont vierges à tel point que, par les nuits sans lune, ils se confondent dans l'obscurité. Je m'engage dans l'aile nord pour rejoindre directement les appartements de la duchesse : je n'ai pas l'intention de m'attarder.

La soirée commence mal : je ne suis pas tout seul. Sept jeunes hommes fort bien habillés patientent devant la porte. Passablement agacé, je veux les dépasser pour entrer lorsque l'un d'entre eux me retient par la manche.

— Eh bien, mon vieux, ne soyez pas si pressé. Vous savez bien qu'il y en aura pour tout le monde.

Je me retourne lentement. Je m'efforce de rester calme. Ceux qui m'appellent « mon vieux » n'ont pas l'occasion de recommencer. Je n'aime pas les familiarités. J'écarte sa main avec le sourire tout en laissant glisser mon poignard le long de ma manche. Un geste maintes fois répété et la pointe de l'arme se pose sur sa gorge.

— Mon garçon, je me vois contraint d'exiger des excuses…

Il blêmit, cherche ses compagnons des yeux. Ces derniers se sont écartés, la bouche ouverte en guise de protestation. Je cède à la provocation et actionne l'une des deux lames sautantes qui trace un sillon rougeâtre sur sa joue.

— Une autre cicatrice, jeune homme ? Ou voulez-vous que nous en restions là ?

— Je m'excuse, messire.

— Très bien.

Il s'éclipse, une main pressée sur sa joue. Je ne suis pas très fier, pourtant. Ce garçon m'avait interpellé sans malice. C'est sans doute l'histoire de ma vie : à vivre parmi les humains, un farfadet finit par croire que tout ce qui dépasse un mètre cinquante est forcément agressif. Que voulez-vous ! Dans la rue, notre champ de vision nous promène à hauteur des ventres. Ventrues, bedonnantes, rondelettes, toutes ces bedaines finissent par vous lasser, vous persuader qu'un humain se résume peut-être à cela. Naturellement, en levant la tête, un farfadet est susceptible de croiser des regards. Mais avez-vous essayé de marcher le visage en arrière ? Non, soyons raisonnables : ce freluquet a eu la leçon qu'il méritait.

La porte s'ouvre. Un serviteur nous invite à entrer. Je passe le premier. Les appartements de la duchesse dessinent un véritable labyrinthe : de déambulatoires en corridors, de galeries en couloirs, nous marchons près d'une demi-heure avant d'être arrêtés devant une lourde porte en bois. Un détail me chiffonne l'esprit : les pièces que nous avons traversées sont décorées avec un mauvais goût prononcé. J'ai le sentiment d'avoir vécu une bataille de styles, comme si toutes les ambassades d'Abyme s'étaient affrontées pour avoir le privilège d'embellir les lieux.

Le serviteur nous fait un signe. Je franchis l'entrée.

Un vertige, une envie soudaine de prendre mes jambes à mon cou, de quitter cet endroit au plus vite.

Elles sont treize au total. Treize femmes sublimes à l'identique.

— La duchesse! clame le serviteur en refermant la porte derrière nous.

Des jumelles… Andelmio, mon cher, ne me laissez pas l'occasion de vous revoir, me dis-je en serrant les poings.

La pièce, construite en demi-lune, se résume à treize fauteuils où siègent *les* duchesses. Les bras sur des accoudoirs, elles nous épient, nous découvrent d'un œil concupiscent. Je rougis malgré moi. Leur beauté est saisissante, secrète alchimie des influences abymoises.

Elles se lèvent de concert et, soudain, je réalise le pire. Leurs épaules se touchent de telle manière qu'aucun doute n'est permis : ce ne sont pas seulement des jumelles, mais des *siamoises*…

Elles s'avancent comme une rangée de soldats tandis que certaines désignent du doigt tel ou tel d'entre nous. La sixième m'a trouvé à son goût. Je réfléchis rapidement : l'histoire d'Andelmio s'écroule d'elle-même. Aucune gondole n'aurait pu les contenir toutes. Et cet Opalin, comment les aurait-il transportées dans ses bras ?

Le piège se referme. Celle qui m'a choisi a posé une main sur ma joue. Elle laisse glisser son index le long de ma cicatrice, humecte ses lèvres. Mes jambes flageolent. Où va-t-on, par pitié ? Je jette un œil aux autres garçons. Ils sont déjà enlacés, prisonniers des jambes et des mains qui les dénudent. Je recule instinctivement.

— Je sais ce que vous êtes venu chercher mais il faut assumer, Maspalio, me murmure celle qui me désire. Vous auriez volontiers cédé à mes avances s'il n'y avait eu que moi, n'est-ce pas ? Mes sœurs et moi sommes *la* duchesse de Boldia. Ne soyez pas timide, nous réagissons différemment au plaisir. Vous trouverez bien votre bonheur.

Je n'ose comprendre ce qu'elle sous-entend. Dois-je céder aux treize ? J'ai cinquante-trois ans, mesdames, soyons réalistes.

— Vous finirez par découvrir celle qui est libre, celle qui fut conduite par Andelmio. Elle est parmi nous, Maspalio. Elle joue son rôle à la perfection. Seule l'étreinte la trahira. Mais pour cela, faut-il encore que le plaisir (elle me gratifie d'un sourire merveilleux) soit à la hauteur…

Celle qui est libre… Une seule d'entre elles serait capable de vivre indépendamment des autres. Je n'ose imaginer qui a pu mettre au monde une telle progéniture. Nul doute que la magie a été mise à contribution.

Celle qui est libre... Cette petite phrase trotte dans mon esprit tandis que des mains délicates déboutonnent lentement ma veste.

— Attendez ! m'écrié-je en reculant pour de bon.

— Quoi ? me dit-elle. Auriez-vous peur, Maspalio ? Les femmes ne vous effraient pas, d'habitude...

— Ces garçons, déclaré-je en les montrant du doigt. Faites-les sortir ou je pars sur-le-champ. Un voleur a ses principes, mademoiselle de Boldia.

— Pff... Vous manquez d'envergure, soupire-t-elle.

Elle regarde les six jeunes hommes abandonnés dans les bras de ses sœurs, puis se penche sur ses deux voisines pour leur murmurer quelques mots à l'oreille. Des mots qui courent de duchesse en duchesse jusqu'à ce que plusieurs d'entre elles écartent leur soupirant en s'écriant :

— Dehors ! Dehors ! Revenez demain.

Penauds, les six garçons se rhabillent tant bien que mal puis quittent la pièce en me foudroyant du regard. Je me suis fait des ennemis mais pour rien au monde je n'aurais cédé aux Boldia en leur présence.

Elles se sont approchées pour se refermer en cercle autour de moi. Très sincèrement, je ne puis m'empêcher d'éprouver une certaine fierté. Que feriez-vous à ma place, cerné par treize femmes admirables qui semblent vous désirer ? Pourtant, je ne suis pas très à l'aise. Les honorer toutes est une véritable gageure. Un fantasme, si j'ose dire. Je n'ai pas l'occasion d'y penser plus longuement. Des doigts indiscrets s'immiscent au creux de mon corps. Soyons à la hauteur...

***

J'ai bien cru mourir treize fois. Mon cœur malmené eut bien aimé renoncer : j'effleurai la crise cardiaque à plusieurs reprises, le visage cramoisi et les yeux exorbités. N'imaginez pas que je vous donne des détails : cette nuit m'appartient.

Au petit jour, j'ai enfin découvert celle que je cherchais. Je ne suis pas très malin, avouons-le : elle était placée tout naturellement à l'une des deux extrémités de ses sœurs. Elle s'est démasquée facilement. J'avais livré l'essentiel...

Nous sommes dans les bras l'un de l'autre, alanguis et somnolents. Le visage au creux de ses seins, je regarde ses sœurs qui dorment dans le prolongement de son épaule.

— Tu ne dis rien ? me glisse-t-elle tendrement en caressant mes cheveux.

— Je pensais à Abyme, réponds-je. Il n'y a qu'elle pour abriter des choses aussi étranges.

— Je sais, Maspalio. Nous l'aimons autant que toi.

— Mais comment êtes-vous nées ?

— Tu es bien curieux, mon ami.

— Je pensais avoir gagné ce droit.

Elle rit.

— Tu n'as rien gagné, Maspalio. Crois-tu qu'il suffise d'une nuit ?

— Mais bien sûr ! m'indigné-je en levant les yeux pour la dévisager.

— Allons, mon ami. Nos courtisans nous ont habituées à d'autres attentions. Tu n'as vécu qu'un préambule.

— Le mot est un peu léger, tout de même !

— Tu es prétentieux, Maspalio.

— Peut-être bien.

— Parlons de ce démon. Tu es venu pour ça, n'est-ce pas ?

— Oui.

— Que veux-tu savoir ?

— L'essentiel.

— C'était un Opalin, un grand bonhomme efflanqué joliment bâti avec un soupçon de féminité.

— Explique-toi.

— Andelmio a l'habitude de conjurer un Opalin pour me conduire. Celui-là n'était pas tout à fait comme les autres. Son regard, ses mains. Ses gestes étaient moins machinaux, plus délicats. Il s'attachait à me porter comme un amant. J'avais presque le sentiment de lui appartenir

— Où étiez-vous ?

— Au Capitule. Tu dois connaître…

Naturellement. Dix tours figurant les pétales d'une fleur entourant une place suspendue rayonnant d'étroites passerelles : aucun Abymois n'est censé ignorer la plus célèbre des Maisons aux fumées.

— Tu es familière de l'endroit ? demandé-je innocemment.

— Secret, Maspalio. J'use des substances qui n'altèrent pas ma beauté, retiens cela.

— Parle-moi encore de cet Opalin.

— Il est revenu.

— Quoi ?

— Le lendemain soir. J'étais un peu gênée vis-à-vis d'Andelmio. Le passeur m'a accompagnée lui-même jusqu'au Capitule, mais le démon n'était pas sur l'embarcadère. C'est seulement au cours de la soirée que je l'ai aperçu plusieurs fois lorsque je me trouvais sur la place. Il était sur une passerelle. Il me dévisageait, il m'espionnait. Tu sais, j'ai bien réfléchi. Les histoires que l'on raconte sur votre Artificier. Peut-être est-ce l'un de ses suppliciés, qu'en dis-tu ?

L'idée n'est pas idiote. J'imagine un conjurateur malheureux dont l'âme aurait échoué dans une ombre pour finir dans le corps de notre Opalin. Une alchimie des esprits, un être bicéphale que sa mémoire aurait poussé à suivre la duchesse de Boldia. Mais pourquoi ? Une chose est sûre : le démon était libre.

— Tu as des ennemis ?

— Maspalio, enfin ! s'écrie-t-elle avec colère. Nous ne sommes pas de vulgaires catins ! Notre porte n'est pas ouverte à n'importe qui. Je ne compte plus tous ces prétendants que nos gardes expulsent par la force. Nous avons autant d'ennemis que de chagrins d'amour.

— D'amour ? ricané-je méchamment. Parle-moi plutôt de fantasme…

— Imbécile ! s'exclame-t-elle en me repoussant avec un sourire entendu.

— De toute manière, je ne crois pas qu'il te suivait dans l'idée d'assouvir quoi que ce soit. Cela n'expliquerait rien. Ses raisons doivent être diablement importantes pour l'empêcher de rejoindre les abysses. Alors, la sexualité…

— Assez de mots, Maspalio, soupire-t-elle en posant un baiser frémissant sur mon front.

— Non, duchesse.

— Tu ne vas pas partir ?

— Si. Il est cinq heures passées, ma chère. On m'attend.

Je m'efforce désespérément de fuir son regard. Si mes yeux se posent à nouveau sur elle, sur son visage ou sur son corps, je suis perdu. Je me lève brusquement, pressé de partir. Elle m'attrape doucement la cheville :

— Reste, mon ami, reste, dit-elle d'une voix vibrante. Tu n'as pas d'affaire plus importante que celle-là, fait-elle en remontant lentement sa main le long de ma jambe.

J'écarte cette douce promesse en jurant intérieurement. Faut-il que l'Artificier soit bien réel pour m'empêcher de rester ! Mon geste l'a vexée, de toute façon.

— Va-t-en, dit-elle d'une voix lasse, en se retournant pour se lover dans les bras de sa voisine.

Je cherche une petite phrase spirituelle avant de m'éclipser mais dans ces circonstances, je risque fort d'être ridicule. Nous savons tous deux que je m'enfuis, que je renonce à nos étreintes par lâcheté. Diablement agaçant. Je sors sans un mot de plus en me promettant de revenir, quitte à essuyer un refus.

Sitôt les portes du Palais d'Acier franchies, je me dirige vers le pont des Moindres-Désirs où l'Azurin viendra me rapporter les faits et gestes d'Andelmio. Je vis pour ces instants de passage, ces marches matinales dans Abyme qui relaient à leur manière la volupté des heures passées. Ma chair retrouve des impressions connues, une complicité muette et revigorante. À la lueur gracile des feux follets, j'emprunte les rues étroites à l'ombre des encorbellements, sensible à cette odeur d'eau croupie et de pierres rongées émanant des canaux.

Tout en marchant, je me remémore les confidences de la duchesse. J'ai peut-être l'esquisse de ce mobile qui a poussé le démon à ne pas retourner aux abysses. Mais pourquoi s'intéresse-t-il aux Boldia ? L'idée de ce prétendant déçu ne me plaît guère. Trop simple. L'Opalin s'est condamné à mort en restant à Abyme. Faut-il croire que nous ayons affaire à un passionné dont la mémoire, en proie à ses fantasmes, l'aurait emporté sur l'esprit de l'Opalin ? Non, décidément, cela ne tient pas debout. La comédie d'Andelmio suppose bien d'autres choses. Je dois voir le passeur, provoquer une rencontre pour obtenir des aveux complets. S'il me confie ce qu'il sait, d'une manière ou d'une autre, j'aurai ce qu'il me faut pour retrouver le démon.

L'Azurin m'attend, perché au bord du parapet. La mine renfrognée, il me laisse venir jusqu'à lui.

— Alors ? l'apostrophé-je.
— Dangereux… grogne-t-il entre ses dents.
— Le Cuivré ?
— Non, maître. Celui-là, j'ignore ce qu'il est devenu. Votre passeur est dangereux.
— Il t'a repéré ?
— Absolument pas ! s'exclame-t-il sur un ton vexé.
L'Azurin croise les bras dans le dos puis se met à arpenter le parapet en sautillant nerveusement.
— Moi, je veux bien le suivre, maître. Vous m'appelez pour ça. Seulement, faut tout d'même pas me prendre pour un imbécile ! Vous n'êtes pas le seul…
— L'Artificier est déjà derrière lui ?
— Pas du tout, maître, pas du tout. Je vous parle d'un Incarnat…
— Diable !
— Peut-être bien, murmure-t-il d'une voix grave.
Je me souviens de ce jour où Valditch m'avait mis en garde contre les Incarnats. À l'image des Pourpres, ces démons exigeaient des années pour être attachés à votre service. Des années au sens propre : lorsque vous les conjuriez, vous vieillissiez aussitôt de plusieurs années. L'image m'avait frappé. Aujourd'hui, un conjurateur avait pris le risque d'appeler un Incarnat pour suivre Andelmio.
— Je veux porter notre connivence devant un Advocatus, maître. Il y a trop de risques.
— Tu n'as plus qu'une journée, Azurin !
— Rien à faire, maître. Je ne veux pas être sur la même route qu'un Incarnat.
— Bon. Nous irons voir Valditch. Avant, parle-moi de sa journée.
— Il n'est pratiquement pas sorti du Moulin. Il s'y terre, croyez-moi. Mais il n'a pas capitulé, loin de là. J'ai surpris une conversation entre deux Obscurantistes près du Moulin. Ils venaient pour le rencontrer et discutaient du prix qu'ils exigeraient pour le protéger.
— Il est fou !
— L'Artificier n'est pas une fatalité. Il veut tenter sa chance comme les autres.
— Ridicule.
— Je ne vous le fais pas dire ! Mais enfin, retranché dans son Moulin, il ne risque pas grand-chose pour l'instant.

— Tu as laissé entendre qu'il était sorti.

— Oui. Pour aller acheter des encres. Je ne vous apprendrai rien en vous disant qu'il s'apprête à soutenir un siège. Une véritable fortune, plusieurs milliers de deniers. L'encrier se frottait les mains... C'est tout. La nuit, il n'a pas quitté le Moulin.

Je n'ai jamais vu ça. Comment Andelmio espère-t-il éviter la sentence ? Personne n'échappe à l'Artificier. Et cet Incarnat, qui a bien pu estimer que le passeur valait un tel démon ? Je n'aime pas beaucoup la tournure des événements. Il va falloir redoubler de prudence.

Nous avons regagné le quartier du Lierre pour voir l'Advocatus. J'ai eu beau surenchérir, l'Azurin n'a pas voulu revenir sur sa décision. Je sais d'avance qu'il gagnera. Les deux démons poursuivent le même but : un motif suffisant de résiliation. On ne compare pas un Azurin à un Incarnat...

Valditch est à sa place, comme prévu. L'ogre est debout, à sa droite. Je m'approche, l'Azurin sur mes talons.

— Maspalio, fait Valditch en ouvrant les bras en signe de bienvenue.

— Salut, réponds-je un peu sèchement.

— Tu m'apportes de bonnes et joyeuses nouvelles ? s'écrie-t-il avec une voix fausse.

— Pas exactement. D'abord, je dois résilier ma connivence avec ce démon, dis-je en montrant l'Azurin qui sourit à pleines dents.

— Et pourquoi ?

— Même but. L'autre est un Incarnat.

Valditch simule la surprise mais il sait, c'est certain. Même le démon, qui m'a jeté un regard en coin, semble encore plus pressé de quitter les lieux.

— Soit. Azurin, tu renonces à ton dû ?

— Oui, oui, Advocatus Diaboli. J'y renonce, lui répond le démon.

— Tu appartiens dès maintenant à nos ombres, ajoute Valditch en déchirant la connivence que je lui ai tendu.

L'Azurin court aussitôt vers l'ombre la plus proche. Elle tremble puis le happe brusquement.

— Tu es venu me parler d'Andelmio ? me demande Valditch.

— J'ai la nette impression que tu m'utilises, rétorqué-je de butte en blanc.

Il fronce les sourcils :

— Allons, Maspalio, tu es fatigué, cela se voit.

— Jouons cartes sur table, veux-tu ?

— Mais quelle carte, Maspalio ? Je ne t'ai rien caché.

— Tu n'as rien dit. Qui est Andelmio ? Qu'a-t-il fait pour être la proie d'un Incarnat ? Je t'écoute.

— Je t'ai forcé la main pour me le dire, Maspalio. Si cela te dépasse, je trouverai quelqu'un d'autre.

— Tu n'as personne !

— Crois-tu ? Une ligue mercenaire fera l'affaire. Cela mettra seulement un peu plus de temps…

J'enrage intérieurement. Je n'ai pas su me taire.

— D'accord, Valditch. Restons-en là. Je vais retrouver ton démon.

— C'est le mieux qu'il te reste à faire.

Je le salue rapidement puis quitte la place des Fous. La journée commence décidément très mal : j'ai perdu l'Azurin, Valditch va désormais être sur ses gardes et Andelmio est retranché dans son Moulin. J'hésite entre l'alcool et les bras de la duchesse. Le premier n'arrangera rien et la seconde n'est sûrement pas en train de m'attendre. Résigné, je me décide à prendre la matinée pour régler les détails qui me gênent.

J'ai donc rendu visite à l'artisan qui avait confectionné mes bottes. Il m'a confirmé le pire : je suis le seul à les avoir. Naturellement, je me persuade que des serviteurs du Palais des Gros ou même mes pensionnaires ont eu l'occasion de se familiariser avec le dessin des semelles, suffisamment du moins pour faire fabriquer une paire identique. Je n'y crois pas un seul instant. Cela veut pourtant dire que j'ai assassiné Adiphoise. Je n'y crois pas non plus. Passons…

J'ai revu mon collectionneur pour annuler notre affaire, faute de temps, puis je me suis rendu au quartier des Hasards. Il m'a fallu une petite heure pour trouver l'un des astrologues consulté par Andelmio. « Il voulait mes prévisions pour la future éclipse », m'a-t-il confié. Naturellement… Plus j'avance, moins je comprends. Cela devient particulièrement lassant. Andelmio, je pense qu'il est temps que nous nous rencontrions…

À midi, je suis au Moulin, ou plutôt dans la venelle qui y conduit. J'hésite à me présenter en jouant l'innocent. Je me suis déjà trompé sur Andelmio. Je prends le risque malgré tout : je n'ai aucune envie de tenter un coup de force. Les deux femmes à l'étage m'accueillent comme si de rien n'était. Avec une pointe d'appréhension, je pénètre dans la salle principale.

Je manque singulièrement de lucidité. La fatigue ou l'angoisse, un peu des deux sans doute. Quoi qu'il en soit, je suis attendu et de manière fort explicite. La pièce est plongée dans la pénombre mais je n'ai aucun mal à distinguer les silhouettes de plusieurs mages tenant leur Danseur dans une main. À les voir ainsi, prêts à lancer leur créature, je ne me fais aucune illusion : ces gens-là se chargent de protéger notre homme. J'avais écouté l'Azurin d'une oreille distraite lorsqu'il prétendait qu'Andelmio s'apprêtait à soutenir un siège. Je l'avais imaginé seul, vautré avec une bouteille à la main en attendant l'Artificier. Comment ses mages peuvent-ils prendre le risque de rester à ses côtés ?

— Laissez-le approcher, lance une voix au bout de la pièce.

Andelmio. Il surgit de l'ombre, les bras croisés sur sa poitrine.

— Eh bien, farfadet, as-tu mis la main sur mon Opalin ? dit-il en ricanant.

Dans le contexte, la réponse serait superflue. Je préfère me concentrer sur une seule idée : fuir au plus vite.

— Je te parle, Maspalio, s'écrie-t-il méchamment.

— Je progresse.

— Ah, tu progresses…

— Tu comptes tenir tête à l'Artificier ? fais-je en regardant autour de moi.

Aucune fenêtre, bien entendu. Uniquement la porte, juste derrière moi. Délicat…

— Exactement, répondit-il. À l'évidence, je n'ai pas beaucoup à espérer de ton côté.

Deux solutions : me risquer à travers la porte en souhaitant qu'elle fonctionne de ce côté-ci ou parlementer. Si je pars maintenant, il faudra revenir de toute façon.

— Andelmio, je n'ai pas perdu mon temps, tu sais. L'Incarnat qui veille sur toi te le dira mieux que moi…

Je laisse volontairement ma phrase en suspens en guettant sa réaction. À l'évocation du démon, il s'avance brusquement vers moi, le visage décomposé.

— Tu sais, alors ?

— Dans la mesure du possible.

Dieu, faites qu'il me croie. Il s'est planté devant moi, les poings sur les hanches :

— Et tu as assez de cran pour continuer ? J'ai du mal à le croire.

De qui parle-t-il, enfin ?

— Cela ne t'a pas empêché de rendre visite aux astrologues, esquivé-je au plus vite.

— Tu m'as suivi ?

— Je n'avais pas le choix. Tu ne m'avais rien dit.

— D'accord, Maspalio. Mais pourquoi es-tu venu ?

Nous y voilà. Il s'agit de ne pas se tromper.

— Je voulais m'assurer de ta position. Je n'étais pas sûr que tu comptais leur tenir tête.

— Écoute-moi, Maspalio, fait-il en entourant mon visage de ses mains. C'est un conseil que je te donne : quitte Abyme au plus vite. L'Opalin n'a plus vraiment d'importance. Ils protégeront leur secret, quoi qu'il arrive. Tu es sur leur route : tu prends autant de risques que moi. Même si tu retrouves mon démon, ils ne laisseront personne témoigner de cette affaire. J'ai une petite chance de m'échapper mais ce sera sans toi. Sors de ce Moulin et fuis cette cité. Avec un peu de chance, ils t'oublieront.

Je suis impulsif, soit. Mais aussi trop curieux. Je cède, par lassitude :

— De qui parles-tu, Andelmio ?

— Quoi ? rétorque-t-il instinctivement avant de réaliser que j'ignore tout ou presque.

Il libère mon visage, se retourne pour consulter les mages du regard puis se penche à nouveau vers moi.

— Maspalio, tu n'as pas la carrure pour jouer avec nous.

— Au contraire. Je suis plongé dans votre histoire jusqu'au cou ! m'exclamé-je. Valditch me serre de près, sans compter qu'on me soupçonne d'être un assassin.

Le bras tendu, j'empoigne le col de son bliaud :

— Tu vas tout me dire, Andelmio. Je n'ai pas l'intention de quitter cet endroit sans une bonne explication.

Je m'énerve, je le sais. Mais les mots jaillissent d'eux-mêmes.

— Je suis de ton côté, continué-je en gesticulant avec une main. De ton côté ! Alors, on va s'asseoir, discuter et imaginer l'avenir *ensemble*.

Je me sens mieux, tout à coup. Andelmio, lui, esquisse une grimace convenue.

— Je ne suis pas très sûr, farfadet…

— Tu n'as pas le choix !

J'exagère mais il faiblit : autant en profiter.

— Bon, lâche-t-il en saisissant une chaise pour me la tendre. Assieds-toi.

J'obtempère.

— Maspalio, ce démon n'est pas véritablement un Opalin.

— Je sais. Tu l'as sûrement conjuré avec la mémoire d'une victime de l'Artificier.

— Non.

— Non ?

— C'est un démon lunaire, farfadet. Un Opalin conjuré au sein d'une *ombre lunaire*.

J'écarquille les yeux, stupéfait. De tout temps, les démons se sont invoqués au sein des ombres portées par le soleil. Un principe sacro-saint, une loi élémentaire qu'aucun n'aurait eu l'idée de remettre en question. Un conjurateur est un homme du jour. Son royaume, c'est l'été ! La nuit n'est qu'une transition, un espace vierge sans intérêt. Andelmio nie tout simplement les bases fondamentales de la conjuration. Que vient faire la lune, astre pauvre et doucereux, dans un contexte démoniaque ? Je suis effaré…

— Tu n'avais aucune chance de le retrouver, ajoute le passeur. Il ne craint pas *vos* ombres générées par le soleil.

Je jure en pensée. Fallait-il attendre cinquante-trois ans pour être mêlé à tout ça ?

— Il doit redouter la nuit, en particulier lorsque la lune est pleine. Les ombres portées sont identiques par la forme, tu sais. Seule la couleur change. Les ombres lunaires sont blanches, nuancées d'argent.

— Mais… où ? Je ne les ai jamais vues !

— Personne ne peut les voir sans cela, fait-il en extrayant de son col une paire de bésicles suspendue à une chaîne.

— Des bésicles ? Pour voir les ombres ?

— Le lunetier est un conjurateur. Regarde-les.

Je me penche pour examiner l'objet. En guise de verres, deux démons minuscules sont lovés dans la monture. Des créatures longilignes aux corps translucides qui somnolent, indifférentes.

— Ils jouent le rôle d'un prisme, m'explique Andelmio. Lorsque tu les sollicites, ils se dressent en croix de manière que leurs corps fassent office de verres. Ne me demande pas comment ni pourquoi. Le lunetier a bâti son entreprise sur un secret. Il est le seul à savoir fabriquer un tel instrument et asservir ses petits démons.

— Fascinant, murmuré-je spontanément.

— On s'y fait. La pratique des ombres lunaires ne doit rien à celle du soleil. Des encres différentes, bien entendu, mais le rituel obéit aux mêmes règles.

Je veux ces bésicles. Je ressens un chatouillement caractéristique au bout de mes doigts, une sorte d'atavisme qui réveille l'âme du voleur. Andelmio, qui a surpris mon regard, range les bésicles.

— L'Opalin est donc un démon lunaire, farfadet. Autant dire qu'il est sujet au rythme de l'astre, que son caractère s'infléchit en conséquence.

« Ses gestes étaient moins machinaux, plus délicats », m'avait confié la duchesse de Boldia. Je comprends mieux, maintenant.

— Pourquoi n'était-il pas à l'embarcadère, ce soir-là ?

— Cela, je l'ignore.

— Je pensais que...

— Nous ne sommes pas plus avancés, crois-moi, m'interrompt-il. Sa disparition est inexplicable.

— Tu aurais pu me confier tout cela dès le premier jour...

— Sûrement pas. Le lunetier tient à ce que les ombres lunaires restent un privilège. Si leur existence venait à s'ébruiter, elles perdraient leur valeur.

— Je ne dirai rien, Andelmio.

— Mais tu restes ici, de toute manière !

Je l'interroge du regard.

— Tu en sais trop, Maspalio. Je te garde avec moi. Et puis, n'oublie pas l'Incarnat...

Il faut avouer que j'ai une étrange propension à me mêler des affaires qui ne me concernent pas. Je n'avais pas imaginé un seul instant qu'Andelmio dissimulait un secret de cette envergure. Il a raison : dans le doute, l'Incarnat empêchera quiconque de quitter le Moulin. Enfermés ici, nous ne risquons pas d'ébruiter quoi que ce soit... Seulement, je n'ai aucune intention d'attendre : l'Artificier n'a peut-être pas l'habitude de faire de détail ou l'Incarnat s'en chargera.

— Je serais plus utile dehors, Andelmio.

— Je ne crois pas. Un Prince-voleur en sursis peut m'apporter une aide précieuse…

— Et les autres ? Savent-ils qu'ils sont condamnés ? demandé-je d'une voix forte pour être entendu par les mages.

— Ne te fatigue pas. Je les paie assez cher. Quant à l'aubergiste ou les deux femmes de l'entrée, dis-toi que j'ai acheté ce Moulin il y a plusieurs années, conclut-il.

Forcément…

Tant bien que mal, je prends la mesure des révélations d'Andelmio. Le malaise de Valditch se justifie, en fin de compte. Avec ses bésicles, il doit nécessairement être en relation avec le lunetier. Ensemble, ils ont pu me choisir en espérant qu'Andelmio soit promptement éliminé par l'Artificier. Sans le passeur, je n'avais aucune chance de découvrir la véritable nature de l'Opalin. Espéraient-ils que je le retrouve pour m'éliminer ensuite ? C'est fort possible et prodigieusement décevant : Valditch me sacrifiait pour couvrir ses affaires avec le lunetier. Mais l'Advocatus m'a surestimé tout autant que son bourreau. Je n'ai pas trouvé le démon et, surtout, l'Artificier n'est pas encore intervenu…

En l'occurrence, cela ne change rien, malheureusement. Tant que Valditch garde mes connivences, je suis à sa merci. Quant au meurtre d'Adiphoise, mieux vaut ne pas y penser. Par acquis de conscience, je pose la question à Andelmio.

— Je n'ai jamais traité avec les Gros, me répond-il. Je ne vois aucun rapport avec mon Opalin.

Parfait ! juré-je intérieurement. Le tableau s'assombrit pour de bon. Il faut que je sorte d'ici au plus vite, peu importe le moyen. La scène prend des allures surréalistes : les murs transparents de l'auberge ouvrent sur l'extérieur, du sol au plafond. Les rues, le canal sont là, à portée de main sans qu'aucun bruit ne franchisse la porte de l'établissement. Nous sommes coupés du monde. Un monde qui s'éveille alors qu'une horloge publique, visible plus loin, indique sept heures passées. Je cherche malgré moi la silhouette d'un démon parmi les passants mais l'Incarnat demeure invisible.

Andelmio ne s'intéresse plus à moi. Il discute à voix basse avec un mage. J'enregistre avec soin chaque détail de la pièce. Aucune faille, seulement cette maudite porte. Il me faut une diversion, un moyen de tromper la vigilance des mages le temps de bondir à travers le passage. Le comptoir. Une idée folle me traverse l'esprit.

— Andelmio, je peux me servir ? lui crié-je en montrant les bouteilles et les tonneaux entassés derrière le comptoir.

— Vas-y, prends ce que tu veux, répond-il machinalement.

Une explosion, un souffle... Je tiens mon évasion si la cave de ce Moulin est à la hauteur. Je fais mine de chercher une bouteille à mon goût tout en cherchant le Souffreau. Cet alcool venu de Keshe est un formidable explosif, les voleurs digne de ce nom le savent bien. Suffisamment rare pour le mettre à portée des bourses les mieux remplies, il lui suffit d'une mèche, d'une petite flamme et le tour est joué. Les mages n'ont rien remarqué lorsque j'ai étouffé un juron de satisfaction. Un carafon ouvragé, rempli à moitié. De quoi créer une panique suffisante. À l'abri du comptoir, je mets la mèche en place, glisse le carafon sous ma veste puis rejoins ma chaise avec une vulgaire bouteille à la main.

— J'ai ce qu'il me faut, Andelmio, lui soufflé-je en passant.

— Ne te saoule pas, farfadet, ce n'est pas le moment, me rétorque-t-il.

Ne t'en fais pas, Andelmio... Je suis assis, je guette le meilleur moment. Dix bons mètres me séparent de la porte. Je me répète la scène mentalement : allumer la mèche, me lever rapidement en prétextant la soif puis, au moment de l'explosion, me ruer vers la porte. La sueur perle le long de mes tempes en petites gouttes. J'imagine le pire, une explosion prématurée, mon corps soulevé comme un fétu de paille, mes vêtements en feu. Sordide.

Le moment est venu. Un mage s'est levé en étouffant un bâillement. En anticipant son déplacement, je peux le croiser de telle sorte qu'il me serve de rempart au moment de l'explosion. La mèche s'enflamme. Je me dresse en m'efforçant de paraître naturel.

— Je vais me resservir, Andelmio.

Ma voix vacille. Le passeur se tourne, me regarde. Le mage est à ma gauche, je passe devant lui. Les nerfs à vif, je fais un pas de plus, les yeux incrédules d'Andelmio rivés aux miens.

L'explosion. Un grondement assourdissant, l'impression d'être balayé par la main d'un géant. Je percute une table.

L'air s'échappe. Je m'écroule, le souffle coupé. Près de moi, un mage hurle en flambant comme une torche. Des étincelles dansent devant mes yeux. J'essaie de me relever, retombe. Une fumée suffocante a envahi la pièce. On crie, on hurle.

— La porte, ne le laissez pas sortir ! fulmine Andelmio quelque part.

Sa voix me lève, véritable aiguillon de terreur. J'avance une main pour m'agripper férocement au barreau d'une chaise. Dieu, que je souffre ! Je tire sur mon bras, entame une lente reptation ponctuée par les vociférations d'Andelmio qui hurle mon nom. La porte apparaît enfin. Rassemblant toutes mes forces, je me dresse puis bascule à travers…

Les deux femmes de l'entrée ont disparu. Coupé en deux, je titube jusqu'à l'escalier, écœuré par cette odeur de brûlé qui colle à mes vêtements. Je descends les marches, les mains serrées contre ma poitrine. Le choc de l'explosion reflue en me laissant à mes blessures. Ma veste déchirée dévoile ma chair noircie. Je réprime un haut-le-cœur. « Avance, Maspalio, avance », m'intimé-je en gagnant cette dernière porte qui ouvre sur la grève.

Je sors. Lumière. Ébloui par le soleil, je trébuche. Maintenant, Andelmio doit me voir. Dois-je emprunter la ruelle ou tenter ma chance sur le canal ? Je me traîne jusqu'au bord de la berge. Une gondole attend, juste au-dessous.

— S'il vous plaît, appellé-je faiblement.

Des bras noueux me soulèvent puis me déposent au fond de l'embarcation. J'ai fermé les yeux, à bout de forces

— À l'hospice de Daconti, articulé-je.

— Bien sûr, me répond une voix qui claque comme une corde d'arbalète.

J'entrouvre un œil. Armé d'une perche, l'Incarnat me dévisage, le corps enveloppé dans un grande cape à capuchon. Son visage est aussi étroit que mon poignet, prolongé par un menton démesuré qui descend jusqu'à la taille. Un nez pointu, deux grands yeux cernés par un réseau de veines à fleur de peau. J'abandonne. Ma conscience goûte à cette retraite anticipée : je m'évanouis.

Une claque cuisante sur la joue : je suis réveillé. Le menton de l'Incarnat effleure mon visage. Mon regard remonte lentement le long du monstrueux appendice jusqu'aux yeux, étincelants dans leurs écrins de veines. Ce démon est véritablement terrifiant… Dieu sait ce qu'il me réserve. Il ne dit rien, il attend.

Je me hisse sur les coudes. Je suis allongé à l'avant de la gondole qu'il a amarrée sous la voûte d'un pont. Il fait encore jour.

— Tu as dormi longtemps, me dit-il.

J'écarte le menton pour pouvoir me redresser.

— Tu ne me tues pas ? lui dis-je d'une voix provocante.

— Pas pour l'instant. Tu peux nous être utile.

— Utile ? Mais je n'ai pas l'intention d'être utile à qui que ce soit. J'en ai assez de vos histoires, moi. Réglez ça entre vous !

Je m'emporte. L'Incarnat n'esquisse pas le moindre geste. Il a même détourné son regard pour observer le passage d'une gondole. Bon, je me rassois. Il se retourne.

— Tu vas continuer ton enquête, Maspalio. Mon maître veut savoir comment cet Opalin a trouvé le moyen d'empêcher le lien abyssal. Valditch et lui se sont mis d'accord.

— Certainement…

— L'Advocatus t'a sauvé. Pour ma part, je t'aurais bien tué.

— Tu nous viens aussi des ombres lunaires ?

— Non. J'obéis à la raison. Ta mort minimiserait les risques : mon maître n'aime pas les rumeurs.

— Charmant.

— Tu as eu de la chance, Maspalio, et ce, malgré tes investigations qui n'ont pas donné grand-chose. Valditch est déçu.

— Dans mon souvenir, cela se passait entre lui et moi.

— Les règles ont changé avec la mort d'Andelmio. Ma connivence me retiendra ici tant que tu n'auras pas retrouvé l'Opalin. Les diables s'interrogent, Maspalio, en hauts lieux. Ils ne sont pas inquiets, juste curieux. On parle d'un cas particulier, de circonstances exceptionnelles. Ce sera à toi de nous dire lesquelles.

— En somme, rien n'a changé.

— Presque. Sans Andelmio, nous n'avons plus les moyens de savoir si l'Opalin est resté dans Abyme.

— Le passeur, qui l'a tué ? Il vivait lorsque je me suis échappé.

— L'Artificier. Le bruit de l'explosion a attiré son attention. Dans son métier, cela équivaut à une véritable provocation…

— Vous ne pouviez pas lui demander de l'épargner ?

— Maspalio, les abysses sont à l'image de cette ville. Les rivalités s'aiguisent au rythme des conjurations. Les Artificiers sont les seuls à conserver leur indépendance, du moins tant que les diables y trouveront leur compte.

Il attrape sa perche pour me signifier que l'entretien est clos. Je me lève puis enjambe le bastingage.

— Attends ! l'interpellé-je alors que la gondole glisse en avant.

Il se retourne sans pour autant s'arrêter.

— Je rends compte à qui, désormais ? À Valditch ou à toi ?

— Si tu veux me voir, demande Solvio aux passeurs du Troisième Cercle, me répond-il en s'éloignant.

Merci… Cette réponse sibylline ne me dit pas qui commande réellement. Tant pis : autant revoir l'Advocatus pour garder un œil sur mes connivences. D'une démarche traînante, je prends la direction de l'hospice. Il est près de dix-neuf heures. Ce soir, je dois être au Capitule si je veux avoir une chance de mettre la main sur ce démon. En chemin, je me pose franchement la question de savoir comment j'ai pu en arriver là. La paresse, tout bonnement. Si Valditch n'avait pas eu toutes ces connivences en retard pour me menacer, je serais libre à l'heure qu'il est. Furieux, j'accélère le pas en boitillant. Il me tarde d'être à l'hospice. Mes pensionnaires sauront me retaper pour affronter la suite des événements.

***

Nettoyé, pansé, dorloté sous les ordres d'Odeno qui mène rondement sa petite armée, je m'efforce de ne plus penser à rien. En pure perte : de nombreuses questions restent sans réponse. Les astrologues, par exemple. Pourquoi le passeur cherchait-il à connaître la date de la prochaine éclipse ? Bougre d'idiot. En raisonnant en termes d'ombres lunaires, la réponse est évidente : à la faveur d'une éclipse, seul Andelmio et les autres tenants du lunetier seraient capables de conjurer un démon. Un bien bel effet de surprise… Reste Adiphoise. Hornème a bien exigé que je découvre l'assassin. Lorsque l'on saura que les empreintes découvertes sur les murs sont les miennes, la milice ou les Gros se chargeront de me trouver. Mon petit Maspalio, il va falloir réagir.

À vingt-deux heures, remis sur pied et gorgé des précieuses concoctions de Pertuis, je loue une chaise à porteur pour rejoindre le Capitule.

Je suis au pied de l'établissement. Un peu plus loin, on distingue l'embarcadère pris d'assaut par les passeurs. Une foule bigarrée se presse aux portes de la bâtisse, mélange de la haute société abymoise, des ambassadeurs et des grands malandrins. Pour entrer, il faut se présenter à l'écart, dans une petite tour où l'on emprunte une passerelle pour rallier l'intérieur de l'édifice.

Je m'acquitte des cent deniers exigés à l'entrée puis gagne aussitôt la place suspendue. Le spectacle ne manque pas d'envergure. On se bouscule, on s'enlace et l'on rêve sur les dizaines de passerelles qui s'élancent au-dessus du vide pour rejoindre l'énorme pilier et son escalier en colimaçon soutenant la place. Une joyeuse cacophonie s'échappe des tours où la musique obéit aux inclinations des invités d'honneur. Les vrais drogués ne sont pas encore là. Ils viendront plus tard, lorsque les visiteurs se seront dispersés pour vivre leurs hallucinations.

J'espionne chaque visage, chaque expression. Je cherche le regard des masqués, je tente d'imaginer les ombres lunaires en espérant surprendre celui qui les évitera. Je déambule, j'échange quelques mots ici et là, je croise des connaissances. Mais l'Opalin est invisible. Au fur et à mesure que la soirée s'allonge, la place et les passerelles se vident alors que les tours se remplissent. On cherche les fauteuils et les méridiennes pour s'y allonger et goûter aux drogues. Certains s'affaissent, d'autres hurlent ou se débattent. Très vite, les lieux se transforment en asile. Sans y être préparés, beaucoup s'essaient à des drogues qu'Abyme est la seule à tolérer. Je prends garde de ne pas rester à proximité des tours qui filtrent parfois de dangereuses émanations. Les moins fortunés, eux, se risquent à en profiter en sachant que ces mélanges peuvent devenir mortels. Fort heureusement, un éclairage minutieux d'abeilles safran et de feux follets font apparaître ces fumées nocives de telle sorte que l'on puisse s'y soustraire.

À minuit, le phénomène s'aggrave: des brumes lourdes commencent à se déverser par les fenêtres des tours jusqu'au sol, parsemé de silhouettes trébuchantes. Personne n'a jamais pu raconter ce que l'on pouvait ressentir tout en bas, dans ce creuset de toutes les drogues. Ces hommes et ces femmes mourront ou s'entre-tueront, en proie à je ne sais quel cauchemar.

Exténué, je dois admettre que je n'ai plus d'autre solution : il va falloir s'immiscer dans le petit cercle des habitués, parmi les véritables drogués. Je traverse une passerelle, pénètre dans une tour puis escalade l'escalier en ignorant les mains tendues et les regards épouvantés.

Une trappe soulevée, je suis sous les combles. L'atmosphère troublée des étages se dilue en laissant place à un silence profond. Un feu follet en liberté, qui éclaire la pièce en sillages de lumière, me laisse entr'apercevoir plusieurs personnes regroupées au fond de la pièce. Je les rejoins.

Ils sont huit, garçons et filles, entourant un ambassadeur venu sans doute en invité. Des jeunes gens vêtus sobrement, les visages rayonnant d'une joie sauvage dont personne n'est en mesure de percevoir l'intensité. Ils sont heureux, voilà tout. La Salanistre sur l'épaule, ils s'abandonnent à l'étreinte de l'animal, à sa gueule grande ouverte qui s'est refermée comme un collier autour de leur cou. L'ambassadeur, lui, les regarde, les yeux brillants. Comme moi, il respecte infiniment leur geste. Il est venu goûter à ce moment sacré, à ces quelques heures éphémères où garçons et filles *deviendront* Abyme.

Je m'assois auprès de l'ambassadeur qui me gratifie d'un salut distrait. Son attention est tout entière à l'une des jeunes filles qui semble déjà éprouver notre cité. Sous les écailles frémissantes, on distingue la gorge de la Salanistre déglutissant au rythme du cœur de son porteur. Une harmonie subtile, une extraordinaire symbiose qui lie la jeune fille et Abyme pour une nuit aimante où l'une et l'autre partageront le même corps, les mêmes émotions. Personne ne s'explique de quelle manière la Salanistre a pu devenir une incarnation en chair et en os de la cité. Toujours est-il que l'animal donne à son porteur le moyen de *se glisser* dans Abyme. On éprouve, dit-on, les milliers de pas qui la piétinent, on entend les conversations qui résonnent à l'infini entre ses murs. Le ressenti n'est pas explicable, à en croire ceux qui prirent le temps d'écrire leurs impressions avant de mourir. Ils évoquent une sensation vertigineuse, partagée entre l'immensité de la ville et les endroits infimes où un pied ou une main les touchent de manière familière. Un va-et-vient émotionnel entre l'immense et l'intime qui ne s'explique pas mais qui se vit.

Amoureux de la ville, ces gens-là choisissent de se fondre en elle malgré leur destin funeste: la Salanistre distille un poison qui les tuera au petit matin. Je trouve ce sacrifice sublime, comparable à une ivresse citadine portée à son paroxysme.

J'ai attendu près d'une heure avant que le cercle ne m'accepte, que les yeux se posent sur moi en me signifiant que j'étais le bienvenu. Je me suis alors penché sur mon voisin, un garçon qui n'avait pas les yeux fermés, signe d'une symbiose avancée.

— Je cherche un démon, dans ce quartier, murmuré-je. L'un des vôtres éprouve-t-il les alentours?

— Oui, elle, fait-il en me désignant une jeune femme.

— Puis-je?

— Essayez...

Je change de place pour être auprès d'elle.

— Vous m'entendez?

— Naturellement, me répond-elle en battant des paupières.

— Je cherche un démon. Il est venu plusieurs fois au Capitule. Je crois qu'il se trouve dans ce quartier.

— À quoi le reconnaîtrais-je?

— À sa démarche chaotique. Ses pas doivent être hésitants. Il n'est pas saoul. Il zigzague, en quelque sorte.

Je ne vois que ce détail qui puisse le trahir. Encore faut-il qu'il soit en train de se déplacer dans les rues du quartier. Si tel est le cas, il doit nécessairement serpenter entre les ombres lunaires, faute d'être immédiatement ramené aux abysses. Si cette femme ne le trouve pas, je devrai contacter la guilde, payer mendiants et voleurs pour sillonner les environs. En aurai-je les moyens?

Elle tressaille. Le plaisir est immense, dit-on, même si par endroits, une petite goutte de sang perle sur un bras ou tout autre partie du corps. Quelque part, une arme a entaillé un mur ou peut-être est-ce seulement un insomniaque réalisant des travaux chez lui. Je me souviens de la mort d'un drogué après l'affaissement soudain d'une maison dans le quartier qu'il éprouvait. Il s'était écroulé avec le sourire, bienheureux d'avoir pu partager en l'atténuant un moment si tragique pour la cité.

Elle m'empoigne l'avant-bras d'un geste sec.

— C'est lui.

Je manque de la prendre dans mes bras. Bon sang, je le tiens enfin !

— Étrange, ajoute-t-elle. Pourquoi marche-t-il ainsi ? Il sursaute, on dirait qu'il a peur des murs...

— C'est normal, jeune fille. Continue, s'il te plaît...

— Il a rejoint un autre homme. Non, une femme.

— Une femme ?

— Des souliers raffinés. Que ses pas sont doux !

— Oui, d'accord... dis-je d'une voix pressée.

— Des souliers raffinés. Elle est riche...

La duchesse ? Si c'est elle, je m'exile.

— Elle est plus légère, maintenant. Elle portait quelque chose. Ah ! voilà ton démon plus lourd. Il a dû prendre l'objet avec lui.

— Où est-il, tu le sais ?

— Attends. Il marche à nouveau.

Un silence. Elle halète doucement puis s'exclame :

— Voilà ! Il est entré dans une maison. Non, une auberge.

— Comment ça ?

— Des tables, des chaises. Des pieds qui effleurent le sol. C'est une auberge, j'en suis sûre.

— Où, bon Dieu ?

L'ambassadeur a toussé délibérément. On me trouve indélicat. Je croise les bras en tempérant mon impatience.

— Il monte des marches. Une chambre. Il s'assoit à même le sol. Des objets sont éparpillés autour de lui. Des livres...

— Des livres ? m'écrié-je.

— Oui, des livres par dizaines, ouverts ou fermés. J'en ai assez.

Déjà ?

— Que veux-tu ? ajouté-je immédiatement.

C'est là le danger de consulter un porteur de Salanistre. En échange de ses impressions, ses exigences varient du tout au tout. Il peut s'agir d'un simple testament à porter chez l'échevin. Ma dernière expérience de ce genre m'avait dissuadé de recommencer : le porteur avait exigé que j'élève sa petite sœur jusqu'à sa majorité. J'ai dû le faire, je suis abymois.

— Tu me fais une promesse.

— Si tu veux.

— Quand tu seras auprès de ce démon, aide-le.

Pitié... Elle pouvait me demander n'importe quoi mais pas cela !

— Tu promets ? renchérit-elle.

Je réfléchis à toute vitesse. Dois-je me lever et m'enfuir ? L'ambassadeur me fixe avec une intensité redoutable, comme s'il voulait me mettre en garde. Je ne me sens pas la force de trahir Abyme. Pourquoi diable suis-je autant attaché à cette cité ? Est-ce nos cinquante-trois ans de vie commune ? Peut-être bien. De toute ma vie, elle est la seule à qui je suis resté *fidèle*.

— Je te le promets, mais dis-moi pourquoi.

— Il y a chez lui un formidable désir de rester dans Abyme. J'ignore pour quelle raison mais je veux qu'il y parvienne. Un tel attachement à notre cité se doit d'être servi.

Malheureusement, ma chère, me dis-je, cet attachement en est un par défaut. Notre démon n'aime pas plus Abyme qu'une autre ville. Il veut seulement éviter de retourner aux abysses.

Dépité, je quitte les combles la tête basse en sachant qu'il ne servirait à rien d'insister. Cette jeune femme ne fera confiance qu'à son *ressenti*. Elle se moque de savoir ce que j'en pense. Garce...

Une heure du matin. Je suis épuisé mais l'Opalin ne m'attendra pas. Pour la première fois, il est véritablement à ma portée. Je quitte le Capitule pour m'engouffrer dans les rues d'Abyme. Je dois trouver cette auberge cette nuit, quoi qu'il m'en coûte. Le porte-à-porte n'a jamais été une vocation. D'heure en heure, mon humeur se dégrade : aucun aubergiste n'a vu l'Opalin.

Il est près de cinq heures du matin.

— Ouais, j'ai p'têt' ça chez moi, vient de me répondre cet aubergiste à moitié endormi. Pas de désordre ici ou j'appelle la milice. C'est bien compris ?

— Ne vous en faites pas, dis-je en l'écartant.

Je grimpe l'escalier lorsque l'aubergiste m'interpelle d'une voix forte :

— La chambre 12, au fait.

Je me fige. Sa voix semble rebondir dans l'établissement comme un coup de tonnerre. À l'étage, une porte claque. La main pressée sur mon cœur battant, j'escalade les dernières marches en oubliant toute précaution.

Un couloir, une silhouette.

— Arrête, Opalin. Je suis venu t'aider !

La tête en feu, je me mets à courir. Une fenêtre se brise. La silhouette disparaît. Je me précipite en jurant comme un charretier. Des portes s'ouvrent, j'entends l'aubergiste furieux monter l'escalier. Je suis à la fenêtre. Trois ou quatre mètres me séparent du sol. Personne. Je veux rebrousser chemin mais l'aubergiste, armé d'un gourdin, s'avance vers moi.

— Tu n'as pas écouté, farfadet. Je me fous de vos histoires mais il va falloir payer.

Je n'ai pas la force de le menacer. À quoi cela servirait-il ? Mon crâne résonne comme un tambour. Je me laisse glisser contre le mur. Je n'y arriverai jamais.

— La fenêtre, le manque à gagner, tu te rends compte ? vocifère l'aubergiste au-dessus de moi.

Je paie. Et suffisamment pour prendre la chambre de l'Opalin. Les volets fermés, elle se dévoile à la lumière d'une lanterne, véritable repaire d'échevin. Des livres par centaines, empilés en désordre, parsèment le sol, recouvrent le lit et la petite table installée près de la fenêtre. Une atmosphère étrangement estudiantine, comme si l'Opalin s'apprêtait à intégrer l'une de nos universités…

J'attrape un livre au hasard : un recueil de poèmes anonymes. J'en saisis un autre. Je n'ose y croire. L'Opalin a dû entasser dans cette pièce tout ce qui a pu s'écrire de *littérature amoureuse…*

Il n'y a rien d'autre. L'Opalin a occupé ses journées à rassembler cet embryon de bibliothèque et à lire. Pourquoi se plonger ainsi dans les poèmes et les récits amoureux ? A-t-il voulu comprendre son émoi, apprendre à séduire ? Cela n'explique pas qu'il ait trouvé la force de renoncer aux abysses. À moins que… *À moins que le sentiment amoureux n'empêche le lien abyssal de se réaliser.*

Maspalio, tu perds la tête. A-t-on jamais vu un démon amoureux ? Non, bien sûr. Ou est-ce précisément la raison pour laquelle diables et Advocatus Diaboli se perdent en conjectures ?

Grotesque. Mais l'idée fait son chemin. L'Opalin est un démon lunaire. L'astre, en vecteur patenté du romantisme, a pu influencer ce démon, lui prêter des sentiments que les abysses ignorent. Si tel est le cas, verra-t-on les démons devenir amoureux pour échapper à leurs maîtres ?

À mon sens, le sentiment amoureux ne se décrète pas. Peut-être est-ce seulement le désir qui bouscule cette soumission de principe d'un démon à ses supérieurs. C'est impossible. J'ai connu des démons vicieux dont les exigences étaient de satisfaire une effrayante libido.

L'Opalin est *amoureux*, voilà tout. Cela expliquerait pourquoi, le lendemain, il a suivi la duchesse au Capitule. Pour quelle raison n'a-t-il pas tenté de la revoir au Palais d'Acier ? On peut vraisemblablement penser qu'il n'a pas osé s'engager dans Abyme. La journée, il pouvait craindre d'être reconnu. La nuit, les ombres lunaires devenaient autant de pièges susceptibles de le transporter immédiatement aux abysses. Le Palais d'Acier devait être trop loin, le chemin trop dangereux. Une simple bousculade, un pied dans une ombre, et tout était fini. Si tel était le cas, il n'a pas quitté les frontières de ce quartier.

Je vais dormir ici. L'affaire se complique. D'un côté, Abyme exige que j'aide ce démon. Cette jeune fille au Capitule la représentait. À se glisser dans la *peau* d'une cité, on en devient le porte-parole, d'une manière ou d'une autre. Seulement, de l'autre côté, les diables, par l'intermédiaire de Valditch et de l'Incarnat, veulent que je leur livre l'Opalin.

Fais ton choix, Maspalio : la ville ou le diable. Je n'ai pas envie de répondre à cette question cruciale. Pas ce soir. Un rire aigrelet monte de la rue. J'ouvre les volets. En bas, un sergent de la milice, une femme à chaque bras, entre d'un pas gaillard dans une maison close. L'Opalin ne s'est pas trompé en s'installant ici. L'encorbellement laisse à peine deux mètres jusqu'à la fenêtre voisine, masquée par un rideau rouge vif. Je n'avais pas fait le rapprochement entre ce quartier et ses maisons closes. Le démon y cherchait-il une maigre consolation, faute de pouvoir rejoindre la duchesse? Je me penche sur le rebord. Dans l'axe de la rue, on aperçoit distinctement le Palais des Gros juché sur sa colline. La nuit a suscité l'éclat des feux follets dont la lumière anime les façades. Pareil à un gros nuage, le relief de la fiente prend vie, accouche de figures informes et menaçantes. Certains Gros ont d'ailleurs pris l'habitude d'observer ce jeu d'ombres et de lumières, plus stimulant à leur goût. Incontestablement, leur imagination est mise à l'épreuve, bien mieux qu'en espionnant la rue derrière son télescope. Adiphoise n'était pas d'accord, pourtant. Rien, selon lui, ne remplaçait une chambre éclairée par une chandelle dont le télescope parvenait à franchir l'intimité. Il lui arrivait d'interrompre brutalement nos parties de cartes nocturnes sous prétexte d'un rendez-vous. Il s'agissait tout bonnement d'une femme se déshabillant chaque soir à la même heure. Une prostituée dans une maison close voisine avait été ainsi notre plus grand ennemi, à Hornème et moi. Pendant près d'un mois, Adiphoise avait refusé de jouer, guettant sans relâche la demoiselle en question. Il est vrai que les maisons closes sont une cible de choix pour les voyeurs du Palais ..

Mais alors? Mon esprit vient d'associer maisons closes et Palais. Si les Gros observent le quartier, se pourrait-il qu'Adiphoise ait *vu* l'Opalin à travers sa lorgnette? Une sourde excitation s'empare de mes pensées. Non seulement cela pourrait faire le lien entre les deux affaires, mais également me fournir un moyen original de suivre les déplacements du démon.

En consultant les Gros de la façade du Palais donnant sur ce quartier, j'ai peut-être une chance que certains s'en souviennent. Je me prends à rêver d'un Gros, intrigué par le démon, s'amusant à le suivre derrière sa lorgnette. Mais comment le leur décrire? De toute façon, je dois en avoir le cœur net, visiter à nouveau la chambre d'Adiphoise pour découvrir ce qu'il visait à l'aide de ses télescopes. Cette idée me rassure. Je m'allonge, les mains croisées sous la nuque. Le sommeil m'emporte et, avec lui, des cauchemars où Abyme s'embrase sous une pluie de fusées...

III

Je me réveille en sursaut. On tambourine à la porte. Je me lève péniblement, le corps courbaturé. Des folles étreintes des duchesses de Boldia aux déambulations de la nuit dernière, je ne pouvais guère y échapper.

J'ouvre la porte. L'aubergiste est campé sur le palier avec un sourire provocant.

— Vous d'vez payer ou déguerpir.

— Je m'en vais.

— Et emporte-moi tout ça ! fait-il en désignant les livres étalés sur le plancher.

— Je viendrai les chercher plus tard.

— Pas question, farfadet. Tu les emportes !

Ce bonhomme me fatigue. Le poignard prolonge ma pensée.

— Eh là ! s'écrie-t-il.

La pointe de l'arme sur son bas-ventre, j'insiste

— Un mot de plus et tu iras jouer le castrat chez nos amis les Gros.

Il s'écarte. Je passe puis descends rapidement les escaliers. C'est ainsi : le matin, je ne suis jamais de très bonne humeur.

J'ai ma journée en tête : rencontrer Hornème et obtenir son appui pour consulter les Gros de la façade qui m'intéresse. Si cela ne donne rien, j'irai chercher mes pensionnaires. Ils étaient voleurs, ne l'oublions pas. Des vieillards comme eux passeront inaperçus, surtout s'ils se déguisent en mendiants. J'espère ne pas en arriver là. Il faudra déployer des trésors de diplomatie pour les convaincre de m'aider de la sorte.

L'horloge publique sonne presque onze heures. Une heure plus tard, j'entre dans l'aile nord du Palais des Gros. Les courtisans commencent à s'éveiller. J'enjambe et gravis les corps comme à l'accoutumée. Toutefois, les regards s'attardent plus longuement. Grognants, certains s'adossent aux murs en marmonnant dans leur barbe et en me suivant des yeux.

À l'étage, je commence à être inquiet. Un courtisan m'a emboîté le pas, rejoint par d'autres au fur et à mesure que j'approche de la chambre d'Hornème. Quoi ! Hornème aurait-il parlé des empreintes ?

J'accélère le pas. Eux aussi. La porte d'Hornème est ouverte. Je veux la franchir lorsqu'un garde s'interpose :

— On ne passe pas.

— Hornème ! C'est moi, Maspalio, crié-je.

— Laissez-le passer.

Le garde s'écarte, à contrecœur visiblement. Hornème est blême, assis sur le lit. Il attire le médecin contre son oreille, lui murmure quelques mots. L'homme grimace puis quitte la pièce en me jetant un regard lourd de sous-entendus. Qu'importe ! La porte se referme derrière lui.

— Eh bien, Hornème, que se passe-t-il ?

— Ils savent.

— Déjà ? Mais comment ?

— Une indiscrétion. Le moule a été vu par l'un de mes serviteurs.

— Et que comptent-ils faire ?

— Te tuer, bien évidemment.

— Excellent ! Tu aurais pu faire attention, bon sang ! m'écrié-je en colère.

— J'ai fait jouer toutes mes influences pour étouffer les soupçons, Maspalio.

— Cela n'a pas suffi, semble-t-il, rétorqué-je méchamment.

— Tu es injuste…

— Oui. Tu as raison. Pardonne-moi.

Ce pauvre Hornème n'y est pour rien, je le sais parfaitement. J'ai confiance en lui. Il aura tenté l'impossible. Cette maudite empreinte devait finir par parler. J'ai pourtant besoin de consulter les Gros avant de quitter le Palais.

— Hornème, si tu viens avec moi, puis-je interroger tes pairs de la façade est ?

— Oui. Tant que je serai là, il ne t'arrivera rien.

— Allons-y.

Sous l'œil inquisiteur du médecin, notre convoi s'engage dans les couloirs pour rejoindre la façade est. En chemin, Hornème a refermé son énorme main sur mon bras bravant à sa manière ceux qui nous suivent. J'y suis sensible. Il prend des risques en me faisant confiance.

Je jette régulièrement des coups d'œil par-dessus mon épaule. Courtisans et serviteurs se rassemblent derrière nous, procession hostile et attentive qui respire à l'unisson comme un dragon souffreteux. Sur notre passage, des escorteurs adossés négligemment sur le pas des portes actionnent lentement leur soufflet en vrillant leur regard au mien. Leur sourire carnassier est une promesse. J'ignore encore de quelle manière je vais bien pouvoir quitter le Palais vivant. Hornème ne pourra pas me suivre au rez-de-chaussée. Dès lors que je m'y engagerai, je serais seul…

Nous sommes parvenus à la façade est dont les trois étages sont distribués par une série de couloirs inclinés permettant le passage des convois comme le nôtre. Nous entrons chez un Gros, étant admis qu'il possède des télescopes. Une fois la porte close, l'homme me laisse venir jusqu'à lui avec un sourire complice.

— Approche, Maspalio, n'aie crainte, me dit-il.

Je m'assois sur le bord du lit, encouragé par Hornème.

— Je pourrais être là pour vous tuer, lui glissé-je sur un ton narquois.

— Ne sois pas agressif avec moi. Nous autres, nous savons bien que tu n'as pas assassiné Adiphoise. Les humeurs jusqu'au-boutistes sont l'apanage de nos fidèles, Maspalio. Ils réagissent instinctivement. Comme des petits animaux dont on aurait tué la mère. Une foule privée de raison qui fait corps dans son malheur.

— D'accord mais moi, je risque ma peau !

— Je sais. Pourquoi viens-tu me voir ?

— Je cherche un homme, ou plutôt un démon.

— Ici ?

— Pas exactement. Il rôde là-bas, fais-je en montrant le quartier des Vices, visible à travers la fenêtre.

— Tu connais si bien nos faiblesses…

— Vous espionnez les putains. Vous guettez leurs corps. On raconte même que vous versez des sommes exorbitantes aux maquerelles pour que leurs filles s'exhibent aux fenêtres.

Il rougit pareil à un petit garçon pris en faute. Je veux lui montrer qu'il n'a pas besoin de me cacher ses appétits voyeurs, qu'il peut me parler en toute confiance.

— Qui est ce personnage ? Comment est-il ?

— Je l'ignore.

Il hausse les sourcils en signe d'étonnement.

— Tu l'ignores ? Mais comment t'aider ?

— J'ai d'autres manières de vous le décrire.
— Je t'écoute.
— Peut-être avez-vous vu quelqu'un se promenant souvent avec des livres à la main…
— Des livres ? Cela ne me dit rien.
Bon. Essayons autre chose.
— Regardez-vous la nuit ?
— Oui, naturellement.
— Un homme se déplaçant étrangement, marchant comme s'il voulait éviter les ombres.
— La nuit ?
— Peu importe. Vous ne vous rappelez pas ?
— Non, je suis désolé.
Derrière moi, Hornème m'apostrophe :
— Ce n'est pas grave, Maspalio. Il y en a d'autres.
— Sans doute… Je vous remercie.
— J'aurais aimé vous en dire plus. Prenez soin de vous.

Nous quittons la chambre pour une autre. Dans les couloirs, la plupart des serviteurs ont abandonné notre convoi pour vaquer à leurs tâches. Les courtisans, eux, n'ont pas renoncé. En particulier les escorteurs armés de leur soufflet. Ces gars-là me font froid dans le dos. Quelle maladie peut renfermer cet instrument diabolique ? La peste, la tuberculose, le choléra ? Mieux vaut ne pas y penser.

Le Gros qui nous a reçus ne se souvient pas non plus. La peur cède la place au découragement. Nous rejoignons immédiatement la chambre voisine. La même réponse, la même impuissance. Bon sang, l'Opalin a bien dû apparaître un jour au bout d'une lorgnette !

Notre neuvième visite sera la bonne, alors que je m'apprêtais à abandonner. Le Gros se rappelle parfaitement comment le démon a attiré son attention.

— J'ai été surpris, un matin, de surprendre une chaise à porteur qui avait déposé une femme élégante, le visage dissimulé sous une voilette. D'habitude, ce sont des hommes, des fortunés qui viennent s'adonner à leurs vices. Une femme… pensez donc ! Elle avait une petite malle dans chaque main. Elle s'est engagée dans la rue des Gaillardises pour s'arrêter devant une auberge, rue des Housse-Galants.
— L'auberge des Apprentis ?

— Exactement ! Votre bonhomme est arrivé. Ils ont discuté à voix basse et ils sont entrés dans l'auberge. Elle est ressortie une petite heure après. Croyez-moi ou non, elle n'avait pas seulement livré ses deux malles. Un jupon mal ajusté, la voilette un peu de travers, ces deux-là n'avaient pas perdu leur temps. Une autre est venue le lendemain. À chaque occasion, ces dames venaient avec malle ou panier sous le bras. Une fois, l'une d'elles a trébuché. C'est à cette occasion que j'ai compris qu'elles transportaient des livres. J'étais effaré, croyez-moi. A-t-on jamais vu un démon vendre son corps ou je ne sais quel talent caché (il me fait un clin d'œil gouailleur) pour des livres ?

Ma visite aux drogués des combles du Capitule me revient en mémoire. La jeune femme avait parlé de souliers délicats ou raffinés, je ne sais plus exactement. Quoi qu'il en soit, je devine l'étrange manège entre l'Opalin et toutes ces dames. Les livres que j'avais découverts dans la chambre du démon étaient pour la plupart d'excellente facture. Enluminés, reliés d'or, seules des bourgeoises ou des aristocrates étaient en mesure d'en posséder en quantité suffisante pour satisfaire l'Opalin. Pour ce qu'elles exigeaient en échange, je ne veux même pas le savoir. Au moins cela signifie-t-il que la duchesse de Boldia n'est pas en cause.

— Vous l'avez revu depuis ? demandé-je.

— Pas plus tard que ce matin...

— Non !

— Je vous assure, messire Maspalio.

— Que faisait-il ?

— Je ne pouvais pas le suivre tout le temps. Certaines rues échappent à l'angle de ma fenêtre. Je peux vous affirmer une chose, pourtant : il cherchait un herboriste. Il en a visité des dizaines. Mon télescope n'était pas assez puissant pour fouiller l'intérieur des échoppes mais à chaque reprise, il est ressorti avec une caissette qu'il confiait à un gaillard patibulaire, requis sans doute pour l'occasion.

Nul besoin d'en dire plus. La réputation des herboristes du quartier des Vices n'est plus à faire. On vient de l'étranger pour acheter à prix d'or leurs *philtres d'amour*...

Que me réserve ce diable de démon ? A-t-il l'intention de faire boire l'un de ces élixirs à la duchesse ? Si c'est le cas, il devra trouver un moyen de quitter le quartier et d'approcher le Palais d'Acier.

— À quel moment l'avez-vous perdu ?

— Il y a une heure. Je ne l'ai pas vraiment perdu. J'ai seulement arrêté de le suivre.

— Voudriez-vous me rendre un service ?

— Pourquoi pas ?

— Je suis à l'hospice de Daconti. Tenez-moi au courant avec un messager.

— Je vous enverrai un héron. Ils sont rapides et ils échappent aux rapaces des toits.

— Merci, mille fois merci, fais-je en secouant énergiquement sa main. Vous me sauvez.

— Je n'en suis pas si sûr, malheureusement. Vous n'êtes pas encore sorti de ce Palais…

Dans mon excitation, j'avais oublié ce détail. Il me reste la façade, même si je n'ai jamais été un acrobate convaincu. Dans ces circonstances, il faudra faire un effort.

— Hornème, je vais tenter ma chance par là, fais-je en ouvrant la fenêtre.

— Je ne pense pas…

Sa réponse me parvient alors que je découvre les antiquaires logés tout autour de la fenêtre, suspendus à leurs crochets, un piolet dans une main et le sourire aux lèvres. Les lieux commencent sérieusement à devenir malsains. Je me retourne vers Hornème.

— Vos passages secrets ?

— Nous n'en avons pas, Maspalio, tu le sais. Uniquement le canal souterrain.

— Je peux essayer.

— Comment ? Tu devras traverser le rez-de-chaussée.

— Je ne vais pas me livrer, quand même ! me récrié-je.

— Je n'ai pas dit ça.

— Alors, trouve un moyen !

Des yeux, il m'indique les murs en grimaçant. Les œilletons destinés au médecin : nous sommes vus et entendus.

— Sortons, ordonné-je.

À l'extérieur, l'atmosphère s'est tendue à l'extrême. Des courtisans obèses se sont placés à l'entrée des couloirs de sorte que nous soyons obligés de rebrousser chemin. Hornème pâlit, encore plus inquiet que moi.

— Vous ne le ménagez pas, sombre idiot, s'exclame le médecin qui a noué à nouveau l'extrémité du bonnet de nuit à son poignet. Un ne vous a pas suffi, siffle-t-il entre ses dents. Tenez, Hornème, prenez cela, conclut-il en lui tendant une fiole.

Je ne me suis pas méfié. À peine le convoi s'était-il ébranlé qu'Hornème m'a attiré violemment contre lui.

— Un somnifère, Maspalio. Il m'a donné un somnifère, articule-t-il péniblement, les yeux papillotants. Cours, je t'en prie, cours.

— Mais la chambre d'Adiphoise ?

— C'est trop tard, cours, je t'en supplie.

Le médecin, qui marche en avant du lit, s'est retourné pour me jeter un regard glacial. Petit malin. Hornème endormi, la chasse est ouverte.

Je lorgne sur nos poursuivants, sur les couloirs qui s'annoncent. Dans mon souvenir, celui de droite mène aux cuisines. Hornème s'écroule sur ses oreillers, la bouche ouverte. Son premier ronflement sonne comme un glas alors que les courtisans s'ébranlent. L'un d'eux s'écrie sauvagement :

— Il est à nous !

Je m'élance. Le couloir s'étend sur plus d'une centaine de mètres. Derrière moi, les courtisans s'y sont engouffrés dans la bousculade. Je gagne une poignée de secondes, le temps de prendre suffisamment d'avance pour arriver jusqu'à la prochaine porte. Je ne pense plus qu'à mon cœur, battant à tout rompre. Comment vais-je pouvoir leur échapper ? Ils connaissent le Palais bien mieux que moi et, surtout, les enjambées d'un farfadet ne peuvent rivaliser avec celles des escorteurs, des hommes choisis expressément pour courir le long des luges qui dévalent la colline.

Les doigts tremblants, je verrouille la porte à l'aide de mon poignard. Un jeu d'enfant pour un Prince-voleur. Je suis dans une vaste salle à manger occupée aux trois quarts par une table circulaire. Je ne suis pas seul. Installé dans un immense fauteuil, un Gros dort, le menton sur la poitrine. Son médecin n'est pas là. Je remarque les cales remplaçant l'une des roues de son fauteuil. On a dû le laisser là en attendant un ébéniste.

La porte que je viens de condamner tremble violemment. La pièce n'a qu'une issue excepté le couloir d'où je viens. Je veux l'emprunter lorsqu'une Salanistre pointe son museau entre deux plis graisseux. Une idée me traverse l'esprit.

Oserais-je? Je cours à la porte par laquelle je m'apprêtais à fuir, l'entrouvre puis reviens au corps du Gros. Allez, Maspalio, ce n'est que de la chair…

Je me glisse sous un bras où la graisse pend en abondance, pareille à des vagues pétrifiées. J'ai peut-être une chance de disparaître dans cette masse gélatineuse, de m'y lover pour qu'elle me recouvre. Je n'ai plus beaucoup de temps. Là-bas, de l'autre côté de la porte, ils essaient des clés par dizaines en attendant de trouver la bonne. Je retiens ma respiration. Je *plonge*. L'obscurité, la moiteur d'un corps. Tel un pâtissier, je roule, j'écarte et je pousse cette pâte tiède et boursouflée pour m'enfoncer dans ses profondeurs. La chair se referme sur mes deux pieds lorsque j'entends la porte s'ouvrir en grand. Si le Gros se réveille, je suis perdu.

— Par là ! s'écrie une voix qui me parvient assourdie.

Une cavalcade. Mon subterfuge semble fonctionner. Deux ou trois minutes, le silence se fait. Péniblement, je reviens à l'air libre en soulevant délicatement un bourrelet. Un escorteur se tient devant la porte, absorbé par son soufflet qu'il actionne en écoutant d'un air ravi la mélodie chuintante. Je ne suis guère avancé. Mon *hôte* finira bien par se réveiller à un moment ou un autre. J'attends. Une heure passe, puis deux. Petit à petit, des groupes de courtisans et d'escorteurs regagnent leurs quartiers en maugréant. Je saisis quelques mots au vol : on croit que je suis parvenu à m'échapper. Très bien. Une fois la nuit tombée, je tenterai de rejoindre la chambre d'Hornème. D'ici là, les effets du somnifère se seront dissipés. Du moins je l'espère.

Je n'ai pas eu l'occasion de patienter jusqu'à la nuit. J'avais oublié que j'étais dans une salle à manger. Dès dix-neuf heures, une servante imposante, suivie par des demoiselles d'honneur, entre puis s'exclame :

— Quoi ! On ne me l'a pas encore sorti !

Retroussant ses jupons, elle vient se planter devant le Gros, le visage rouge de colère.

— Et comment vais-je placer mes invités avec celui-là ? Mesdemoiselles, secouez-le.

Une dizaine de servantes s'agrippent à l'obèse qu'elles s'efforcent de faire bouger. Sans succès.

— Pincez-le, alors ! ordonne leur chef.

Ma position devient inconfortable. Le Gros grogne, la chair s'agite et manque de m'étouffer. Je dois quitter cette prison avant qu'elle ne m'engloutisse !

Je soulève un bras puis surgis, dégoulinant de sueur. Les servantes hurlent. Je n'ai vraiment pas de chance. Je file sans un mot, poursuivi par des regards terrifiés qui en disent long sur ce qu'elles imaginent…

En quelques instants, je suis repéré : un escorteur m'a reconnu. Je n'ai plus la force de continuer. Je cours sans y croire en attendant que des bras me saisissent. J'imagine des moyens insensés, des oiseaux descendant du toit pour m'attraper et m'élever dans les airs. Je trébuche une première fois, me relève. Je retombe quelques mètres plus loin. Je vais mourir ? Dépecé par des courtisans fanatiques, empoisonné par des escorteurs aux sourires sadiques ? Bon Dieu, non ! L'idée de *crever* ici me lève dans une dernier sursaut d'énergie. Je cours à une lucarne. Les antiquaires ont peut-être abandonné les façades.

J'ouvre la lucarne : plusieurs travaillent encore. Si je m'engage sur cette paroi, je serai vu, immanquablement. Plus bas, un vol d'oiseaux attire mon attention. Un Gros se suicide. Les volatiles tournoient autour de son corps, certains s'y posent. La chute est imminente.

Je me retourne : les escorteurs m'ont trouvé. Tout est fini, il n'y a aucune issue. Je me laisse glisser contre le mur, impuissant, lorsque soudain une voix, surgie du néant, hurle :

— Maspalio ! Maspalio !

Les escorteurs se sont figés et se consultent du regard. La voix venait de *l'extérieur*. Je me redresse, me penche à nouveau à la lucarne. Oh non…

Hornème, vacillant au bord du balcon, crie mon nom, le visage levé vers le ciel.

— Maspalio, Maspalio…

Hornème, que fais-tu ? La tension accumulée depuis des heures accouche de mes larmes qui perlent le long de mes joues. Hornème, mon ami, pas toi… Ses bras levés dessinent une cape de chair ou même des ailes. Peut-être est-ce lui qu'Abyme a choisi pour voler au-dessus de ses toits. Il ne me voit pas mais continue de hurler :

— Maspalio, Maspalio, viens…

Viens ?

Je comprends tout d'un coup la portée de son acte. Hornème n'a jamais eu envie de se suicider : il m'offre son corps pour fuir le Palais. Je suis tétanisé, incapable d'esquisser le moindre geste. L'ampleur de son sacrifice m'empêche de réagir. Sans doute attendait-il depuis des heures sur ce balcon en espérant que sa voix me parvienne. Les escorteurs ne bougent pas. L'instant se fige. Je revois Hornème me confiant qu'il m'enviait, qu'il aurait aimé comme moi parcourir notre cité pour lui appartenir corps et âme. Bon sang, faut-il qu'il meure pour que je vive…

Il ne renoncera pas. Un Gros n'existe en fin de compte que pour cette seconde fatidique, cette sensation fulgurante où Abyme s'offre à lui.

L'abîme… Je reprends conscience, tel un rêveur tiré brusquement de son sommeil par un cauchemar. Ton geste ne sera pas inutile, Hornème. Tu te réaliseras et moi, je survivrai pour venger notre trio, pour trouver l'assassin d'Adiphoise.

Les antiquaires ne font pas mine de progresser vers moi lorsque j'enjambe le rebord de la lucarne. Je descends lentement le long de la façade en m'aidant du poignard. La fiente se désagrège par endroits ou cède, trop fraîche pour supporter mon poids. *In extremis*, je parviens au balcon. Hornème m'a vu. Ses yeux se sont posés sur moi, intenses et admirables. Les mots n'ont plus de sens. Je chasse les oiseaux puis m'accroche à son dos. Jamais nous n'avons été aussi proches. J'éclate en sanglots. Il devine mes larmes et me crie pour pouvoir couvrir le piaillement des oiseaux :

— Ne pleure pas, Maspalio. Je vais vivre avec toi ! Regarde, au pied de ce balcon, l'ombre de l'horloge. Tu viendras m'y chercher, un jour. Nous serons ensemble, à nouveau.

— Oui, Hornème, nous serons ensemble.

Son corps avance, son corps tombe. La chute est instantanée, moment de grâce où les oiseaux s'éparpillent, où le visage d'Hornème brille d'une joie sublimée. Il s'écrase dans un craquement spongieux tandis que mon corps rebondit et roule quelques mètres plus loin. Je suis indemne. Personne n'a essayé de nous poursuivre. Au-delà du Palais, je n'existe plus pour les escorteurs ou les courtisans.

Mendiants et malades, à l'image des charognards, se sont précipités sur le corps disloqué d'Hornème. Je voudrais les en empêcher, conjurer un démon pour défendre sa dépouille. Cela n'aurait pas de sens. De toute manière, mes fioles se sont brisées dans notre chute. Las, je le regarde une dernière fois pour emporter son sourire et quitte la place d'une démarche traînante.

Je suis revenu à l'hospice à travers un brouillard de souffrance, tel un vieillard rhumatisant. Deux longues heures de marche pendant lesquelles je n'ai même pas eu le réflexe d'interpeller des porteurs. Je ne pensais plus, je marchais comme un pantin désarticulé, privé de conscience. Lorsqu'enfin j'ai frappé lentement les trois coups sur la porte de l'hospice, mon esprit a renoncé : je me suis évanoui dans les bras d'Odeno et de son diablotin.

***

Au matin, je découvre Odeno et Pertuis et quelques autres endormis dans ma chambre. Ces braves garçons m'ont veillé toute la nuit. À les voir ainsi à mes côtés, figés dans leur sommeil, une pensée s'impose à mon esprit : aucun ne peut être mêlé à l'assassin d'Adiphoise. J'ai besoin de leur avis, de leurs conseils. Les événements sont devenus trop lourds pour que je les fasse miens. D'ordinaire, je me serais volontiers confié à Hornème ou Adiphoise…

À dix heures, l'hospice s'agite : j'ai convoqué tous mes pensionnaires pour une vaste table ronde. Nous nous rassemblons dans la salle à manger qui bruit d'une excitation peu commune. Nous renouons avec les réunions secrètes du temps de la guilde, avec ces conciliabules préparant nos opérations nocturnes.

Assis ou debout, ils ressemblent à des vétérans d'une guerre oubliée. Certains pourraient juger le spectacle pathétique. Cornets de cuivre, béquilles ou bésicles composent le triste tableau des corps trahis. Je n'y prête pas attention. Au-delà de ces sinistres appendices, il y a les cœurs encore palpitants de ceux qui furent mes compagnons.

Je leur dis tout. Les ombres lunaires, l'Artificier, l'Opalin. Les lèvres tremblotantes, ils m'écoutent en silence. Cette confession improvisée me soulage. Le fardeau n'était plus à ma mesure.

— Qu'en pensez-vous ?

— C'est bien joli, intervient Lazzi. Oui, c'est bien joli.

— Mais encore, Lazzi… lui dis-je avec le sourire.

— Faudrait tout d'même faire gaffe, suggère-t-il. Ton Artificier va commencer à s'agiter. Moi, je lui donnerais quelque chose pour le faire patienter. Une information pour lui montrer que tu es encore sur le coup. Ouais, c'est c'que j'ferais.

— Tu oublies l'Incarnat, sombre idiot ! ajoute Andio, un persifleur de la pire espèce. Moi, je me méfierais du diable plus volontiers.

— Il doit composer avec les deux, l'interrompt Odeno. N'est-ce pas, Maspalio ?

— Oui.

— On n'avance pas, là ! s'exclame Gecceti, ancien pickpocket qui a gardé une formidable énergie. Occupons-nous de savoir ce qu'il convient de faire, maintenant ! Pour moi, c'est simple : tu enquêtes du côté des herboristes du quartier du Vice. Tu découvres où crèche ton démon. Tu l'alpagues, tu nous l'amènes, on le cuisine et il n'y aura plus de problème.

— Je dois l'aider, Gecceti.

— Sauf ton respect, rétorque-t-il, cette histoire de drogué n'a pas de sens. D'accord, leur geste ne manque pas de panache. Mais bon, de là à tout foutre en l'air…

— Maspalio aime notre cité, dit Pertuis qui semble subitement intéressé par notre conversation. Un sentiment que tu es incapable de comprendre, Gecceti.

— Mais moi aussi, je l'aime, cette garce ! Elle nous a nourris toute notre foutue vie ! Mais autant qu'elle continue, non ?

— Je ne reviendrai pas sur ma promesse, tranché-je.

Gecceti croise des bras rageurs puis baisse la tête, vexé.

— Trouve l'Opalin, vois ce qu'il a à te dire, déclare Demestrio, l'ancien passeur dont la barque avait sillonné les canaux d'Abyme pour le compte de la guilde. Tant que tu ne sauras pas ce que cherche le démon, tu ne pourras pas choisir entre la cité et les abysses. La question, à mon avis, est de réfléchir à la manière dont tu vas mettre la main sur lui. Rien d'autre.

— Oui, renchérit Lazzi. On pourrait installer une planque près du Palais d'Acier. Deux ou trois gars en mendiants pour te prévenir s'il tourne autour de la duchesse. Odeno pourrait même la suivre. Avec son diablotin, il a peut-être ses chances !

Un rire gras secoue notre petite assemblée avant de se transformer en cataracte générale. Lorsque l'orage se dissipe, je prends la parole :

— Et pour Adiphoise, que suggérez-vous ?

Certains s'interrogent du regard, d'autres le détournent pour fixer leurs pieds. Ma question les gêne.

— Aucun d'entre nous n'a pu te subtiliser tes bottes, Maspalio, dit Odeno. Quel intérêt aurait-on à te faire accuser d'un meurtre ? Tu nous fais vivre...

Je me tourne vers Demestrio. Notre histoire nous lie au-delà de la guilde lorsque je l'avais sauvé de la noyade, lui et l'ambassadeur qu'il transportait. Criblé de dettes, il avait négligé son embarcation et provoqué son naufrage. Depuis, il s'était attaché à moi, partagé entre cette vie qu'il me devait et la honte d'avoir survécu. Le code des passeurs en faisait un paria du fait même qu'un ambassadeur avait failli mourir.

Il ne cille pas lorsque nos regards se croisent. Non, il n'est pas coupable. Il respecte autant que moi Abyme et ses maîtres.

— Oublions Adiphoise, déclaré-je, et concentrons-nous sur l'Opalin.

Ils hochent la tête, d'un air grave. Cependant, l'atmosphère a changé. Un vent de renaissance souffle sur l'hospice. Je réalise mon erreur : mes vieux lieutenants n'attendaient qu'un signe pour retrouver les rues, pour se persuader qu'ils existaient encore. Je n'avais pas mesuré leur frustration. Habitué à leurs ronchonnements, je m'étais satisfait de l'image facile d'une bande de vieillards radoteurs et bons à rien. L'idée de mettre sur pied une nouvelle *opération* les a transformés. Ils se sont levés en se jetant des sourires complices, l'œil scintillant. En quelques minutes, l'hospice s'improvise quartier général. Entre le sérieux des uns, prenant à cœur l'opération, et le ridicule des autres, incapables de marcher mais voulant coûte que coûte participer, nous parvenons tant bien que mal à nous organiser.

Odeno prendra la tête du groupe chargé d'espionner les alentours du Palais d'Acier et de suivre la duchesse de Boldia, le cas échéant. Lazzi recevra les messages promis par le Gros qui a découvert le démon. Mazio, l'un des plus valides, s'occupera de faire la liaison entre nous tous afin de ne jamais perdre de temps. Pertuis, enfin, installera les repères pour son arbalète aux endroits stratégiques : la place des Fous, l'entrée de l'hospice et quelques ruelles alentour au cas où nous serions menacés. Son rôle l'enthousiasme bien que, pour ma part, je ne me fasse guère d'illusions sur l'efficacité de son *Traité des Angles*.

Dès le début de l'après-midi, notre guilde renaît de ses cendres. Le groupe d'Odeno a rejoint le Palais, Mazio est installé dans la salle à manger, prêt à sillonner la cité pour nous alerter. Avant de rejoindre le quartier des Vices, je confie à Demestrio une somme importante afin d'acheter mes encres conjurantes. Nul doute que, dans les jours qui suivront, je serai forcé de faire appel à un démon quelle qu'en soit la raison.

J'ai rallié le quartier des Vices en chaise à porteur, ému par ce véritable conseil de guerre qui nous a rapprochés à nouveau. Une fois parvenu à destination, je procède fort logiquement, visitant les herboristes dont les rues sont dans le prolongement de la fenêtre du Gros.

On se rappelle du personnage. Non pas pour son capuchon - la pratique est courante pour ceux qui ont recours aux philtres d'amour - mais pour les quantités impressionnantes qu'il exigeait.

— Croyez-moi, me confia un herboriste. Avec ce qu'il a emporté, il peut séduire un couvent tout entier !

Je passe ainsi une partie de l'après-midi, entre herboristes et alambics, sans parvenir à obtenir un indice satisfaisant. Le démon m'échappe encore une fois. À aucun moment, il n'a livré de détails sur la motivation de ces achats en masse. Rien. Il demandait les meilleurs philtres, payait puis sortait.

Au crépuscule, je regagne l'hospice sans gloire. De son côté, Odeno a fait savoir qu'aucun démon n'avait traîné autour de l'aile du Palais d'Acier. Quant à la duchesse, elle n'était pas sortie de la journée. Nous piétinons. Par je ne sais quel miracle, le démon a totalement disparu. Le lendemain matin, j'envoie plusieurs hommes interroger les aubergistes du quartier. Notre démon, une fois armé de ses élixirs, a pu trouver refuge dans une auberge. Personne ne l'a vu.

Je décide aussitôt de rassembler mes pensionnaires au complet pour aviser. À midi, nous nous réunissons dans la salle à manger, la mine sombre.

— Messieurs, courage. Le piège se referme, déclaré-je.

— Il s'est tiré, ton démon, s'écrie Gecceti. Il est déjà loin, dans un bateau pour les Parages…

— C'est impossible, je vous l'ai dit. Même si le lien abyssal a été brisé, il ne peut pas quitter les frontières d'Abyme.

— Il se terre quelque part, intervient Odeno. Et dans ce cas, on ne le retrouvera jamais.

— Sauf si on entreprend une véritable enquête de voisinage. On s'y met tous, on interroge les boutiquiers, les lampiers, les marchands. On laisse courir la rumeur pour qu'il s'inquiète, pour qu'il sache bien que l'on recherche. Il finira par sortir.

— Cela va mettre des jours, voire des semaines, Maspalio. Tu n'as pas ce temps-là. Valditch se sera lassé.

Il a raison. L'Advocatus finira par penser que je suis incapable de retrouver l'Opalin. Il me livrera à l'Artificier pour ne prendre aucun risque et trouvera un autre conjurateur ou une ligue mercenaire. Si un piège se referme, c'est autour de moi…

— Messieurs, on n'a plus le choix. Vous investissez le quartier. Comme l'a dit Odeno, notre démon doit nécessairement s'y terrer. Il faut le faire sortir.

Peu convaincus, ils se dispersent par petits groupes tandis que je monte à l'étage pour m'isoler dans ma chambre. Je ne sais plus très bien où j'en suis. J'ai le sentiment de frapper à l'aveuglette, de me lancer à la poursuite d'un fantôme. J'ai tendance à perdre de vue la menace que fait peser sur moi l'Advocatus. A-t-il seulement l'intention de m'avertir lorsqu'il déclarera mes connivences à l'Artificier ? Ce n'est même pas sûr. Le temps presse.

***

Trois jours durant, mes pensionnaires et moi-même avons arpenté le quartier des Vices. Si aucun commerçant n'a été en mesure de nous aider, plusieurs prostituées se sont plaintes d'un personnage énigmatique qui tentait ma-ladroitement de leur faire boire un philtre d'amour. Toutes sont immunisées dès lors qu'elles appartiennent à une maison close. De surcroît, la plupart de ces philtres n'ont d'autre effet que de vous rendre malade. Les charlatans sont légion dans le quartier.

Ces témoignages nous ont aidés. Nous resserrons notre surveillance autour des maisons closes en espérant que l'Opalin réitérera. Nouvel échec, jusqu'à ce que d'une manière fort impromptue, nous soyons aidés par Ekhmor.

J'espérais secrètement que le destin nous fasse un signe, que l'avenir procède de l'un de ses paradoxes, de ses *hasards provoqués*. J'avais croisé Ekhmor la veille sans être certain qu'il s'agisse bien de l'ogre que j'avais connu. Au détour d'une ruelle, je tombais à nouveau sur lui. Il voulut s'écarter, faisant mine de ne pas m'avoir reconnu, mais je l'avais déjà attrapé par la manche.

— Ekhmor, que deviens-tu ?

— Ça va.

— Tu n'es pas content de me revoir ?

— Si, si, bien sûr.

— Alors quoi ? Tu ne veux pas que je raconte que tu traînes dans ce quartier...

— Oui, fait-il d'un air penaud.

— Allons boire quelque chose, cela me fait plaisir de te revoir.

Nous dissipons rapidement son malaise autour d'un verre. J'ai toujours admiré Ekhmor, l'un des rares de son espèce à s'être imposé dans les milieux universitaires pour devenir un professeur émérite en architecture. Nous nous étions connus alors qu'il m'avait surpris dans la cave des archives de l'université où je cherchais les plans d'une bâtisse pour une opération délicate. Il ne m'avait pas dénoncé en échange de pouvoir travailler pour la guilde. Notre collaboration avait duré quinze ans. Il avait besoin d'argent, victime de brimades du fait même qu'il n'était pas humain comme la majorité des professeurs. Adoré pourtant par ses étudiants, il luttait chaque jour pour s'imposer parmi ses pairs. Lorsque j'avais abandonné la guilde, il s'était retiré avec moi. Nous avions correspondu un moment jusqu'à ce que le temps fasse son œuvre et nous sépare par la force des choses.

— Tu es là pour les drogues, les femmes, le jeu, fais-je en lui assénant une claque sur l'épaule.

— Une femme.

— Pourquoi as-tu essayé de m'éviter ? Nous devions nous rencontrer : mes hommes et moi écumons ce quartier depuis des jours.

— Je sais, je t'ai aperçu.

— Alors ?

— C'est assez délicat.

— Tu ne peux pas me surprendre. En matière de femmes, j'ai vécu le pire... ou le meilleur.

— Maspalio, regarde-moi. Seule une ogresse accepterait de partager sa vie avec un type comme moi. J'ai quarante-six ans. Je n'ai plus beaucoup d'années devant moi. Je veux me marier, convoler en justes noces, conclut-il d'une voix forte en avalant son verre d'un trait. J'aime un professeur. Elle enseigne dans la même université que moi. Elle m'adore mais elle...

— ... ne te désire pas, c'est cela ?

— Si, dans l'absolu. Seulement, il y a toutes ces inhibitions inculquées par les autres professeurs, des réflexions insidieuses qui tentent de lui démontrer que je ne suis qu'un monstre, que la *bête* attend son heure.

— Je vois. Tu cherches un philtre d'amour.

— Oui. Mais j'ai trouvé quelqu'un de particulier, un mage original. Son travail est différent. J'y crois beaucoup. Le recours à ce genre d'artifice ne me plaît pas, tu t'en doutes, mais moi, je lutte contre une communauté tout entière. J'ai bien le droit de répondre à ma manière, de provoquer notre mariage.

— N'hésite pas, mon vieux. Tu as ma bénédiction, dis-je avec le sourire.

— Je te remercie.

— Et ton alchimiste, il n'a pas entendu parler d'un démon ?

— Un Opalin ?

Je reste bouche bée.

— Tu l'as vu ? articulé-je, les poings serrés.

— Tout à l'heure. Il vit chez le mage.

Je me lève très doucement, abasourdi.

— Chez lui... Et ce mage, sais-tu où il habite ?

— Naturellement ! Tu ne m'écoutes pas ?

— Oh si, mille fois, Ekhmor. Écoute, dis-je d'une voix nerveuse, tu me conduis chez ce mage. Immédiatement.

— C'est l'Opalin que tu cherches ?

— Lui et personne d'autre.

— Bon, suis-moi.

Nous sortons de l'auberge. Ekhmor me précède, de sa démarche pesante. Je passe rapidement le mot à l'un de mes pensionnaires :

— On se retrouve à la maison close des Colombes. Préviens les autres et fais vite !

Moins d'une demi-heure plus tard, nous sommes au complet. Une fois Ekhmor serré et accolé par tous les pensionnaires heureux de retrouver un ancien, nous nous mettons en route. Notre cortège avance lentement, retardé par les plus vieux. Je ne cesse d'aller et venir pour les encourager à aller plus vite.

— C'est là, me dit soudain Ekhmor en m'indiquant une tour dont on aperçoit simplement la toiture derrière une haie d'arbres. Maspalio, je me fiche de tes histoires avec ce démon mais jure-moi que tu ne toucheras pas au mage. J'ai besoin de lui.

— Ne te fais aucune inquiétude.

Nous nous saluons. Je me fais la promesse de le remercier un jour. Grâce à lui, l'Opalin est à moi. Tremblant d'excitation, je donne l'ordre à mes pensionnaires d'entourer la bâtisse. Il est un peu plus de dix-neuf heures. J'entrerai à la nuit tombée, au cas où le démon tenterait de s'échapper. Les ombres lunaires se chargeront de retarder sa fuite. Mes voleurs feront le reste. J'observe tranquillement les lieux. La tour est doublement cernée par un mur et ce jardin planté d'arbres. Une seule porte en bois verni permet d'y entrer. La nuit tombe et avec elle, naît l'espoir de mettre enfin un terme au chantage de l'Advocatus Diaboli.

Neuf heures passées. Je suis agenouillé devant la porte. Je travaille vite : en moins de dix secondes, un cliquetis libère la porte qui s'entrebâille. Je pénètre dans le jardin, laissé à l'abandon. Je progresse à l'abri des arbres. La tour ne comporte qu'une seule lucarne au rez-de-chaussée, filtrant un mince rayon de lumière. Je m'avance, le dos courbé, attentif au moindre mouvement. Je me glisse sous la lucarne. Les volets s'ouvrent de l'extérieur. À l'aide de mon poignard, je soulève délicatement le loquet puis entrouvre un battant.

La scène qui s'ouvre à mes yeux ne manque pas de piquant. La tour est creuse, recouverte de bas en haut par les rayonnages d'une immense bibliothèque. Des livres par centaines s'y entassent en désordre, levés ou couchés, ouverts ou fermés. De longs parchemins émergent ici et là, pendant comme des gonfalons de papier. Au sol, deux hommes me tournent le dos. Le premier semble lire à voix haute au deuxième, assis en tailleur derrière une table basse. La lumière vient d'en haut, d'un nuage bourdonnant d'abeilles safran qui projettent sur le sol leur scintillement moucheté.

Je n'ai pas besoin de me méfier, même si je garde un souvenir douloureux de mon passage au Moulin. Ces deux hommes me paraissent incapables d'agir en assassins ou même de s'enfuir. Je vais jusqu'à la porte, y frappe plusieurs coups. Le mage m'ouvre. Les yeux pétillants sous d'épais sourcils, les cheveux en broussaille, il exprime une douceur incomparable, comme si la violence lui était une chose inconnue. Un homme hors du temps, un rêveur.

— Que puis-je pour vous, mon ami ? me demande-t-il d'une voix posée, en se penchant pour deviner mon visage resté dans l'ombre.

— Voir le démon qui est à vos côtés, réponds-je d'une voix tranchante.

— Nous travaillons. Revenez plutôt demain, fait-il en refermant gentiment la porte.

Je la bloque avec mon pied.

— Vous ne m'avez pas compris, cher monsieur. Notre affaire ne souffre *aucun* délai.

— Mais la sienne non plus.

— Dites-lui que Maspalio aimerait lui parler, que je viens de la part de Valditch.

Il me laisse à la porte. De l'intérieur me parviennent les murmures assourdis d'une litanie ou plutôt d'une récitation. Je n'ai pas le temps de m'interroger plus longuement. Le mage, ouvrant la porte en grand, m'invite à entrer.

Au beau milieu de cette tour transformée en immense bibliothèque, je suis impressionné. L'air lui-même semble suspendu pour ne pas troubler les volumes poussiéreux. Le mouvement n'existe plus, sauf peut-être par les abeilles safran. Toute cette mémoire, ces mots, ces idées appellent le silence.

L'Opalin est là.

Son front. Un cerveau à vif prolongé par de petites pattes chitineuses cerclant son visage comme les sangles d'un casque. Ses yeux, reflets d'obsidienne où brille un mélange de sensualité et de grâce. Son nez rond et mutin, ses lèvres pleines. On ne peut s'empêcher de le trouver beau, de vouloir instantanément lui plaire. Il est vêtu d'une tunique violine, le capuchon rabattu en arrière. Il me dévisage avec délicatesse, épousant du regard chaque détail de mon visage avec la précision d'un pinceau. Je reste là, sans bouger.

— Assieds-toi, fait-il en m'indiquant une chaise.

Sa voix lui fait écho, à la fois cristalline et tranchante comme du verre. J'obéis.

— Tu es le farfadet de l'auberge.

— Oui.

— Et tu es venu pour m'emmener, pour que je revienne aux abysses.

— En principe, c'est le but de ma visite. Mais Abyme n'y tient pas.

— Tu sers la cité ou Valditch ? Je ne comprends pas.

— La ville.

— Pourquoi être entré ici franchement ? J'aurais pu essayer de m'enfuir, comme dans l'auberge.

— Les lieux, je pense, ou ce que la duchesse de Boldia a pu me dire de toi. Je m'attendais plus ou moins à trouver un démon tel que toi. Un personnage qui n'obéisse pas à une logique démoniaque. Tu ne portes pas cette violence intrinsèque propre à tes congénères. Tu es différent, Opalin. Et puis, en découvrant cette tour, en te voyant ainsi lire à haute voix, j'ai su que rien ni personne ne pourrait te faire partir. Tu étais arrivé à destination.

Silence. Je glisse un œil sur l'étrange balance posée sur la table basse où officiait le mage. Sur l'une des coupelles de cuivre brillent de petites pierres irisées qui captent le regard.

— Ce sont ses lectures, intervient soudain le mage juste derrière moi.

— Ses lectures ?

— La parole, dit l'Opalin en faisant un geste de la main. Des mots d'amour volés à tous ces écrivains, à tous ces poètes, fait-il en levant les bras comme s'il voulait encercler la bibliothèque.

— Explique-toi.

— C'est si simple… murmure l'Opalin. Ma voix réveille ces histoires, elle nous unit pour que la magie puisse réaliser son alchimie. Toutes ces pierres, ce sont des passages qui m'ont marqué, qui m'ont ému.

Je n'ai jamais aimé les romances, et pourtant ce démon m'attire. La curiosité, la fascination ? Je ne saurais le dire.

— Des passages ? l'interrogé-je.

— Une ligne, un paragraphe, une strophe, qu'importe… La magie les façonne comme un bijoutier. Lorsque la coupelle sera pleine, le philtre sera mien, bien plus puissant que n'importe quel autre. Il sera mes émotions littérales, mon cœur.

Mince…

— Opalin, j'ai besoin de comprendre ce qui t'arrive, dis-je.

— Pourquoi te ferais-je confiance ?

— Des complices t'attendent dehors. Si je les appelle, ton histoire se termine. Je ne suis pas venu pour te livrer à l'Advocatus.

— Je dois tomber amoureux.

— Toi ? Je pensais que le philtre te servirait à séduire la duchesse. Tu ne l'aimes pas ?

— Je l'ai aimée. Éperdument. Assez en tout cas pour ne pas ressentir le besoin de retourner aux abysses. Mais vois-tu, lorsque j'ai pris conscience que mon sentiment était mon salut, mon amour avait perdu son sens. En aimant, j'étais libre. Paradoxal, n'est-ce pas ?

— Pas forcément.

— Tu imagines que l'amoureux reste libre ? s'insurge-t-il.

— Parfois.

— C'est intéressant. Quoi qu'il en soit, je ne l'aimais plus. Un sentiment *motivé* n'a pas de raison d'être, tu comprends. Il fallait que je trouve un moyen de tomber amoureux. J'ai utilisé des artifices, je me suis plongé dans votre littérature pour y chercher un émoi salutaire. J'ai rencontré des femmes, de nombreuses femmes sans pouvoir me départir de cette idée que je *devais* les aimer. Le lien abyssal se renforçait chaque jour. Je luttais contre cet atavisme qui me poussait à plonger dans l'ombre la plus proche. J'ai eu recours en définitive aux philtres d'amour.

— Avec les prostituées…

— Oui. Cela ne donnait rien. Alors, un herboriste m'a proposé de rencontrer Selguance, le mage. Depuis, je vis mieux. Sa magie suscite de telles impressions que le lien abyssal a reflué. Bientôt, j'aurai un philtre suffisant pour tomber amoureux et ne plus être obligé de repartir.

— Et qu'allons-nous faire, maintenant ?

— Tu ne me dois rien.

— Si je te laisse ici, l'Advocatus convoquera l'Artificier pour moi. Si nous organisions une rencontre, une conciliation à l'amiable ?

— Tu le penses sérieusement ?

— Rien n'est immuable. Valditch, mon Advocatus, est un homme intelligent. Essayons d'obtenir ta liberté. Nous avons une excellente monnaie d'échange.

— Laquelle ?

— Si les démons apprenaient ton secret, s'ils savaient que le sentiment amoureux est plus fort qu'un lien démoniaque, je doute que les abysses ne soient pas instantanément balayées par un vent de révolte. Pour satisfaire les conjurateurs, les diables se sont employés à vous rendre de plus en plus conscients, de moins en moins aveugles. Vous êtes des créatures pensantes, Opalin. De nombreux démons choisiront de s'affranchir.

— En effet. Mais devons-nous en faire une monnaie d'échange ? Pourquoi ne pas être à l'origine d'une formidable émancipation ?

— Tu es fou…

— Sans doute.

— Non, Opalin. Trop dangereux. Nous n'avons pas l'envergure pour échapper aux diables. Il faut se contenter d'acheter ta liberté. Par contre, nous pouvons les menacer d'inspirer une telle révolution.

— Ils plieront, c'est évident.

— Ce n'est pas certain. Ton secret peut devenir un enjeu extraordinaire. Soit ils acceptent, soit ils nous suppriment.

J'ai baissé la voix, volontairement. L'Opalin n'a pas conscience de ce qui se joue. Je réalise les répercussions possibles d'un tel secret. Verrait-on les démons prendre d'assaut les boutiques des herboristes, faire des cours pathétiques à des femmes terrorisées ? Un parfum d'apocalypse dont je n'ai aucune envie d'être l'instigateur.

J'ai peur, soudain. Peur que les diables ne veuillent prendre aucun risque. La partie risque d'être particulièrement serrée.

— Je vais rencontrer Valditch, déclaré-je. En faire notre intermédiaire. Toi, tu ne quittes pas cette tour. Je vais laisser quelques-uns de mes hommes. Poursuis tes lectures J'ai hâte que tu sois capable de me suivre de jour comme de nuit.

— Moi aussi.

Je me lève. Nos yeux scellent une étrange amitié dans le secret de cet amour *affranchissant*. Nous détenons une arme effrayante, bon Dieu !

Le mage me raccompagne jusqu'à la porte sans un mot. Je sors dans le jardin puis rejoins mes pensionnaires.

IV

J'ai été suivi. Durant mon retour à l'hospice, tard dans la nuit, j'ai senti que l'on m'observait. L'Incarnat ? Malgré mes efforts, je n'ai repéré personne. Une fois à l'hospice, j'ai soigneusement fermé portes et volets, prévenu Fertuis qui veillait à l'étage, son arbalète dans une main. Je n'ai pas dormi jusqu'au petit matin en attendant les premiers rayons du soleil pour invoquer un Sinople, un démon gardien auquel j'ai ordonné de veiller sur moi durant mon sommeil.

Environ neuf heures du matin. Sans perdre de temps, je me suis mis en quête d'un messager pour prévenir Valditch. Lapidaire, le message lui fixe un rendez-vous dans les Trabouliennes, un quartier où notre guilde avait eu ses heures de gloire. La topographie des lieux, labyrinthique à l'excès, me permettra de fuir si l'Advocatus s'avisait de me doubler. Le rendez-vous est fixé au crépuscule. À midi, un message arrive à l'hospice. Valditch sera là. Aussitôt, je gagne le quartier de façon à être en avance pour préparer notre rencontre.

Le quartier appartient à la vieille ville, aux rêves des architectes fondateurs. Lorsque les pays des Royaumes Crépusculaires s'étaient accordés pour construire une ville consacrée à la diplomatie, les architectes avaient pensé ce quartier de bonne foi. Ils voulaient servir les rencontres secrètes, le ballets des diplomates encapuchonnés. Les maisons s'étaient donc construites les unes à côté des autres, accouchant d'un gigantesque pâté de maisons percé de passages si étroits qu'un homme à cheval ne pouvait s'y engager.

En levant les coudes, on peut toucher les murs de part et d'autre. L'époque a chassé les diplomates pour céder la place aux voleurs qui guettent à l'abri des coins menteurs, ces petites alcôves aménagées à l'origine pour y traiter des affaires d'État.

J'adore ce quartier. Notre guilde s'y plaisait : nous étions des rois. Depuis quelques années, je m'y promenais par nostalgie. Aujourd'hui, cet écheveau inextricable me donnera l'avantage.

J'ai choisi le lieu de notre rendez-vous avec soin, au croisement de quatre traboules. Je m'assure que Valditch n'a pas placé quelque comparse aux alentours, vérifie que les trappes et les échelles menant aux maisons qui nous dominent sont encore à leur place. Muni cette fois-ci de mon indispensable petite trousse où j'entasse mes outils de voleur, je crochète plusieurs de ces trappes de manière à pouvoir m'éclipser rapidement si les choses se gâtent. Je suis prêt. Vers dix-huit heures, les lampiers viennent remplacer les feux follets qui brillent nuit et jour aux carrefours.

Dix-neuf heures. La silhouette de Valditch s'encadre à l'extrémité d'une traboule. Il s'est déjà annoncé par le claquement de ses sandales. Les nerfs tendus, je le laisse approcher puis quitte le coin menteur où je m'étais installé.

— Eh bien, Maspalio, tant de cachotteries pour nous voir! dit-il.

— Ce ne sont que des prémices.

— Qu'est-ce qu'il y a, Maspalio? demande-t-il d'une voix compatissante. Tu ne le retrouves pas, tu abandonnes?

Je souris puis lui rétorque:

— Tu te trompes. L'Opalin est en lieu sûr, sous ma responsabilité.

Son visage se ferme. L'œil sévère, il me toise.

— Maspalio, je n'ai pas le cœur à plaisanter. Si tu as mis la main sur lui, livre-le moi.

— Non.

— Mais tu es fou! s'écrie-t-il. Tu n'es qu'un farfadet, mon pauvre. Cesse donc de te conduire comme un gamin!

— Ne t'énerve pas, Advocatus, lui murmuré-je d'une voix posée. Nous avons fini par prendre l'habitude de changer les règles du jeu, n'est-ce pas? Cette fois-ci, *je* les dicte.

— Tu a perdu la tête, mon ami, fait-il d'une voix lasse en claquant des mains.

Un mouvement. Son ogre surgit au bout de la traboule qu'il a empruntée.

— Viens là! lui ordonne Valditch. Notre petit farfadet a perdu le sens des réalités. Il mérite une bonne correction.

— Arrête, Valditch. Écoute-moi: nous sommes capables de briser le lien abyssal. Ton ogre fait un pas de plus et tu auras une révolution sur les bras.

Il lève le bras pour faire signe à son ogre de ne plus bouger.

— Mais où est donc le Maspalio que j'ai connu ? Le farfadet réaliste, raisonnable ?

— Je crains qu'il n'aie trop envie de survivre à cette histoire, mon ami, réponds-je.

— Il n'a jamais été question de te… tuer, Maspalio.

— J'en doute. Dès que j'ai eu éventé votre secret des ombres lunaires, toi ou le lunetier avez chargé l'Incarnat de traiter avec moi. Un tel démon ne s'invoque pas à la légère, je connais le prix à payer pour le conjurer. Vous preniez les devants…

Il chausse soigneusement ses bésicles sans me perdre des yeux.

— Cela devient très sérieux, Maspalio ?

— Beaucoup plus que tu ne le crois. Nous avons *réellement* le moyen d'affranchir les démons de leur tutelle diabolique. Tu as conscience de ce que cela implique ?

— Je pense, oui.

— Je veux une connivence, Valditch. Une connivence qui me lie aux diables. Une connivence qui nous placera sous leur protection en échange de notre silence.

Valditch tressaille. Il tremble. Serviteur des règlements immuables, les événements le dépassent. Les rôles s'inversent. En me chargeant de retrouver le démon, il s'est placé dans une position inconfortable. On le tiendra pour responsable de mes exigences. La grande machine abyssale le jugera incompétent. J'ai le sentiment qu'il réalise brusquement sa place dans les négociations à venir.

— Ce n'est pas mon rôle, Maspalio, dit-il d'une voix pressée. Je ne peux pas décider d'une telle chose, non, sûrement pas.

— Alerte tes supérieurs. Les diables n'auront rien à perdre. Un peu de mauvais sang, sans doute, en nous sachant vivants. Mais, tu me connais bien, je suis *raisonnable*…

Il a retiré ses lunettes qu'il tripote nerveusement, le visage baissé.

— Comment en sommes-nous arrivés là, Maspalio ? Les choses étaient si simples. C'est vrai, l'Incarnat devait te supprimer une fois que l'Opalin aurait été entre nos mains. Mais ce n'était pas mon idée. Le lunetier tenait à son intimité. C'est lui, le responsable.

— Arrête de pleurnicher sur ton sort, Valditch. Je ne te laisse pas le choix.

— Va au diable !

— Toi d'abord... Sois à cet endroit dans trois jours, à la même heure. Avec la connivence signée par les diables. Une goutte de mon sang et l'affaire sera réglée.

— Ce n'est pas si facile ! Les diables ne reçoivent pas comme cela, sur un coup de tête.

— Tu as de quoi les motiver, non ?

— Ils n'accepteront jamais. Des Carmins viendront te chercher, toi et ce maudit Opalin !

— Je ne crois pas. Les diables ne prendront pas ce risque.

Valditch veut me répondre lorsqu'un homme se laisse habilement tomber d'une trappe à quelques mètres de nous.

— Maspalio, la milice. Ils sont venus pour toi.

— Quoi ?

— Le quartier est cerné.

Je me tourne vers l'Advocatus.

— C'est toi ?

— Pas du tout, me répond-il d'une voix qui paraît sincère. Je ne me doutais pas que tu viendrais pour me proposer cet affreux chantage.

— Le rendez-vous tient toujours, d'accord.

Je ne m'attarde pas. Le voleur a déjà disparu. J'escalade rapidement une échelle, soulève la trappe déverrouillée par mes soins puis me hisse à l'intérieur de la maison. La milice ? Pourquoi est-elle à mes trousses ? Je ne vois que le meurtre d'Adiphoise. Ce n'est pas important : je connais suffisamment le quartier pour échapper aux miliciens. Je progresse de maison en maison jusqu'à ce qu'un voleur me rejoigne alors que j'empruntais une traboule pour changer de bâtisse.

— Messire Maspalio, me dit-il d'une voix essoufflée. Ils ont mis le paquet. Deux ou trois compagnies, peut-être quatre. On n'a pas vu cela depuis dix ans ! Qu'est-ce que vous avez bien pu faire ?

Je ne réponds pas. Quatre compagnies, soit près de deux cents hommes ! Adiphoise n'aurait pas motivé un tel déploiement de forces. Inquiet, je me hisse à nouveau dans une maison. Je dois gagner les toits, trouver une ombre pour invoquer un Saphirin capable de me soulever dans les airs. J'ignore l'heure qu'il est : si la nuit est tombée, l'affaire est mal engagée.

J'ai tôt fait de mettre la main sur le propriétaire de la maison, un pauvre homme tremblotant entouré de son épouse et de leurs deux enfants.

— Je la tue si tu ne me dis pas comment on accède au toit, fais-je en pointant ma dague sur sa femme.

Je suis dur, un peu trop sans doute. Je n'ai pas le temps d'user de finesse pour obtenir sa coopération. Il roule des yeux paniqués sans faire le moindre geste.

— Allez, dépêche-toi ! l'intimé-je en forçant ma voix.

Je n'aime pas agir de la sorte. J'ai trop souvent raillé la barbarie pour en être un artisan zélé. L'homme a fini par s'approcher.

— Vous ne nous ferez pas de mal, messire ?

— Rien du tout si tu te presses un peu.

— Suivez-moi.

Quelques instants plus tard, je suis sur le toit. Privé de rue, le quartier ressemble à une succession de collines anguleuses plantées de cheminées. L'une d'elles devrait bien être assez grande pour conjurer mon Saphirin. Seulement, les miliciens ont anticipé ma fuite. Plusieurs d'entre eux sont visibles, à califourchon sur les arêtes des toits. Ils ne m'ont pas encore aperçu. Cela ne change rien : la nuit est presque tombée. Les ombres n'ont plus l'énergie nécessaire pour s'ouvrir sur les abysses.

J'abandonne le toit pour le grenier. Assis contre une poutre, je réfléchis, le visage dans les mains. Il ne me reste que les égouts, un endroit que j'évitais systématiquement lorsque j'étais Prince-voleur. Entre les rats et l'obscurité, je suis incapable de garder mon sang-froid. Tant pis, je n'ai pas d'autre solution.

Je redescends jusqu'au premier étage, gagne la pièce par laquelle j'étais entré puis entrouvre la trappe. Deux miliciens se tiennent juste au-dessous de moi. Un seul m'eut suffi. Je ne peux en neutraliser deux d'un coup. Derrière moi, la petite famille, qui a surpris mon hésitation, s'agite. L'un des enfants se met à crier. Un milicien lève la tête. Je referme la trappe. Trop tard.

— Par ici, par ici ! hurlent les miliciens.

Furieux, je remonte le plus vite possible jusqu'au grenier. Bon Dieu, j'ai échappé au Palais des Gros tout entier. Ce n'est pas dans *mon* vieux quartier des Traboulienne que de vulgaires miliciens vont pouvoir me mettre la main dessus !

Je grimpe sur le toit. Les miliciens, ameutés par les cris, ont abandonné leur guet pour progresser dans ma direction. J'avance rapidement entre les creux esquissés par les jonctions des toitures. À plusieurs reprises, je croise un milicien marchant sur le faîte d'un toit. Je m'accroupis, attends qu'il me dépasse et continue. Les premières rues sont à moins de deux cents mètres. À cent, je me mettrai à courir.

Je n'en ai pas eu l'occasion. Un milicien a fini par m'apercevoir. Tenu en joue par un archer, je deviens très conciliant… J'ai lâché ma dague et levé les bras. Je préférais la prison à une mort de gibier, sur un toit d'Abyme.

Pour la forme, je me suis débattu en proférant toutes les insanités qui me venaient à l'esprit. Mon impulsivité m'interdisait de composer un personnage digne et résolu. Finalement, je fus enchaîné, bâillonné puis mené à travers Abyme dans un chariot bâché.

***

Mon cachot mesure trois mètres sur trois. Quand j'affirmais qu'une petite taille a beaucoup d'avantages… J'ignore où je suis. Vraisemblablement, la milice m'a conduit dans les geôles du Palais d'Acier dont les maîtres commandent la sécurité d'Abyme. Je supporte mal l'isolement, la proximité de cette paillasse humide et rêche sur laquelle je suis censé dormir.

Les heures passent, dans un silence sépulcral. Je m'efforce de ne penser à rien, de ne pas céder à ce torrent de questions aux portes de mon esprit. Je n'aurais pas de réponse. Mon arrestation n'a pas de sens. J'ai fini par m'endormir, recroquevillé dans un coin de la cellule.

— Debout, Maspalio ! m'ordonne une voix bourrue. Allez, debout !

Un ogre, portant le cuir gris des soldats d'élite du Palais d'Acier. Une créature qui doit mesurer près de trois mètres et demi. Mauvais signe.

Il me soulève sans ménagement en criant :

— Messire Madoquiel veut te voir. Essaie d'être présentable.

— Faites un effort : parlez-moi *normalement*, on évitera de se fâcher.

Mon sarcasme n'est pas à son goût. Il m'assène une violente claque sur le crâne qui me jette à terre. Sa main, gantée de fer, m'a écorché le cuir chevelu. Je saigne. Il me hisse par un bras jusqu'à son visage, me secoue comme une marionnette puis me murmure d'une voix grinçante :

— Tu es chez nous, maintenant. On va s'occuper de toi, Maspalio. Je savais bien que tu finirais par te rouiller. Ils t'ont ferré comme un lapin. Des miliciens en plus. Tu ne vaux vraiment plus rien, fait-il en me lâchant à un bon mètre du sol.

Je m'écrase sur le sol. Une douleur cuisante me transperce la cheville. Je veux y porter la main lorsque l'ogre me soulève à nouveau.

— Assez joué, messire Madoquiel va s'impatienter.

Il me pousse devant lui. Péniblement, je me mets à marcher, oublieux de cette douleur qui me paralyse la cheville. Nous traversons une série de couloirs percés de portes identiques à la mienne, éclairés par des torches charbonneuses.

Enfin, l'ogre me fait signe que nous sommes arrivés.

— Entre là, dit-il en ouvrant une lourde porte barrée de fer.

La pièce n'appartient pas au corps de la prison comme si, la porte franchie, j'avais été transporté loin de ses sous-sols sordides. Je remarque la cheminée, imposante, où flambent de grosses bûches. Puis le bureau, le tabouret installé devant, et enfin cet homme qui doit être Madoquiel. Masqué par la pénombre, je ne distingue qu'un visage, éclairé un instant par le rougeoiement d'une pipe dont il tire de lentes bouffées. Je connais le personnage de nom. Un homme de carrière, suffisamment réaliste pour négocier avec les guildes sans nuire à leur commerce. Je n'avais pas traité avec lui. Il avait succédé à Doriale, un bon bougre sans cervelle qui avait largement servi mes affaires.

— Viens t'asseoir, Maspalio.

La voix est rocailleuse, sans fioritures. Je me laisse choir sur le tabouret, bien content de ne plus solliciter ma cheville qui enfle à vue d'œil.

— Tu as provoqué ton gardien. Ce n'était pas utile, dit-il sur un ton qui n'admet pas de réponse. Bien… Nous avons beaucoup de choses à nous dire, Maspalio. Ta situation n'est guère enviable.

— Vous surtout ! Je ne sais même pas de quoi on m'accuse.

— Ton sens de l'humour est déplacé.

— Ce n'était pas voulu. Pourquoi m'avoir arrêté ?

— Pour les quatre crimes dont tu es l'auteur incontestable, fait-il en se penchant de telle manière que je voie son visage.

Des traits de faucon sous un crâne lisse qui servent deux orbites d'acier soigneusement polies. Il est aveugle, comme l'ogre de Valditch. Un signe qui ne trompe pas : à l'image de tous ceux qui naissent au cœur du Palais d'Acier, il aura commis l'imprudence, étant jeune, de regarder l'une des façades métalliques un jour d'été. À cette époque, la réflexion du soleil est telle qu'elle brûle instantanément les yeux du distrait.

Je ricane.

— Cela t'amuse, Maspalio ? Je n'en attendais pas moins. L'artisan de telles horreurs est un fou, nécessairement.

— Je n'ai pas tué ces quatre personnes.

— Les preuves sont accablantes, farfadet. Incontournables.

— Mais, bon Dieu, de quelles preuves parlez-vous ? fais-je en me levant puis en retombant lourdement, terrassé par la douleur.

— Des témoins, Maspalio, des témoins dignes de foi qui vous connaissent, qui ont l'habitude de vous voir.

— Je ne comprends rien.

— La demoiselle Gehynne. Ce nom vous dit quelque chose ?

— C'est une amie, une fermailleuse qui a travaillé avec moi. Je la vois régulièrement.

C'est la vérité. Gehynne, comme Ekhmor, faisait partie de ceux avec qui j'avais gardé contact après avoir quitté la guilde. Je l'avais revue deux ou trois semaines auparavant. Nous avions déjeuné sur la terrasse d'une auberge, partageant nos vieux souvenirs de voleurs. Grâce à son talent, elle avait ouvert nombre d'ouvrages dont les fermoirs étaient piégés, sauvant du même coup les informations que nous y cherchions. Depuis, nous n'avions pas réussi à nous perdre de vue. J'aimais ses mains, son humour. Un souvenir, désormais…

— Et la dernière fois, vous l'avez tuée.

— Elle est morte ?

— En l'espace d'une journée. En six ou sept heures, m'a certifié la fée noire appelée sur les lieux. La maison de votre *amie* était en bois, un bois neuf dont l'âme, bien trop jeune, n'a pu nous en dire plus. À quoi bon ? Les voisins vous ont vu entrer, vers une heure de l'après-midi. La boutique a été fermée jusqu'en fin d'après-midi, heure à laquelle vous êtes ressorti.

Pauvre Gehynne. Qui a bien pu vouloir la tuer ? La corrélation avec le meurtre d'Adiphoise est évidente. Quelqu'un s'amuse à supprimer mon entourage…

— Quand était-ce ?

— Il y a une semaine précisément.

Il me faut quelques secondes pour réaliser que celui ou celle qui me poursuit a du talent. À cette date, j'étais évanoui, dans les bras d'un Incarnat, après avoir provoqué l'incendie du Moulin… Un moment d'inconscience que seul l'Incarnat est en mesure de certifier. L'idée de le faire témoigner ne manque pas de saveur. Autant dire que je n'ai aucun alibi.

Madoquiel a dû le sentir. Il me pose la question

— Où étiez-vous ?

— Nulle part. Vous ne me croiriez pas et personne ne peut le confirmer.

— Je m'en doutais, fait-il en soufflant sa fumée dans ma direction. Et Adiphoise, haut dignitaire du Palais des Gros, vous le connaissiez également ?

— Je le savais mort.

— Nous passerons sur les empreintes que des courtisans m'ont transmises avec un civisme exemplaire. Une preuve irréfutable, à en croire votre cordonnier.

Je hausse les épaules. Je n'ai plus envie de l'entendre : il doit logiquement m'annoncer deux autres meurtres, soit deux de mes proches assassinés. Je frissonne : ces minutes sont terrifiantes.

— Vous avez raison, nous n'en sommes plus à ce genre de détails. Venons-en plutôt à votre nuit, dès le lendemain. Votre appétit meurtrier a connu son apothéose juste après minuit. Messire Arlehi en a fait la cruelle expérience.

Arlehi, mon frère. Nous étions fâchés depuis plusieurs mois suite à une querelle d'argent. Il était venu à l'hospice me demander pour la énième fois une somme importante afin de régler ses dettes de jeu. Il était pâle, le regard fuyant. Ses créanciers n'étaient pas très patients. Je lui avançai l'argent, bien entendu, après une dispute tapageuse suivie de près par mes pensionnaires. J'avais fini par le mettre à la porte, avec les précieux deniers qu'il était venu chercher. C'était de toute évidence notre ultime rencontre.

Je suis parcouru de tressaillements nerveux. C'en est trop. À qui s'est-on encore attaqué après mon propre frère ?

Je déglutis, respire doucement. Je dois répondre à Madoquiel. J'ai déjà compris : j'étais dans les combles à ce moment-là, parmi des drogués qui mourraient au matin... Aucun témoin ?

L'ambassadeur...

Ils étaient avec un ambassadeur. Une présence exceptionnelle, impromptue que notre assassin n'a pas dû prévoir. Je tiens mon salut. Personne n'irait remettre en cause la parole d'un tel homme.

— Un ambassadeur, dis-je d'une voix pressée. Il m'a vu, entre minuit et deux heures du matin, auprès des porteurs de Salanistre.

Madoquiel semble surpris.

— Un ambassadeur ? s'étonne-t-il. De quel pays ?

— Attendez... ses vêtements, je me souviens. Voyez du côté de la Marche Modéhenne. Oui, ce devait être un Modéhen.

— C'est un début, Maspalio, bien que vous tentiez de gagner du temps. Cela étant, je vérifierai. C'est ce qui nous différencie, farfadet. Je suis intègre, je ne trompe pas. J'exerce mon métier avec la conscience d'un homme juste. Je ne suis pas un voleur doublé d'un assassin, fait-il en approchant son visage par-dessus le bureau.

— Je n'en doute pas, soyez-en sûr.

Madoquiel s'empare d'une nouvelle feuille.

— Le lendemain, vous recommencez. En plein jour, comme avec mademoiselle Gehynne. Cette fois, vous êtes allé trop loin, Maspalio. Passe encore pour une fermailleuse ou un farfadet ivrogne mais une duchesse, dans *mon* propre Palais !

— La duchesse de Boldia ?

— Vous vous souvenez ? Après l'avoir condamnée, elle et ses sœurs, à la gangrène rouge ?

Mon Dieu ! Une telle gangrène vous emporte en quelques heures, généralisée au corps tout entier. Une mort sordide.

— Aviez-vous un ambassadeur à vos côtés, cette fois-ci ?

— J'étais au Palais des Gros, réponds-je spontanément.

— Je n'en doute pas. Un escorteur m'a rapporté le vol de son soufflet.

L'assassin ne m'a laissé aucune chance. Le piège se referme.

— Vous n'avez pas de mobile, Madoquiel. Je n'avais pas de raison de tuer.

— La folie, Maspalio. Elle seule a pu commander des actes aussi odieux. Votre fermailleuse, vous l'avez lentement asphyxiée avec ses fermoirs. Une mort atroce, Maspalio. Et en plus, vous l'avez regardée mourir.

— Assez ! m'écrié-je.

— Assez ? Mais nous commençons, farfadet. La cour se réunira très bientôt pour statuer sur votre sort. Vous aurez le droit à une belle exécution, croyez-moi.

J'ai cédé à son sourire cynique, à ses orbites luisantes et glaciales. Je me suis lancé à sa rencontre. J'ai escaladé le bureau en criant. J'ai voulu attraper sa gorge, le faire taire. Il me repousse sans mal, d'un geste négligent.

— Un vieux malade qui n'a pas supporté sa retraite, murmure-t-il alors que je gis, devant lui, incapable de me remettre debout. Une épave… conclut-il.

Je suis ramené dans ma cellule, traîné à même le sol par mon gardien. Une fois seul, je m'allonge, ramène mes genoux contre ma poitrine. Je me sens terriblement seul. Je veux oublier, alors je ferme les yeux.

***

J'ai perdu la notion du temps. Plusieurs fois, le gardien est entré pour exiger que je mange. Je n'en ai pas envie. Mon esprit s'est fermé telle une fleur, indifférent. La claustration annihile ma volonté. Je ne réagis plus. Les heures s'écoulent, identiques aux précédentes, ponctuées par les rondes de l'ogre.

Deux, peut-être trois jours se sont ainsi écoulés jusqu'à la visite de Madoquiel. Je ne l'ai pas entendu entrer. Sa voix surgit brusquement, à quelques centimètres de mon oreille.

— Ton ambassadeur est venu te voir, hier. Tu le sais ?

— Non, réponds-je faiblement.

— Il t'a reconnu. Pour le moment, le meurtre de ton frère ne t'est plus imputé.

Il agrippe mon visage, me force à regarder dans sa direction.

— Ton procès aura lieu cette après-midi. Profites-en.

Il sort.

« Cette après-midi. » Ces mots n'en finissent plus de résonner dans mon esprit. Je pense soudain à l'Opalin, à ce qui a pu lui arriver. Valditch a sûrement profité du sursis que mon arrestation lui a fourni. Il aura cherché à l'hospice, tourmenté les pensionnaires restés sur les lieux puis remonté jusqu'à ceux qui veillent dans le quartier des Vices. L'Advocatus aura tôt fait de trouver le démon. J'ai le sentiment que chaque seconde l'en rapproche. Il faut que je sorte d'ici. Je suis résigné, pourtant, à attendre ce procès dont je connais le verdict à l'avance. Il ne me reste qu'un seul atout, qu'une petite carte à jouer. Souhaitons qu'elle suffise au regard des juges…

Mon gardien, accompagné d'un deuxième, est entré.

— Enfile ça, fait-il en me tendant une tunique propre.

Je revêts l'habit sans un mot puis leur emboîte le pas. Ma cheville a considérablement enflé. Je marche presque à cloche-pied en m'efforçant de ne pas tomber. En pure perte. Je m'écroule, observé par les deux ogres qui n'esquissent pas le moindre geste pour m'aider. Nous parvenons enfin à la pièce où Madoquiel m'avait reçu. Il est là, d'ailleurs. Il congédie les deux ogres, me prend par un bras et me soutient jusqu'à un escalier.

— Allez, farfadet, fait-il en m'obligeant à monter les marches.

En haut de l'escalier, nous empruntons un couloir désert qui aboutit directement dans une grande salle où, de toute évidence, le procès aura lieu. Octogonale, la pièce est chapeautée par une cloche vitreuse et opaque, un plafond bulbeux strié de fines tiges de métal supportant une immense structure de verre noir. Plus bas, à cinq mètres du sol environ, une longue galerie, embrassant le pourtour de l'octogone, rayonne d'une bonne vingtaine d'étroites passerelles menant à des chaires pareilles à de gros furoncles d'acier.

Les juges s'y sont installés, vêtus de lourdes toges cloutées. Elles leur font une étrange carapace, scintillant par à-coups sous l'éclat des abeilles safran qui bourdonnent en essaim au-dessus de leurs têtes.

Madoquiel me pousse jusqu'au milieu de la salle, plongée dans le noir. Je me laisse faire, lorgnant de gauche à droite pour apercevoir les visages. La perspective est effrayante : je suis isolé dans l'obscurité, cerné par des juges qui semblent léviter dans leur halo de lumière. Je ne bouge pas. Madoquiel s'est retiré.

J'espionne l'un des juges dont certaines abeilles safran, plus vigoureuses que les autres, éclairent largement la silhouette. L'homme a les épaules voûtées sous le poids de la toge. Je sais combien les résidents du Palais sont maigres. La présence répétée du métal dans l'architecture transforme souvent les lieux en véritable fournaise. On transpire, on sue à tel point que les gens maigrissent à vue d'œil. Je n'ai jamais apprécié les « gens d'acier » comme les ont baptisés les Abymois. Leurs corps sont si décharnés qu'ils paraissent sur le point de s'écrouler, comme si les os n'avaient plus la force de porter la chair qui les recouvre.

Celui que j'observe a les traits du visage si creusés qu'ils lui dessinent la figure d'une marionnette, d'un morceau de bois taillé au couteau. Et puis, il est aveugle, portant les mêmes billes d'acier que Madoquiel pour remplacer ses yeux brûlés.

Un grincement strident tel un poignard glissant sur du métal. Je me retourne. Un juge a levé une plaque chromée — un métal dont le Palais d'Acier détient, seul, le secret dans ses forges souterraines — et un stylet qui a servi pour émettre ce son criard.

Je frissonne et du même coup je me souviens. La chair de poule est devenue un symbole au Palais d'Acier, un moyen d'atteindre cet état idéal où la peau se mue enfin en métal. Le frisson est devenu une fin en soi. On prétend que les courtisans du Palais courent, un stylet dans chaque main, pour tracer d'invisibles sillons sur le métal des murs et entretenir cette chair de poule qui finira par se *révéler*. Une image qui fait écho à ces Gros espérant que des ailes leur poussent.

Un juge a imité le précédent. La plainte du métal résonne longuement, trop sans doute. L'architecture a dû être pensée de manière à porter le son le plus longtemps possible. Je me bouche les oreilles. Au même moment, Madoquiel entre, accompagné des deux ogres, s'empare de mes mains puis me les lie dans le dos. Ils repartent tous les trois sans un mot.

Subitement, je réalise que les juges ne se contentaient pas d'ouvrir la séance à leur façon mais qu'ils utilisent le grincement du métal pour communiquer entre eux. Lorsque Madoquiel a refermé la porte derrière lui, ils se sont mis à *parler*. Les mains liées, je hurle vainement pour couvrir ce concert suraigu. Je cours en sautillant au pied de chaque chaire en les sommant de se taire. Je sens ma peau palpiter, se hérisser comme si un blizzard foudroyant s'était engouffré dans la salle. Combien de temps cela a-t-il duré ? L'esprit en feu, presque sourd, je me suis écroulé en voulant glisser la tête entre mes genoux pour atténuer les sons. Une gymnastique improbable, impossible.

Puis ils se sont tus, satisfaits du résultat. Ils ont brisé mes dernières résistances, balayé ma volonté.

— Alors, Maspalio, reconnaissez-vous les faits ? dit l'un d'eux.

J'entends quelque part le faible écho d'une plume courant sur un parchemin, un bruit d'une douceur incomparable que mon ouïe blessée parvient à distinguer. Je me relève, porté par un sursaut de fierté.

— Non, pas un seul.

Un murmure couvre la fin de ma réponse, un frottement à l'unisson du plat des lames sur les plaques. J'ai le sentiment qu'ils n'ont pas l'intention de s'embarrasser d'un procès, si tronqué soit-il. Ils sont là pour prononcer une sentence.

— Des témoins vous ont reconnu, reprend le juge.

— Un déguisement, un masque… rétorqué-je d'une voix lasse.

— Et la magie également ! s'insurge-t-il en agrippant des deux mains la rambarde de la chaire. Mes confrères viennent de prendre connaissance des faits. Vous êtes coupable.

— Votre justice est aveugle ! m'écrié-je, non sans malice.

— Vos insultes à l'égard de la cour n'y feront rien. Vous êtes ici pour vous défendre. Faites-le !

La parodie a assez duré. En aucune sorte, je n'ai les moyens de me disculper. Je dois jouer avec le secret de l'Opalin.

— Juges, fais-je en commençant à tourner sur moi-même de façon à m'adresser à tous. Je vais vous proposer un marché.

L'un d'eux exprime son indignation. Un grincement tétanisant auxquels les autres répondent aussitôt. Je laisse passer la tempête en rentrant la tête dans les épaules. Si je sors d'ici, ils me le paieront, d'une manière ou d'une autre. Lorsque le calme revient, je reprends la parole :

— Juges, si je disparais, Abyme me suivra.

L'attaque les désarçonne. Ils m'attendaient sur *leur* terrain, se préparant à m'écouter dresser de fragiles alibis. Il faut que je touche l'âme des gardiens d'Abyme, que je menace la cité pour qu'ils daignent m'écouter. Ils peuvent appeler les gardiens, m'expulser séance tenante. Sauf si la sécurité d'Abyme est en jeu : que je mente ou non, ils me prêteront attention.

— Oui, Abyme, cité des races et de leur alchimie, berceau de la conjuration qui tolère les démons à l'intérieur de ses murs. Et si, brusquement, le lien abyssal se rompait, si ces démons étaient libres de sillonner la cité sans être obligés de *repartir ?* Libres, ils deviendraient eux-mêmes conjurateurs, ils invoqueraient d'autres démons pour les affranchir. Abyme leur serait offerte. Ils en seraient les maîtres.

Ce n'est plus un murmure qui ponctue mon intervention mais une cacophonie infernale telle une armée tout entière s'amusant à faire grincer ses armes. Je me tasse, je ferme les yeux. Il faut tenir, Maspalio, il faut tenir…

Les stylets finissent par abandonner le métal, plongeant la salle dans un silence profond que je brise à nouveau :

— J'ai le secret de cet affranchissement. Si vous me condamnez, il sera divulgué à de nombreux conjurateurs, à des chroniqueurs influents qui se chargeront de répercuter la nouvelle. Vous serez tenus pour responsables !

Je bluffe. Dans ma précipitation pour rencontrer Valditch, je n'ai pris aucune précaution pour protéger le secret de l'Opalin. S'il meurt avec moi, personne ne sera plus en mesure d'en parler. Il y aurait Selguance, mais il y a de fortes chances pour que Valditch ne fasse pas de détail…

Les juges, cette fois, tapent avec le bout de la pointe, improvisant un étrange staccato. Ils paraissent agacés, gênés par la tournure que prend le procès. Je profite de leur hésitation :

— Écoutez-moi ! Je peux vous offrir ce secret. Les diables sont prévenus. Ils savent qu'une telle arme peut menacer leur règne jusqu'aux abysses, les priver de leurs sbires à jamais. Je vous propose d'exiger qu'ils protègent Abyme, qu'ils s'attachent à elle de sorte que cette cité devienne éternellement inviolable. Invitons-les ! Ils signeront et Abyme gagnera un prestige immense auprès des Royaumes. Tous sauront que les diables la servent. Aucun pays ne s'avisera plus de la menacer.

Je le pense réellement. À mon sens, les diables céderont à tout. En associant le Palais d'Acier à la connivence, je ne risque plus d'être poursuivi pour étouffer le secret de l'Opalin. Aucun diable ne déciderait de prendre d'assaut un Palais tout entier. Seulement, il s'agit là d'un pari : le sentiment amoureux vaut-il uniquement pour les démons lunaires ? Si c'est le cas, mon chantage perd cruellement de sa valeur.

Les juges se consultent. Les stylets vont et viennent sur les plaques qui gémissent à l'unisson. Enfin, ils semblent avoir pris une décision.

— Maspalio, faites-nous la démonstration de ce que vous avancez, déclare soudain à haute voix l'un des juges. Si vous dites vrai, nous n'hésiterons pas.

Le procès est déjà loin. Les juges ont pesé la portée de mon réquisitoire. Leur prudence me met dans l'embarras. Pour leur prouver ma bonne foi, il me faut un philtre d'amour. Aucun n'avait suffi pour l'Opalin, et surtout, je ne suis pas capable de conjurer un démon lunaire. Ma vie ne tient qu'à cela : le sentiment amoureux est-il valable auprès de tous les démons, sans exception ?

— Nous allons faire chercher des encres. Vous conjurez un démon ici même, sous nos yeux. Un démon qui sache nous décrire ses impressions.

— Soit. Mais auparavant, faites quérir un pensionnaire à l'hospice de Daconti. Qu'on lui demande de venir avec ce dont Ekhmor a tant besoin.

Silence. Une heure s'écoule avec une lenteur désespérante sans qu'aucun juge ne fasse mine de quitter sa chaire. La porte d'entrée s'ouvre enfin, livrant passage à Madoquiel accompagné de Pertuis, les jambes flageolantes et le teint cireux.

Madoquiel me tend un coffret où repose un choix complet des encres nécessaires à la conjuration ainsi qu'un parchemin qui servira à la connivence. Pertuis, quant à lui, m'a tendu une caissette qu'il ouvre lorsque le chef de la milice s'est retiré à l'écart. J'avais espéré les pierres entrevues chez Selguance. Il n'y a que des philtres sans valeur. Je regarde Pertuis qui hoche la tête en signe d'impuissance.

— Bien, dis-je, je suis prêt.

Au même moment, plusieurs pans de la voûte s'ouvrent en grand au-dessus de nous, laissant pénétrer un flot de lumière. Des serviteurs juchés sur le toit nous observent tandis que Madoquiel lance d'une voix impérative :

— Commencez, Maspalio.

Je n'ai plus d'autre solution. J'extrais plusieurs encres, isolant les bleues qui permettront de conjurer un Saphirin. Je n'ai pas l'intention de m'en remettre à ces philtres fabriqués par d'obscurs charlatans.

Je choisis le croisement de deux ombres générées par les chaires. Le Saphirin y naîtra sans se faire prier d'autant que le sol, lisse et propre, me permettra de cerner l'ombre avec précision. Le pinceau dans une main, j'entoure le périmètre en jetant des coups d'œil discrets sur Madoquiel. Lui seul pourrait empêcher ma fuite si, bien sûr, les serviteurs des toits n'ont pas le réflexe de fermer les pans de la voûte. Les ailes du Saphirin, excessivement fragiles, ne résisteraient pas à une pluie de verre. Madoquiel se contente de suivre ma main, les bras croisés.

L'ombre est scellée. Sitôt le pinceau levé, elle tremble, s'agite puis se tend : le démon prend forme. En quelques secondes, il est devant moi, bien réel avec son corps noueux, un faciès aiguisé et surtout deux ailes majestueuses aux jointures cornues.

Nous signons la connivence. L'instant est crucial. Je fais un signe à Pertuis qui me jette un regard emprunt de scepticisme puis se tourne vers le démon.

— Ne regarde pas vers le sommet tant que je ne te l'aurai pas dit, chuchoté-je. Je dois quitter cet endroit au plus vite. Tu devines ceux qui nous entourent ? (Il hoche la tête positivement.) Au-dessus de nous, une voûte en verre que des serviteurs ont ouverte en partie. Je sais, tu ne la briseras pas. S'ils ont le temps de la fermer, dépose-nous sur la galerie. Tu as compris ?

— Oui, maître.

— Allez ! m'écrié-je.

Ses deux bras nous encerclent, Pertuis et moi, tandis que ses ailes se déploient en claquant. Madoquiel ouvre des yeux stupéfaits avant de courir vers nous comme s'il pouvait nous retenir. Le Saphirin est déjà à quatre ou cinq mètres du sol et continue de s'élever, le visage tendu vers la voûte. Les juges, eux, n'y comprennent rien. Des grincements furieux commencent à emplir la salle, à moitié couverts par les cris de Madoquiel.

— Il s'enfuit ! répète-t-il. Vous l'avez laissé s'enfuir !

Nous sommes à plus d'une vingtaine de mètres. Plusieurs serviteurs, anticipant notre fuite, se sont mis à refermer le pan qu'ils avaient ouvert quelques minutes plus tôt. D'autres, interloqués, nous observent monter vers eux sans réagir. Le Saphirin a jugé qu'il pourrait passer. Ses ailes se sont mises à battre de plus en plus vite. Lancé comme une pierre, il franchit une ouverture qu'un serviteur abandonne en hurlant et nous propulse à l'air libre. De la salle du procès, juste au-dessous, nous parvient un tonnerre de grincements rageurs. J'aperçois Madoquiel, le poing levé : celui-là ne me pardonnera pas.

Je ris aux éclats, j'embrasse Pertuis sur les deux joues tandis que nous survolons les toits.

— Alors, mon vieux, tu vois, Maspalio est bien vivant !

— Oui, tu as beaucoup de chance.

— Valditch vous a retrouvés ?

— Oui. Mais nous avons déménagé la bibliothèque de Selguance pendant qu'Odeno l'attirait dans une embuscade.

— Et ?

— Odeno est mort et la bibliothèque est sauvée. Selguance et l'Opalin sont avec elle, en lieu sûr.

— Odeno…

— Il n'est pas parti pour rien.

— Oui.

— Où êtes-vous maintenant ?

— Moi, je suis resté à l'hospice pour veiller nos impotents. Quant aux autres, ils ont loué une maison sur la Grande-Maîtresse. Un endroit discret, avec une petite cour et un accès au canal. Tu y seras en sécurité.

— J'en ai besoin. Tu as entendu, Saphirin ? À la Grande-Maîtresse !

Le démon nous a déposés dans la cour puis s'est fondu dans une ombre. Un volet s'est ouvert. Une voix a crié :

— C'est Maspalio, les gars, il est revenu !

J'entre dans la maison avant qu'ils n'ameutent tout le quartier. Le couloir de l'entrée n'est plus qu'un passage étroit planté de rangées branlantes des livres de Selguance.

— Fais attention, ça dégringole pour un rien, fait Lazzi au bout du couloir en venant vers moi, les bras ouverts.

Nous nous accolons furieusement comme si nous nous étions quittés depuis des années.

— Tu n'as pas l'air très en forme. On va te retaper.

Sous sa conduite, je visite notre nouvelle retraite, rejoint par mes pensionnaires qui chuchotent et me sourient. La maison tout entière est envahie par les livres. Même la cuisine a dû être réquisitionnée pour pouvoir loger les milliers de volumes. De l'une des fenêtres, on distingue aisément notre vis-à-vis, à moins d'un mètre. Les encorbellements sont plus prononcés dans la Grande-Maîtresse que partout ailleurs. Coupée en deux par la place centrale, cette rue aux célèbres arcades traverse Abyme d'est en ouest. Je trouve l'endroit agréable. En cas de problème, il sera aisé de se fondre parmi la foule qui se presse de jour comme de nuit sur l'immense chaussée.

Le démon et Selguance sont installés à l'étage. Je les découvre, l'Opalin lisant à haute voix et le mage accroupi devant sa balance. Par contre, j'aperçois le Danseur pour la première fois, juché sur la reliure du livre tenu par le démon. La créature tourne la page, ses petites mains crépitantes d'étincelles bleutées.

L'Opalin s'est interrompu à mon entrée.

— Nous t'avions cru mort, Maspalio.

— Moi aussi, fais-je en m'approchant de lui.

— Nous aurons bientôt les pierres suffisantes pour le philtre, me dit-il en me montrant la balance légèrement inclinée.

— Parfait. Sois avec nous, ce soir. Nous tiendrons conseil au jardin.

— J'y serai.

Durant la fin de l'après-midi, je m'abandonne aux mains de mes pensionnaires qui se chargent une nouvelle fois de panser mes blessures. Je suis malheureusement condamné aux béquilles le temps que ma cheville guérisse.

Dès le crépuscule, nous gagnons ensemble le jardin. Aucune pièce n'est assez large pour nous accueillir tous. Les livres ont pris possession des lieux.

Nous nous asseyons en cercle parmi les mauvaises herbes, dans le silence. Personne n'ose prendre la parole tant l'avenir nous paraît incertain. Mon évasion aura définitivement convaincu le Palais d'Acier de ma culpabilité. Nous avons conscience d'être recherchés, autant par les miliciens que par Valditch et l'Incarnat.

L'Opalin nous a rejoints en excusant Selguance qui a décliné l'invitation.

— Cela ne l'intéresse pas, m'a confié le démon.

Je dois leur parler. Leurs visages ridés m'épient à la faveur de l'obscurité. On guette le moindre de mes gestes. Je m'avance au milieu d'eux.

— Nous sommes acculés, vous le savez ?

Ils acquiescent d'un murmure.

— Nous devons obtenir notre connivence au plus vite. Les diables nous retrouveront avant les miliciens.

— Comment faire ? demande Lazzi.

— Provoquer une nouvelle rencontre avec Valditch. Prendre toutes les précautions voulues pour l'empêcher de nuire. Enio, tu vas acheter dès demain plusieurs écritoires. Salti et Ferutz, vous savez écrire. Vous rédigerez une lettre à l'attention des chroniqueurs abymois, du moins les plus écoutés. Il faut que l'Advocatus sache que l'affaire peut devenir publique. Je pense que lui et le lunetier voudront l'éviter à tout prix. Nous les tiendrons ainsi. Ensuite, nous traiterons avec les diables. Je vais vous parler franchement. Il ne faut pas se faire d'illusions : les diables ne céderont pas facilement. En suggérant qu'ils nous protègent, nous mettrons la barre assez haut pour marchander et obtenir l'essentiel : la vie sauve.

— Attends, Maspalio ! s'exclame Salti. Je croyais qu'ils plieraient sans difficulté. C'est toi-même qui le disais.

— Salti, sous réserve d'en faire l'expérience, je crois que le sentiment amoureux n'est valable qu'auprès des démons lunaires. Ce n'est pas suffisant.

— Et s'ils essaient de nous doubler ?

— Quel intérêt ? Ils se douteront qu'une fois la connivence signée, nous ne prendrons pas le risque de révéler ce que nous savons. Chacun devrait y trouver son compte.

— Très bien, Maspalio. Concrètement, cela donne quoi ? s'interroge Lazzi.

— Toi, tu iras chercher nos vieilles malles à l'hospice. Tu seras la dernière personne à sortir d'ici à découvert. Ensuite, personne, vous m'entendez, personne ne franchira le pas de cette maison sans s'être grimé. Je veux que vous soyez méconnaissables. Quant à toi, Pertuis, tu me transformes cette maison en place forte. Je veux des pièges à chaque porte, à chaque fenêtre. Assure-toi que nous puissions fuir rapidement par les toits ou les égouts. Et surtout, trouve le moyen d'empêcher que ces satanés bouquins ne flambent d'un seul coup.

— Mais comment veux-tu…

— Tu te débrouilles ! l'interromps-je. S'il faut conjurer un démon je le ferai, mais trouve quelque chose.

— D'accord, dit-il d'une voix hésitante.

— Bon. De mon côté, j'alerterai les différents Advocatus d'Abyme pour obtenir une rencontre avec Valditch.

— Comment allons-nous échapper aux miliciens ? intervient soudain l'Opalin.

— J'allais y venir. J'ai beau réfléchir au problème, je ne vois qu'une seule solution : trouver le véritable assassin.

— Impossible ! s'écrie Ferutz.

— On est trop surveillé ! renchérit l'ancien passeur.

— Vous avez une autre idée ? les provoqué-je. Je vous écoute !

Silence.

— Non, alors il faut que nous en parlions sérieusement.

— On a déjà évoqué la question, Maspalio… avance timidement Salti.

— L'assassin n'avait pas recommencé à ce moment-là. Tout a débuté au Palais des Gros, avec cette histoire d'empreintes. Et puis, n'oubliez pas le testament d'Adiphoise. Cette petite phrase laconique : « Maspalio ou un. » Ou un quoi ? J'ai eu le temps d'y réfléchir. Adiphoise a *vu* l'assassin, quelqu'un qui me ressemblait au point de nous confondre. Nous avons donc affaire à un homme de petite taille, un farfadet ou un lutin par exemple.

— Tu n'as pas de frère jumeau ? ironise Lazzi.

— Non, nié-je avec le sourire. Mais je suis convaincu que la chambre d'Adiphoise n'a pas livré tous ses secrets. Un Gros n'est pas une cible facile. Mon frère, dans les endroits qu'il fréquentait, était bien plus simple à atteindre.

— C'est sans compter sur la mise en scène. Il fallait que l'assassin ait un sacré savoir-faire pour s'introduire dans le Palais et mettre en œuvre son plan macabre, avance Ferutz.

— Peut-être n'a-t-il pas eu besoin d'entrer ? suggère Pertuis tout d'un coup. Pour manipuler des buses, il faut connaître les oiseaux.

— Un oiseleur ? dis-je instinctivement.

— Ce n'est pas impossible, Maspalio. En tout cas, une personne qui savait précisément où et quand il trouverait Adiphoise seul dans sa chambre.

— Hornème a interrogé son entourage, pourtant, murmuré-je.

— Comment être sûr qu'il a su poser les bonnes questions ? Hornème n'était ni un milicien ni un voleur.

— Je retourne au Palais. Qui sait, un farfadet y officie peut-être en oiseleur…

— Vous feriez mieux, je crois, de vous demander ce qui a motivé ces meurtres, lance le démon sur un ton sarcastique. À votre place, je tenterais de savoir qui peut m'en vouloir à ce point pour éliminer mes proches.

— Opalin, cette question me tracasse depuis le début. Je n'ai pas d'ennemi à cette… échelle.

— Alors, je doute que vous attrapiez cet assassin un jour.

Personne ne répond. Je réalise subitement que le meurtrier n'a pas forcément l'intention d'en rester là. J'avais estimé inconsciemment que la duchesse de Boldia était sa dernière victime. En réalité, il peut aussi bien se trouver quelque part, de l'autre côté de ce jardin en attendant de se jeter sur mes pensionnaires ou sur le démon.

— Rentrez tous, maintenant, leur dis-je en jetant un coup d'œil derrière moi. Vous savez ce qu'il vous reste à faire.

Je veux leur emboîter le pas lorsque l'Opalin me retient par la manche.

— Maspalio ?

— Quoi ?

— Tu sais, j'ai longtemps pratiqué les abysses. Les diables

tenteront de biaiser, quels que soient les termes de la connivence.

— Je suis conjurateur, ne l'oublie pas.

— Tu ne sais rien des abysses, fait-il en me serrant le bras. Rien du tout !

— Tu as peur ?

— Je suis terrifié. Lorsque nous aurons notre connivence, je filerai d'ici.

— Je ne vais pas t'en empêcher.

— Dans ce cas… conclut-il.

Nous nous séparons, mal à l'aise. J'ai l'impression qu'il me fuit, qu'il lui tarde de quitter cette maison menacée de toutes parts. Il ne vit plus que pour cette liberté promise par le philtre d'amour et se fiche bien du reste. Qu'il aille au diable ! Vexé, je passe une partie de la nuit auprès de Pertuis et de ceux dont il s'est entouré. Sur mes béquilles, je ne suis pas bon à grand-chose mais je suis *là*. Je vais de pièce en pièce, encourageant l'un ou l'autre, tenant un outil ou échangeant quelques mots. L'atmosphère transcende nos craintes. Si proches, nous sommes invincibles. La nuit s'allonge doucement, laborieuse et complice, bercée, au gré des portes ouvertes, par l'écho des lectures amoureuses de l'Opalin.

***

Dès le lendemain matin, la maison se transforme en coulisses de théâtre. La larme à l'œil, nous ouvrons les malles qui contenaient nos déguisements depuis la naissance de la guilde. Voilà le milicien, et dessous le marchand, ou encore le saltimbanque et même le prince keshite. Une série de personnages que nous mettions en scène lors des « grands coups ». Tout est là, du moindre bouton aux boîtes de maquillage dont Lazzi s'est emparé avec un sourire gourmand. Il est aussitôt à l'œuvre, pinceaux et accessoires à la main, pour nous *défigurer*, nous modeler à notre humeur.

Je choisis un nez plus long, des pommettes plus saillantes. Mes sourcils s'épaississent, ma bouche s'amincit. Je gagne quelques années et de longs cheveux blonds noués en arrière. Une transformation radicale qui me mettra à l'abri des regards indiscrets. Seules les béquilles seraient en mesure de me trahir si Madoquiel me trouvait sur sa route.

Je quitte notre retraite dès dix heures pour gagner les différentes places où officient communément les Advocatus abymois. En chaise à porteur, je sillonne ainsi la cité jusqu'au souper, m'attardant auprès de chaque fonctionnaire pour qu'il prévienne Valditch.

Cette fois, le rendez-vous est fixé le lendemain sur la place centrale, à la vue de tous. Un endroit dont j'ai une sainte horreur mais dont les formidables dimensions sont un atout précieux pour s'éclipser quand bon vous semble. La foule, dense et agressive, empêche quiconque de progresser à son aise. Il faut être petit, savoir se glisser entre les jambes, muni d'un poignard, piquant ça et là pour écarter les plus grosses.

Au soir, nous soupons dans le silence, perdus dans nos pensées. Chacun sait que la rencontre avec Valditch commandera notre avenir. Si par malheur elle échoue, j'ai le sentiment que les diables voudront en finir, s'épargner des négociations difficiles en massacrant notre petite compagnie. Je n'ose confier cette évidence qui m'a frappé au cours de la nuit dernière : les chroniqueurs, si écoutés soient-ils, ne croiront pas un mot de nos prétendues révélations. En lisant les lettres préparées par Salti et Ferutz, j'ai pris conscience de leur énormité. Il faudra un chroniqueur peu soucieux de ses sources pour les publier. Qui plus est, ce sera une maigre consolation : cette perspective signifiera tout bonnement notre mort.

Nous nous couchons sans échanger un seul mot, l'esprit tendu vers ce lendemain incertain. Je m'endors tardivement, poursuivi par des images sordides peuplées de farfadets au faciès diaboliques, de miliciens haineux et de diables ricanants.

Au matin, mon premier réflexe est de palper ma cheville. Je peux me passer des béquilles en acceptant de boiter. Ce n'est pas très encourageant. Sur la place centrale, filer au ras du sol exige une coordination parfaite : le moindre faux pas vous fait piétiner séance tenante.

Maugréant, je traverse la maison sous les regards attentifs des pensionnaires, figés sur le pas de leur porte. Ceux qui me suivront sont déjà dans la salle à manger, confiés à l'expérience de Lazzi qui pétrit et modèle les visages pour les rendre méconnaissables.

Nous sommes bientôt prêts. Les dix qui m'accompagnent partent en premier pour se disperser autour de la taverne ambulante de Gargonce choisie pour le rendez-vous. Je patiente près d'une heure à tourner en rond, incapable de me concentrer. Lorsque le moment est venu, je pars sans prévenir en claquant la porte derrière moi. Je ne veux pas croiser le regard de ceux qui restent, de ceux dont la vie repose entre mes mains.

J'emprunte la Grande-Maîtresse qui ondule déjà comme un torrent, déversant ses milliers de voyageurs depuis les portes de la cité. J'avance le long des arcades pour ne pas risquer d'être emporté par la foule. Leurs piliers sont autant de rochers inébranlables contre lesquels je peux m'appuyer et reprendre mon souffle. Au fur et à mesure que l'on approche de l'entrée de la place, la foule s'épaissit. À proximité de ce goulot, l'engorgement est tel qu'elle reflue au rythme des chariots déversés au nord et au sud par le Grand-Pavé.

Je dois parvenir au plus vite à la tour des géants. Je serre contre moi la lourde bourse contenant les deux mille deniers nécessaires à leur *location*. Une somme exorbitante justifiée par un monopole séculaire obtenu par les maîtres-géants. Aucune autre créature n'a le droit de transporter un visiteur sur la place centrale. Celles qui tenteraient de la survoler seraient systématiquement abattues par les archers qui veillent dans les tours de guet ceinturant son pourtour.

Je distingue enfin la silhouette d'un géant s'apprêtant à en franchir l'entrée. À sept mètres du sol, il est capable d'anticiper le mouvement de la foule, de l'écarter de ses mains titanesques comme on le ferait d'herbes hautes. Je me rapproche. Son corps est strié de cordages supportant les lourdes nacelles où se cramponnent les voyageurs. Je n'ai pas besoin d'imaginer leurs visages, blancs comme un linge. Ainsi ballottés au-dessus du vide, aucun ne pourra s'empêcher de vomir, de vider ses tripes tant les secousses sont rudes et imprévisibles. Péniblement, je parviens à hauteur du comptoir des maîtres-géants, une véritable foire d'empoigne qu'il faut encore franchir avant d'obtenir son billet pour la place centrale. Je me faufile sans trop de difficulté. La clientèle est avant tout composée de marchands que mon poignard suffit à écarter.

— S'il vous plaît ! hurlé-je pour me faire entendre.

Ma position est précaire : je risque à tout instant d'être écrasé contre le comptoir. Un maître-géant s'est penché par-dessus pour m'apercevoir, un visage solide et franc.

— Eh bien farfadet, tu veux quitter cet enfer ? dit-il en m'attrapant par la main pour me hisser à ses côtés.

— Oui, merci, fais-je en lui tendant ma bourse.

— Parfait, tu peux monter.

Je traverse une allée esquissée par deux murets de pierre pour parvenir à l'échafaudage d'où on peut accéder aux nacelles. Le géant, les muscles noués, patiente tandis que les clients s'entassent sur son dos. Je choisis une nacelle assez haute, du moins le plus près possible de la chevelure au cas où le géant perdrait pied. Cela est déjà arrivé. Dans un moment pareil, il vaut mieux pouvoir saisir quelque chose pour faire corps avec ce monstre, le seul qui ne risque pas d'être englouti instantanément par la foule.

Le signal du départ est donné. Au-dessous de moi, les voyageurs saisissent le bord des nacelles à pleines mains comme si leur salut en dépendait. D'autres paraissent plus sereins, habitués à embarquer. Comme moi, ils sont à jeun et proches de la chevelure ou d'un poil long et dru qu'ils nouent à leur poignet.

Le géant s'avance, foulant pour une énième fois le pavé de la place centrale. Dès lors qu'il s'est engagé, on a le sentiment d'être à l'avant d'un voilier dont la proue fendrait des vagues de chair. La foule s'ourle derrière le géant en sillage sanglant. On aperçoit les corps brisés par ses pas monstrueux, instant fulgurant où les victimes tendent des bras implorants avant que la foule ne se referme sur elles et étouffe leurs suppliques. Des naïfs, des étrangers qui ne sont pas rompus à la pratique du lieu.

Le géant commence à déposer ses voyageurs. Ses mains jouent avec les cordages de manière à faire descendre la nacelle du voyageur parvenu à destination. Puis il repart, imperturbable, malgré les flux de plus en plus compacts. Je reste le dernier du fait même que la taverne de Gargonce n'est qu'un long chariot abandonné aux mouvements de la foule.

Il grogne, impatient d'en finir. L'heure est critique : les chariots qui sont arrivés par le Grand-Pavé sont maintenant dans la place. Des obstacles dangereux, même pour le géant : sa démarche devient plus agressive, les piétons également. Le cuir qui protège ses jambes jusqu'aux genoux pend en lambeaux sous les assauts répétés des dagues et des épées. Des voyageurs ulcérés, des époux venus venger une femme écrasée alors qu'elle faisait ses courses. Lorsque les bottes découvriront la peau, lorsque les épées s'y planteront, la créature perdra patience. Ses maîtres le savent bien. Le temps passé sur la place est calculé en fonction de la résistance du cuir. Au-delà, le géant peut devenir incontrôlable, massacrer aveuglement les piétons pour rejoindre la Grande-Maîtresse.

Heureusement, l'enseigne de Gargonce, suspendue à son mât, vient d'apparaître derrière la bannière d'un marchand. Le géant franchit la centaine de mètres qui nous séparent de la taverne. La manœuvre est délicate : il doit adapter son pas au mouvement du chariot et faire descendre ma nacelle simultanément. Privé de l'appui de ses mains qui saisissent souvent un mât ou un étendard pour assurer son équilibre, il manque de trébucher mais finalement y parvient. La nacelle dégringole, heurte violemment une table qui se fracasse sous le choc, et se renverse. Je roule sur les planches pour finir ma course contre le comptoir tandis que le géant repart, pressé de quitter les lieux.

Sonné, ma cheville à nouveau douloureuse, je me remets sur pied sous le regard amusé des consommateurs. J'ai perdu ma perruque ! Gêné, je la revisse tant bien que mal sur mon crâne.

Je jette un œil autour de moi. Nous sommes à trois mètres du sol, sur un espace qui mesure environ dix mètres sur cinq. Les tables fixées au sol retiennent à grand-peine les verres et les plats qui tressautent au moindre mouvement. À ciel ouvert, la taverne de Gargonce permet d'embrasser la place tout entière, de dominer les têtes qui glissent autour de nous. À l'avant, une dizaine de centaures s'efforcent d'ouvrir la voie à notre esquif. Si par malheur il s'immobilisait, la pression de la foule pourrait menacer sa structure. Les roues céderaient, la taverne sombrerait et l'établissement ne serait plus qu'un souvenir.

Je cherche vainement mes pensionnaires dans la foule qui nous entoure avant de m'adresser à Gargonce. Le tavernier me connaît et ne m'apprécie guère. À chaque fois que je suis venu chez lui, un incident a failli lui coûter son commerce.

— Maspalio, je me disais que tout allait bien jusque-là... Tu as vu ce qu'il a fait à ma table ? Je perds quatre places assises jusqu'à c'soir, pas moins !

— Les maîtres-géants te rembourseront, tu le sais bien.

— Ouais, dans une semaine, dans un mois. Pourquoi tu choisis toujours ma taverne ? Y'en a d'autres, non ?

— Tes centaures me rassurent.

C'est la stricte vérité. Les autres tavernes ont beau être tirées par de solides montures nordiques, n'importe qui peut trancher les jarrets de manière à immobiliser le chariot. Par contre, personne ne s'aviserait de faire de même avec un centaure, des créatures que Gargonce a ramenées expressément à Abyme pour assurer la protection de son établissement.

— N'empêche que t'apportes que du malheur, ajoute-t-il d'une voix lasse.

— Sers-moi quelque chose de chaud au lieu de ronchonner.

— Oui, si tu veux.

Je détaille les clients attentivement : Valditch est déjà là, engoncé dans une cotte de maille qui pèse lourdement sur ses épaules. L'armure, mal fixée, tremble à chaque cahot. Plusieurs lacets sont défaits à la taille, d'autres sont noués sans intelligence. Le moindre coup la ferait tomber. Le visage de l'Advocatus a vieilli. Les yeux rougis de fatigue, la bouche tremblante, il ressemble à ces pensionnaires que j'ai laissés à l'hospice, le regard résigné.

Je m'empare de la tasse tendue par Gargonce pour venir m'asseoir à ses côtés.

— Alors, Advocatus... mumuré-je sur un ton sarcastique, tu n'as pas su profiter de mon petit séjour en prison.

— Je t'en prie, Maspalio. Épargne-moi tes fanfaronnades. Je n'ai pas le cœur à supporter le bouffon.

— Crois-tu que la situation m'amuse ? J'ai autant à perdre que toi.

— Sûrement pas, Maspalio. Les diables pardonnent rarement.

La question me brûle les lèvres, l'Advocatus l'a compris :

— Non, Maspalio, ils n'ont pas encore répondu. L'Incarnat a rejoint les abysses pour les prévenir. Il n'est toujours pas revenu.

— Qu'est-ce que cela veut dire ?

— Rien, ou presque tout. Pour rencontrer les Hauts Diables, l'Incarnat va devoir déployer des trésors d'imagination, contourner les lenteurs du système. Les abysses se nourrissent des conflits entre les Hauts Diables. Une trêve est exceptionnelle, elle mettra du temps pour être respectée et finalement permettre la signature de *tous* les Hauts Diables.

J'agrippe Valditch par l'un de ses lacets :

— Écoute bien, Advocatus : je suis très pressé. Arrange-toi pour que la connivence soit prête dans les jours qui suivent sinon…

— Sinon quoi, Maspalio ?

— Sinon les hérauts clameront toute l'affaire à qui veut bien l'entendre. Il ne faut pas qu'une telle chose se produise, n'est-ce pas ?

Il baisse la tête en signe d'acquiescement. En pensée, je pousse un soupir de soulagement lorsque je surprends son regard, plus alerte. Un court instant, il a fixé la foule à un endroit précis. Je me retourne ostensiblement dans la même direction. Rien de particulier hormis une troupe de saltimbanques.

— Valditch, tu n'es pas sot ? Tu as déjà essayé, tu as échoué, dis-je d'une voix grinçante.

Il se lève, le regard transformé :

— Maspalio, sombre crapule, tu crois peut-être que j'ai le sens du sacrifice. Oui, l'Incarnat est aux abysses, oui, il tente d'obtenir ta maudite connivence. Mais moi, moi ! hurle-t-il en se frappant la poitrine. Si je fais taire ta sale petite trogne une bonne fois pour toutes, si je balaie tes vieillards séniles, je sauverai ma peau !

Il a les yeux exorbités, de la salive aux commissures des lèvres. Je ne l'écoute plus. Debout, je guette le moindre signe menaçant dans la foule qui entoure le chariot. Les saltimbanques se sont rapprochés. Pourquoi fallait-il que j'aie raison, que Valditch tente le tout pour le tout ? Je ne peux pas rester à découvert plus longtemps. Au même moment, un carreau siffle à mes oreilles et se plante dans le dos d'un client voisin qui s'écroule, tué sur le coup.

— Foutre Dieu ! s'est écrié Gargonce en s'emparant d'une large épée. Sale petit farfadet, tu veux donc que je ferme ! fait-il en courant vers moi.

Plusieurs centaures ont aussitôt quitté l'avant du chariot pour remonter vers nous et lui prêter main-forte. J'hésite à plonger dans la foule. Serai-je capable d'y survivre avec ma cheville blessée ? Valditch a reculé jusqu'à une rambarde tandis que plusieurs saltimbanques se placent sur les flancs du chariot. Des mercenaires, des assassins ? Gargonce est presque sur moi quand soudain un souffle de feu gronde et enflamme l'une des tables juste devant moi. Le tavernier s'est immobilisé, stupéfait.

Je baisse les yeux : l'un des saltimbanques, une torche à la main, est aux prises avec Gecceti qui a miraculeusement détourné le trait de feu. Les gens à proximité veulent s'écarter mais la foule les ramène vers le chariot. Un nouveau souffle qui, cette fois, embrase le corps d'un centaure.

Je n'ai pas besoin d'en savoir plus : l'Advocatus a dû louer les services des cracheurs de feu, d'anciens saltimbanques reconvertis en assassins. Je saute dans le vide alors que leurs haleines diaboliques ravagent le chariot. Les vêtements roussis, je retombe sur des crânes et des épaules dont les propriétaires paniquent à juste titre, alertés par l'odeur de brûlé. Les cracheurs n'ont pas abandonné. J'aperçois un instant la ruade d'un centaure dont les sabots aiguisés balafrent le visage de l'assassin. La foule se durcit, tente de s'écarter tandis que plusieurs cracheurs soufflent devant eux pour s'ouvrir un chemin dans ma direction. Les corps s'enflamment et titubent dans un concert de cris affolés. Je m'accroupis, plongé dans une forêt de chair en mouvement.

J'évite une jambe, en blesse une autre pour passer et faire un mètre de plus. Autour de moi, les gens hurlent, poussent et piétinent sauvagement les corps carbonisés. Les assassins m'ont perdu de vue mais leurs bouches ne cessent de s'ouvrir et de se refermer pour cracher la mort aveuglément. Désormais, ils tentent de fuir. À quatre pattes, je parviens à atteindre une modeste charrette, un îlot sous lequel je me glisse pour avancer entre ses roues.

— Mais que fait la milice ? s'écrie quelqu'un.

— C'est trop tard. Regardez, ils ont déjà disparu.

— C'est atroce ce qu'ils ont fait, dit une femme d'une voix vacillante.

Le mot est faible, juré-je intérieurement. Par prudence, je reste sous la charrette. Pour rien au monde, je ne quitterais cet abri, si précaire fût-il. Pendant trois heures, le véhicule progresse mètre après mètre jusqu'à l'entrée sud de la place. Le Grand-Pavé s'ouvre devant moi : j'abandonne la charrette et son conducteur médusé pour rejoindre sans tarder notre maison.

Gecceti est le seul qui ne soit pas revenu. Nous l'avons attendu tard dans la nuit en espérant qu'il soit bloqué sur la place centrale. Il est mort, sans aucun doute. Il m'a sauvé la vie aussi. Merci, mon vieux, même si cela ne te rendra pas la tienne. Excepté cette perte tragique et malgré l'embuscade tendue par Valditch, nous savons désormais que les Hauts Diables réagiront d'une manière ou d'une autre, prévenus par l'Incarnat. Nous ne pouvons plus rien faire. Ce sont eux qui décideront.

Avec Lazzi, nous nous sommes retrouvés dans le jardin. La maison est silencieuse : tristes et épuisés, les autres se sont couchés.

— Que ferons-nous demain ? me demande Lazzi.

— Je ne sais pas. Si Valditch est mort, il faut attendre que l'Incarnat nous fasse signe.

— Comment nous trouvera-t-il ?

— Si les Hauts Diables s'entendent, ils auront les moyens de nous localiser.

— Ce n'est pas très rassurant…

— Nous avons les chroniqueurs, en principe.

— S'ils veulent bien croire ce que nous racontons.

— Ne t'en fais pas. Nous n'aurons pas besoin d'en arriver là.

— Maspalio, et l'Artificier, tu y as pensé ?

— Bien sûr. Valditch ne peut pas s'en servir. L'Artificier opère en solitaire. Il ne laisserait pas l'Advocatus le suivre pour qu'il le mène jusqu'à nous.

— Tu le crois vraiment ?

— J'en suis certain.

— Bon, si tu le dis… Et l'assassin ?

— J'irai au Palais des Gros demain.

— L'attente va être insupportable. Quand est-ce que l'Incarnat se manifestera, à ton avis ?

— Bientôt, conclus-je en revenant vers la maison.

Je l'espère de tout cœur. Chaque jour, Madoquiel se rapproche, je le sens. Chaque jour, l'assassin, où qu'il soit, guette mes proches. Bon Dieu, pourvu que l'Incarnat soit convaincant…

***

Lazzi m'a soigneusement composé le personnage d'un courtisan obèse. Les traits épaissis, la bedaine triomphante, je puis m'aventurer au sein du Palais en toute impunité.

J'entre dans l'aile nord de bonne heure afin de trouver les courtisans avachis et repus. Le déguisement fait merveille : les quelques serviteurs que j'ai pu croiser n'ont même pas posé les yeux sur moi. Je ne peux m'empêcher d'éprouver les lieux, de m'y sentir orphelin. Le Palais fonctionne normalement, comme si la mort d'Adiphoise et d'Hornème n'avait rien changé.

Mon humeur se dégrade pour de bon lorsque je découvre que leurs chambres ont déjà été cédées à deux autres Gros. Il ne reste aucune trace, comme s'ils n'avaient jamais existé. Furieux, je m'engage plus profondément dans le Palais, avec l'idée de m'entretenir avec celui qui avait découvert l'Opalin. Sans ses télescopes et surtout sa curiosité, j'ai gagné un temps précieux en sachant que le démon avait consulté les herboristes du quartier des Vices. J'ai gardé un bon souvenir du personnage. Sa sollicitude m'avait touché, en particulier lorsqu'il m'avait proposé spontanément de dépêcher un héron à l'hospice s'il revoyait l'Opalin. Je sais qu'il appréciait Hornème, qu'il ne me croyait pas coupable. Je puis vraisemblablement me démasquer devant lui. Je le trouve sur la terrasse, l'œil collé à une longue-vue qui fouille le quartier des Vices.

— Messire ? l'apostrophé-je en m'adossant négligemment au parapet de la terrasse.

— Une seconde ! me répond-il sur un ton impatient, sans décoller son œil de l'instrument.

Il n'a pas reconnu ma voix.

— Maspalio ? vous vous souvenez ! ajouté-je.

Cette fois, il pose sa longue-vue, me toise puis lorgne sur les façades en s'assurant qu'aucun antiquaire ne se trouve à proximité.

— Que faites-vous là ? murmure-t-il. C'est pure folie. Toute la milice de cette ville vous recherche, sans compter les escorteurs. Ils donneraient n'importe quoi pour mettre la main sur vous.

— Du calme, messire. Sous ce déguisement, je suis invisible.

— Mais tout de même…

— Je n'ai pas beaucoup de temps.

— Que venez-vous chercher ?

— Des réponses.

— Je vous ai tout dit.

— Pas le démon, messire, mais le meurtrier d'Adiphoise.

— Parlez plus bas, enfin ! Les médecins peuvent entrer à tout moment.

— J'ai déjà posé la question à des serviteurs mais avez-vous des farfadets ou n'importe quelle créature de petite taille dans ce Palais ?

— Naturellement ! Des dryades dans les sous-sols qui servent aux bains. Des lutins aux cuisines et parmi les courtisans.

— Des farfadets ?

— Aussi, oui.

— L'un d'eux aurait-il quitté le Palais récemment ?

— Pas que je sache.

— Et les affaires d'Adiphoise, savez-vous ce qu'on en a fait ?

— Il n'avait pas d'héritier. Comme l'exige notre tradition, un clerc a tout emporté pour les vendre aux enchères. La vente a lieu aujourd'hui ou demain.

— Des enchères…

— Au canal Saint-Ambroise.

— Et les biens d'Hornème, ses papiers ?

— Ils les ont brûlés.

— Brûlés ?

— Son suicide n'était pas dans les règles et a permis votre évasion. On ne peut même plus prononcer son nom.

— Merci, messire.

— J'espère que vous le trouverez. Hornème ne doit pas être mort pour rien.

Je le salue d'un sourire entendu puis quitte la chambre. En moins d'une heure, j'ai pu vérifier qu'aucun des farfadets ou des lutins du Palais des Gros ne pouvait être l'assassin. Tous vivent ici depuis des années et pas un seul visage ne m'a paru familier.

Je gagne sans tarder le canal Saint-Ambroise dont la place d'eau est restée célèbre pour ses ventes aux enchères que l'on conclut sur les gondoles des passeurs. Situé dans le quartier des Chynes, le canal est une impasse que l'on emprunte à partir de celui qui ceinture le Premier Cercle. Une voie calme dont les berges abritent de petits palais cossus aux façades de stuc.

Pour faire bonne figure, je loue les services d'un passeur de manière à passer pour un client. La place surgit, ombragée par des saules pleureurs dont les troncs s'enracinent au-dessous de l'eau. Pour l'occasion, les branches les plus avancées ont été nouées à l'aide de rubans orangés afin de livrer passage aux gondoles. Au centre de la place, une estrade est prolongée par un embarcadère jusqu'à une bâtisse dont l'enseigne énonce en toutes lettres : « Jantêt, vente aux enchères. »

Je me suis renseigné auprès du passeur : les enchères commenceront dans une heure. Je suis arrivé à temps. Je prends mon mal en patience, détaillant les clients qui arrivent petit à petit. Des hommes riches surtout, placés selon une obscure préséance par un homme en livrée.

Enfin, une femme s'engage sur l'embarcadère. Elle commandera les enchères, si j'en crois le marteau glissé sous son bras. Élégante, elle monte sur l'estrade où elle déclare d'une voix haute :

— Messieurs, bienvenus. Ces enchères, sous le bon office de la maison Jantêt, sont ouvertes. Pour trente lots appartenant au défunt messire Adiphoise, du Palais des Gros.

Je serre les poings. Je ne dois pas faire d'esclandre, mais rester stoïque face à cet étalage sordide de la mémoire d'Adiphoise. Je brûle d'envie de franchir les gondoles massées au pied de l'estrade, de bondir sur les planches pour étouffer cette voix qui s'apprête à dilapider les souvenirs de mon ami.

— Une boîte en acajou pour un jeu de cinquante-quatre cartes laquées. Mise à prix : trois cents deniers.

Elle me provoque ? J'ai tenu ces cartes en main des soirées entières, je les ai abaissées sous les regards attentifs d'Hornème et d'Adiphoise. Je lève une main instinctivement : ces cartes doivent me revenir.

— Trois cent cinquante, annonce aussitôt la femme.

Un court silence :

— Quatre cents à ma gauche… quatre cents pour ce jeu de cartes venu de Lyphane. Allons, un petit effort, messieurs.

— Cinq cents, monsieur le farfadet nous en offre cinq cents !

L'autre abandonne : l'objet n'en vaut pas le quart.

— Cinq cents, deux fois… trois fois. Adjugés à monsieur le farfadet, cette boîte en acajou et son jeu de cartes.

Sombre idiot, tu as perdu la moitié de ta bourse, juré-je intérieurement. Un caprice, une faiblesse affective. À contrecœur, je me résigne à laisser les enchères se poursuivre sans y prendre part. Les objets défilent, un à un. Des vêtements, des bijoux, des télescopes, raflés pour des poignées de deniers. Enfin, les croquis surgissent, rassemblés en un seul lot :

— Une série de croquis sur parchemin, au fusain. Quarante-trois dessins : deux cents deniers.

Je fais signe, portant immédiatement l'enchère à trois cents.

— Trois cents, trois cents pour des vues d'Abyme. Ah, monsieur, quatre cents. Quatre cents ! Non, notre aimable farfadet porte à cinq cents.

J'emporte l'enchère. Les dessins sont à moi. Nerveux, je patiente jusqu'à la fin de la vente où nous serons autorisés à prendre possession des objets. Enfin, je paie puis, les croquis sous le bras, ordonne au passeur de me ramener. En chemin, je résiste tant bien que mal à couper la corde qui les lie. Pourtant, rien n'indique qu'ils puissent nous apporter le moindre indice.

Parvenu à notre maison, je monte dans la chambre qui m'a été allouée, ferme la porte à double tour puis m'installe sur le lit. Je pose les croquis devant moi, extrais mon poignard et tranche la corde. Les croquis se déroulent dans un bruissement, libérant une odeur indéfinissable qui me rappelle *sa* chambre…

Une rue d'Abyme. Une autre. Des rues, rien que des rues aux fenêtres entrouvertes laissant deviner des corps nus ou emmêlés. Les dessins d'un vulgaire voyeur. Peut-être pas.

Une feuille, plus petite, que je n'avais pas remarquée, glisse soudain sur mes genoux.

Un portrait en pied, un homme d'une quarantaine d'années au visage tout juste esquissé dont le fusain a rayé les yeux d'un trait rageur. Mon regard ne s'attarde pas, hypnotisé plus bas par les jambes, des cuisses *animales* au poil long, terminées par deux sabots noircis.

Un satyre.

L'identité de la créature ne fait aucun doute. En son temps, elle avait défrayé les chroniques abymoises. Le Palais d'Acier, garant de la sécurité, avait refusé la présence des satyres dans l'enceinte de la ville, et ce, malgré les édits Cosmopolites. Finalement, les créatures avaient été chassées, offertes à la vindicte populaire que leurs regards avaient longtemps agacée.

Adiphoise a ajouté quelque chose en bas du parchemin, à la plume : « Rosiacre, avril. » Quelle est la place de ce personnage dans la vie du Gros ? Jamais Adiphoise n'avait paru s'intéresser à ce genre de créatures même s'ils partageaient en principe le même appétit voyeur. Alors ? Ai-je son assassin sous les yeux ? Impossible. Il est communément admis que les satyres sont de taille humaine. Il m'avait même été donné de croiser l'un d'eux : aucun déguisement ne viendrait à bout d'un mètre de trop…

Je suis intrigué. Le croquis date du mois dernier mais Adiphoise a conservé ce dessin, lui qui avait l'habitude de déchirer ses œuvres en estimant qu'il n'avait aucun talent. Le trait qui barre les yeux de la créature doit avoir une signification. Dans quelle mesure Adiphoise aurait-il souffert du regard d'un satyre ? Le Gros n'avait pas de vice particulier. Il n'était pas sorti du Palais depuis des dizaines d'années : où une telle créature aurait-elle pu le surprendre ? Il s'agit d'autre chose. Je n'ai qu'un nom, pour une ville entière. Autant dire que je suis totalement impuissant. Pourtant, je le relis sans cesse. Je ne peux m'empêcher de lui trouver une résonance particulière, comme si je l'avais déjà entendu. Si c'était le cas, seul Adiphoise ou Hornème auraient pu le prononcer. Dans quelles circonstances ? Nos parties de cartes ? Adiphoise avait assez répété qu'Hornème et moi étions les seuls joueurs avec lesquels il pensait ne pas perdre son temps. Les dessins eux-mêmes ? Le satyre aurait été dessiné par Adiphoise du fait même qu'il était son professeur. Allons, Maspalio, tu divagues ! Un satyre professeur de dessin... Il reste les télescopes. Adiphoise aurait découvert la créature au bout de sa lorgnette, l'aurait protégée de la milice et se serait attaché à elle ? Improbable. Pourtant, à l'évocation des télescopes, un souvenir indéfinissable s'est éveillé dans les méandres de ma mémoire. Télescopes et satyre sont liés, d'une manière ou d'une autre. Si Adiphoise n'a pas vu ce Rosiacre au travers, pourquoi mon esprit tient tant à les mettre en relation ? Avec un peu plus d'argent, j'aurais acheté les télescopes aux enchères. J'ai dû me contenter d'une caresse furtive, apprécier une dernière fois le cuivre poli pendant que l'on ficelait les croquis. L'image s'impose de manière soudaine, terriblement limpide : je revois ma main remontant le long de l'instrument posé sur son trépied, mon doigt effleurer le médaillon de son fabricant : Rosiacre.

Comment n'y ai-je pas pensé plus tôt ? Le satyre est l'artisan qui fabriquait les télescopes d'Adiphoise. Le Gros n'avait jamais avoué les origines du fabricant, c'est pour cette raison que mon esprit ne parvenait pas à l'associer aux télescopes. Bon Dieu, je tiens une piste sérieuse ! Quelle heure est-il ? Près de vingt et une heures. Tant pis, je veux en avoir le cœur net. Si le satyre n'habite pas dans sa boutique, j'aurai au moins l'opportunité de la fouiller.

Excité par cette perspective, j'enfile une cape, roule le dessin que je glisse dans ma veste puis sors de ma chambre. Je découvre Lazzi, accroupi juste devant la porte, qui se relève, le visage cramoisi. D'autres pensionnaires sont dans le couloir, aussi gênés que lui.

— On voulait comprendre ce qui se passait, avoue timidement Salti.

— Vous devez être déçus.

— On voit très bien à travers cette serrure ! s'écrie Lazzi qui provoque l'hilarité générale.

— D'accord, vieux malin. J'ai trouvé ce dessin, fais-je en lui tendant le portrait du satyre. Il faisait partie des croquis d'Adiphoise.

— Quel rapport avec l'assassin ?

— Je te rappelle qu'Adiphoise est le seul à l'avoir vu. Je suis tombé sur ce portrait par hasard. La présence d'un satyre n'est pas commune, tu me l'accordes. Si Adiphoise a pris le temps de le faire poser - ce qu'il n'a jamais fait avec moi - il a pu lui confier certaines choses que nous ignorons. Leur complicité a un sens. Cela vaut le coup de rencontrer ce bonhomme.

— Tu as raison. Tu sais où il habite ?

— Oui, enfin presque. Il fabrique des télescopes. Je m'apprêtais à gagner le quartier des artisans. Une boutique de ce genre ne doit pas courir les rues.

— L'un de nous devrait t'accompagner.

— Viens avec moi.

Nous rallions le quartier des artisans dans une chaise à porteur. Sur place, nous interrogeons quelques passants. On nous donne sans difficulté l'adresse de la boutique. Il est vingt-trois heures lorsque Lazzi et moi sommes postés devant la devanture, dominée par une large enseigne : « Chez Rosiacre, longues-vues et télescopes. »

— On entre ? me chuchote Lazzi.

— Tu fais le tour. Je m'occupe de la porte, ordonné-je.

Lazzi part aussitôt tandis que j'examine les vantaux obturant la devanture : une série de crochets complétés par une serrure rudimentaire. Je me mets au travail. En quelques minutes, l'un des vantaux s'entrouvre en grinçant. Je le soulève un peu plus. La boutique est plongée dans le noir. Aucun bruit. Lazzi est revenu. Nous nous glissons tous deux dans l'ouverture ébauchée puis refermons derrière nous.

— De la lumière ? murmure Lazzi.

— Pas encore.

Nos yeux s'habituent progressivement à l'obscurité. Petit à petit, les silhouettes des télescopes s'esquissent tel un cimetière de cuivre. Il y en a partout, des petits et des grands, calés sur de lourds trépieds ou posés contre un mur. Des longues-vues, alignées sur des tables, complètent le tableau de cette caverne d'astronomes et de voyeurs.

— Cherche un escalier. Le satyre vit peut-être à l'étage, suggéré-je à Lazzi.

Prudents, nous progressons à travers la boutique en prenant garde de ne rien renverser. Au fond de la pièce, un rideau masque un palier prolongé par un escalier.

— On monte ? demande Lazzi.

En guise de réponse, je commence à gravir les marches, le pas aussi léger que possible. Le vieux bois gémit sous mes pieds. Une fois à l'étage, nous restons plusieurs secondes sans bouger. Le satyre nous a-t-il entendus? En tout cas, il n'est pas dans cette pièce. La seule issue est constituée par une échelle menant sur le toit. Je l'escalade lentement. Une trappe. Je la soulève d'un petit centimètre. Cela suffit pour distinguer le satyre, emmitouflé dans une couverture, le dos calé sur une cheminée et l'œil vissé sur une longue-vue. Il ne m'a pas remarqué. Je n'ai aucune intention d'attendre. Je bondis sur le toit, le poignard à la main. Il se retourne, sans manifester la moindre surprise, se contentant de poser sa longue-vue.

— Je savais que vous viendriez, dit-il. Cela devait finir ainsi.

Mon bras retombe le long de mon corps. Le poignard est de trop. Le visage du satyre s'altère comme si une tension accumulée depuis des jours s'évanouissait en l'espace de quelques secondes. Son front, aux sillons anxieux, redevient lisse, sa bouche se relâche. Pourquoi m'espérait-il ainsi? J'avais imaginé une créature fuyante, pas ce visage pressé d'en finir avec quelque chose que j'ignore.

— Asseyez-vous, fait-il en se poussant légèrement. Venez...

Désemparé, je le rejoins pour m'adosser à ses côtés. Je suis perdu, incapable de fixer mes pensées, gêné par son regard *soulagé*.

— Adiphoise ignorait les conséquences. Moi, je savais. En définitive, vous deviez me trouver.

— Je ne comprends pas.

— Lorsqu'Adiphoise a été assassiné, j'ai bien pensé que vous feriez le rapprochement, qu'il vous aurait laissé le moyen de venir jusqu'ici.

— Vous connaissez le meurtrier?

— Oui.

— Et pourquoi ne pas me l'avoir dit? m'écrié-je. Pourquoi ne pas en parler à la milice?

— À quoi cela aurait-il servi? C'est *vous* l'assassin, enfin presque. De toute façon, personne ne m'aurait écouté. Un satyre n'a pas le droit à la parole, vous le savez bien. On m'aurait arrêté et exécuté sans prêter la moindre oreille à mes révélations. Je suis un monstre, Maspalio.

— Écoutez, fais-je en l'agrippant par le col, la comédie a assez duré!

— Calmez-vous, Maspalio. Laissez-moi plutôt vous montrer quelque chose.

Passablement énervé, je descends l'échelle derrière lui. Il allume une chandelle, salue Lazzi puis ouvre un coffret posé près de son lit. Il tient un livre dans sa main. Il s'approche de moi, me tend l'ouvrage :

— Ce que je pourrais vous dire n'a pas grand intérêt. Voilà le journal d'Adiphoise. Tout est là, dans les dernières pages, écrites au cours des six derniers mois.

V

9 novembre

J'ai découvert sa nature par hasard. Jusqu'alors, Rosiacre n'était qu'un artisan consciencieux, un bonhomme muet et discret qui venait réparer mes télescopes. Ce matin-là, il était venu pour remplacer un verre rayé par le bec d'une adorable colombe. Il portait toujours sa vieille cape élimée, assez longue pour traîner sur le sol. Je l'observais, cherchant machinalement le secret de sa démarche empruntée.

La cape a soudain accroché le coin d'une table. Le tissu s'est déchiré, dévoilant les pattes couvertes de poils. Il n'a pas dit un mot mais sa vie était d'un seul coup entre mes mains. Pourquoi l'aurais-je dénoncé ? Le voyeurisme a depuis longtemps tissé des liens secrets entre satyres et Gros. J'avais souffert, à l'époque, de leurs exécutions systématiques. Si la perversité était un critère valant le pilori, alors nous autres, Gros, méritions de mourir. Je n'ai donc pas appelé le médecin ou l'un de mes courtisans. Je lui ai simplement montré mon armoire pour qu'il y prenne l'une de mes toges. Ce jour-là, je me suis découvert un ami.

17 novembre

Il vient presque tous les jours. Je prétexte des réglages indispensables sur un télescope soi-disant révolutionnaire. Ensemble, nous nous installons sur la terrasse pour espionner le quartier. Pour la première fois, je trouve un homme capable de se déplacer dans la ville qui n'en partage pas moins les mêmes envies que moi. Sa façon de pénétrer les intimités n'a rien à voir avec la mienne. Chez lui, le voyeurisme n'est ni un refuge ni une espèce de thérapie. Non, il s'agit plutôt d'une fin en soi. Cette créature ne vit que pour les attitudes qu'elle surprend à l'insu de l'autre. Pour ma part, je m'évade, je goûte à cette vie qui palpite derrière chaque rideau, chaque lucarne. Le satyre, lui, n'y cherche que ce plaisir ténu de voler un geste familier, d'attraper une scène insolite. Il guette ces moments de folie où l'homme ou la femme, se croyant seul, abandonne toute réserve, laisse tomber le masque. Je crois qu'il est avide des vérités cachées, qu'il déteste l'apparence, du fait même qu'il est condamné à dissimuler la sienne. C'est un personnage malheureux.

4 décembre

L'hiver. La neige qui s'amoncelait depuis plusieurs jours nous empêchait d'être sur la terrasse. Nous n'avions même pas l'opportunité d'observer la cité de l'intérieur : la fenêtre se couvrait de givre trop rapidement. L'épreuve nous avait rapprochés. Faute d'assouvir notre pulsion maladive, nous devisions comme de vieux amis auprès du feu. Ce qui nous attache l'un à l'autre n'a rien à voir avec le sentiment que je porte à Hornème ou Maspalio. Avec ces deux-là, je partage une amitié solide et franche, sans ambiguïté. Avec le satyre, ma relation est plus complexe. Il ne s'agit plus d'une inclination particulière pour telle ou telle personne avec qui vous aimeriez passer du temps. Non, le satyre incarne l'aboutissement de mon vice. Un vice ? Pourquoi faut-il que je parle du voyeurisme en ces termes ? Je me suis juré de ne jamais avoir honte de ce que nous faisons. Pourtant, la façon dont Rosiacre espionnait la cité avant le début de l'hiver m'a profondément affecté. En le regardant, j'ai réalisé combien le visage peut avoir une expression malsaine lorsque l'œil est collé à la lorgnette du télescope. Toutes ces questions ne sont peut-être pas utiles. Nous ne faisons de mal à personne.

Je préfère retenir l'attachement que me porte Rosiacre, souffrir à ses côtés de la situation. En fin de compte, je n'ai pas eu à le regretter.

Ce soir, il est entré dans ma chambre avec un visage d'une étonnante gravité. Il s'est assis près de l'âtre sans répondre à mon salut puis a attendu plusieurs minutes avant de me dire, d'une voix posée :

— Je peux te donner plus, Adiphoise. Tu ne connais pas notre nature profonde, le secret de notre race. À toi, j'ai envie de le confier. Tu n'es pas comme les autres. Je vais t'offrir ce que les satyres conservent jalousement.

Interloqué, je l'ai regardé. Ses yeux se sont mis soudain à scintiller. Ils se sont écarquillés de manière effrayante jusqu'à ce qu'une image se forme au milieu de la pièce. Une scène de la rue, un petit bout d'une chaussée enneigée à notre échelle. Ébahi, j'ai suivi la silhouette d'une femme traversant l'étrange décor, s'arrêtant un instant pour ajuster l'une de ses bottines dont le talon menaçait de se rompre.

Le satyre a laissé la scène se répéter plusieurs fois avant de la laisser s'évanouir, puis, tourné vers moi, m'a dit :

— Nos yeux volent les images, Adiphoise. Notre regard capte le spectacle de la rue, comme dans une petite boîte. Nous sommes les vrais voyeurs. Nous pouvons nous repaître à volonté de ce que nous avons vu. Faire renaître l'image quand bon nous semble.

Je n'ai pas réalisé immédiatement. Il a fallu que cette femme ajuste sa bottine plusieurs dizaines de fois avant que j'admette l'évidence. Rosiacre restitue un instant de la journée, une poignée de secondes animées qu'il rejoue devant moi d'un simple clignement de l'œil. Je parviens tout juste à relire ce que je viens d'écrire. Ma main tremble, la plume accroche le papier. N'ai-je pas rêvé ?

22 décembre

Ma vie s'est trouvée bouleversée. Comment vous exprimer ce que je ressens ? Je peux enfin toucher du doigt ceux que j'espionne. Bien que les images restituées par le satyre n'aient pas de consistance, je puis être à leurs côtés. Plus besoin de river mon œil aux lorgnettes, plus besoin de chercher les fenêtres entrouvertes. Le satyre m'offre un spectacle quotidien. Il chasse les images durant la journée et nous les regardons ensemble le soir venu. Des saynètes anodines pour celui qui n'a jamais été condamné à vivre dans quelques pièces où l'on ne se déplace qu'avec l'aide des autres. Pour moi, ce sont de véritables trésors, un vécu livré sans artifice. Naturellement, je ne peux plus me passer de Rosiacre. Je me morfonds toute la journée en attendant ce moment où il entrera et ouvrira les yeux pour nous.

11 janvier

L'idée a fait son chemin. Je l'ai suggéré le premier, incapable de supporter plus longtemps ces journées interminables où le satyre arpente les rues. Je veux trouver une solution, un moyen de garder les images auprès de moi, de pouvoir les consulter à ma guise. Rosiacre n'est pas étonné. Il espérait secrètement que je l'aide dans ce sens.

Nous avons convoqué un nombre incalculable de mages et de conjurateurs dans le plus grand secret. Des Danseurs s'échinent nuit et jour, cabriolant en myriade d'étincelles pour tenter de *fixer* les images de Rosiacre.

En pure perte. Ce soir, je n'ai plus la force de continuer.

24 janvier

Quelle joie, quelle ivresse ! Cette nuit, des nains de l'Équerre, des renégats, sont venus. Des personnages sinistres, chassés de la grande corporation architecte, qui ont mis leur talent au service de l'Obscurantisme. Des mercenaires conseillés par l'un des mages que nous avions reçus. En échange d'une somme faramineuse, ils promettent de trouver une solution. J'ai payé, aveuglément. J'ai vendu la moitié de mes biens, taxé mes courtisans. Les trois nains se sont mis immédiatement au travail, dans les sous-sols de la boutique de Rosiacre. Le satyre me tient chaque jour au courant de l'avancée de leurs recherches.

Bientôt, je serai heureux.

15 février

Enfin ! Rosiacre m'a livré la première « ergastule », un nom qu'il a choisi lui-même. L'objet ressemble à un cube d'une trentaine de centimètres de côté. Les arêtes, en fer, sont ouvragées avec une extraordinaire minutie. Selon Rosiacre, il s'agit là d'une divine proportion, capable d'emprisonner les images issues de son regard. Je suis fasciné par l'étrange volume. À l'intérieur, la scène se répète à l'infini. Ce n'est pas tout. J'aurais pu me contenter de cette reproduction minimaliste, mais les nains ont su devancer mes désirs. D'une simple pression sur le métal qui court le long de la structure du cube, je peux agrandir le spectacle de manière qu'il soit à ma dimension. Quel ravissement !

17 février

Les ergastules s'empilent dans ma chambre. Je partage à chaque instant l'intimité de ces personnages inconnus. J'agrandis l'un ou l'autre selon mon inspiration sans jamais me lasser. J'ai l'intention d'aller plus loin, de demander à Rosiacre d'espionner mes proches. J'aimerais qu'il me rapporte une image de Maspalio. Le petit farfadet n'a plus vraiment le temps de venir nous voir. Ses vols d'enseignes et la conjuration lui prennent tout son temps.

20 février

Maspalio est là, surpris par Rosiacre le long d'une grève dans un geste qui lui va bien. Il marche, puis se retourne pour suivre du regard une femme à l'adorable petit corps. Un geste que j'aurais aimé faire, qu'il répète pour moi à l'infini.

11 mars

Je suis très inquiet. J'avais enfermé les ergastules dans une armoire dont j'étais le seul à posséder la clé. Pourtant, deux d'entre elles ont disparu! Du moins une partie de l'image. Je ne l'ai pas remarqué tout de suite. C'est en voulant regarder la scène jusqu'au bout que j'ai constaté que les personnages n'apparaissaient plus dans le décor. Maspalio est au nombre des disparus.

Rosiacre est venu très rapidement. Si quelqu'un nous a découverts, il nous tient à sa merci. Si on découvre que l'homme qui me rend visite chaque jour est un satyre, nous risquons tous deux la décapitation. Je n'aurai pas plus que lui la clémence des juges. Un satyre ne suscite que le dégoût. On m'accusera d'avoir fait son jeu, d'être perverti. J'ai si peur des gens. Comment pourrais-je supporter d'être traîné devant des inconnus pour qu'ils me regardent mourir? Affronter leurs yeux, savoir qu'ils me voient…

Rosiacre n'est pas certain que les ergastules aient été volées. Il les a longuement observées et, selon lui, on distingue sur plusieurs d'entre elles des traces d'usure. Moi, je ne vois rien. Je ne suis pas un artisan habitué aux détails imperceptibles. Il m'a suggéré à demi-mot d'arrêter de les consulter en attendant de comprendre ce qui s'est passé. En partant, il a même insisté, plus inquiet qu'il ne voulait le montrer.

16 mars

Rosiacre est dans tous ses états. L'humidité de mes doigts serait seule responsable de la destruction des ergastules! Leur finition serait telle que les plus infimes altérations du métal auraient provoqué la disparition partielle des scènes enfermées à l'intérieur. Je ne suis pas sûr de bien comprendre. Rosiacre trouve cela évident mais il a une culture scientifique. Moi, je ne suis qu'un Gros, je n'ai jamais étudié nulle part. Selon lui, les deux ergastules se sont mélangées. Celle du dessus aurait cédé, jetant ses personnages dans celle du dessous. Mais où sont-ils passés, alors ? Rosiacre pense qu'ils ont pu être *expurgés* par les ergastules. C'est ridicule. À quatre pattes, il s'est mis à les chercher dans toute la pièce. Bien sûr, il n'a rien trouvé. De toute évidence, les personnages sont détruits à jamais. Pourquoi faudrait-il s'en faire ?

17 mars

Rosiacre m'a confisqué la clé de l'armoire. Je ne résiste pas à l'envie de consulter les ergastules. Je vais dépérir de la sorte, trop dépendant de ce qu'elles m'ont apporté.

3 avril

Maintenant, nous connaissons la vérité. Rosiacre a vu Maspalio, accroupi sur la terrasse. Je dormais à ce moment-là. Croyant qu'il s'agissait du farfadet, il a voulu l'inviter à entrer. Il a ouvert la fenêtre : la terrasse était vide. Il a eu beau regarder sur la façade et même dans le ciel, Maspalio avait disparu. Il m'a réveillé pour me parler de l'incident. Au départ, j'ai cru à une mauvaise farce du farfadet. Avec lui, on ne sait jamais à quoi s'attendre. Seulement, il est revenu, visible à nouveau sur la terrasse. Nous sommes arrivés à la conclusion qu'il s'agit peut-être du *double* de Maspalio libéré par l'ergastule. Il n'y a pas d'autre explication. Comment cette créature va-t-elle réagir ? Pour des raisons que le satyre est bien en peine de m'expliquer, elle est exactement de la même taille que le véritable farfadet. D'ailleurs, dois-je le prévenir ? Je ne préfère pas, pour le moment. Il a assez de soucis avec ses vols d'enseignes et ses Advocatus.

4 avril

Le double rôde autour de ma chambre depuis que mes courtisans m'ont laissé seul. Il a surgi à travers un mur, tel un fantôme, puis s'est mis à m'observer en se cachant, sans vraiment essayer, derrière les télescopes. Que veut-il ? Je lui parle mais il ne semble pas me comprendre ou même m'entendre. J'ai le sentiment d'être un animal de foire tandis que j'écris ces lignes. Mieux vaut ne pas faire attention à lui. Il finira bien par partir.

5 avril

J'ai bien cru qu'il ne reviendrait pas. Lorsque je me suis réveillé, il n'était plus là. Soulagé, j'ai gardé des gens autour de moi, retardant le moment où je serais seul. Je n'y étais pas obligé mais il fallait que j'en aie le cœur net. J'ai donc chassé les courtisans en fin d'après-midi. Il est apparu quelques secondes après. Heureusement, j'ai donné des ordres stricts, faisant condamner les œilletons destinés aux médecins pour ne pas risquer d'être dérangé. Si quelqu'un le voit, mon entourage me posera des questions et Rosiacre sera menacé. Les médecins sont déjà suffisamment intrigués par mon comportement, surtout depuis que j'ai exigé d'être le seul à posséder la clé de mon armoire où j'empile les ergastules. Ce n'est pas très important. Le double est devenu mon unique préoccupation.

Tout à l'heure, lorsqu'il est venu, sa couleur avait changé. La teinte de ses vêtements s'estompe. J'ai l'impression qu'il s'amenuise, qu'il perd de sa consistance jour après jour. Il est capable d'aller où il veut, de traverser les murs et les portes comme si elles n'existaient pas.

6 avril

Au matin: J'ai peur, maintenant. Cette nuit, je me suis réveillé plusieurs fois, en proie à d'abominables cauchemars. Lorsque j'allumais une chandelle, il était là, au pied du lit, une lueur malsaine au fond des yeux. Son regard ne cesse de se durcir tandis que le reste du corps s'étiole au fil des heures. Si cela continue, il ne restera que ses yeux. Tout à l'heure, j'ai eu envie de fuir malgré la certitude que cela ne servirait à rien. Il me suivra partout. Rien ne peut l'arrêter. Je dois attendre sa réaction, savoir ce qu'il exige de moi.

Au soir: Le double n'est plus qu'un reflet, une enveloppe translucide. Rosiacre est venu. Il a tenté de fixer son regard en espérant le détruire ou le capturer à nouveau. C'est un échec. Nous n'avons pas affaire à une image mais à une véritable créature dont l'existence échappe à notre entendement. Rosiacre s'est demandé d'ailleurs ce qu'ont pu devenir les autres personnages disparus. Existent-ils encore ? Tourmentent-ils leurs proches comme Maspalio me tourmente ? Je m'en veux d'avoir écrit le nom du farfadet. Parfois, je les confonds. C'est atroce.

7 avril

Au soir : Le double devient réellement menaçant. Rosiacre a décidé de passer la nuit avec moi. Auparavant, il a entamé malgré mes larmes plusieurs allers et retours entre le Palais et le canal le plus proche : il jette les ergastules au fond de l'eau. J'ai eu beau prétendre que l'eau finirait par user le métal, qu'il prenait le risque de libérer d'autres personnages, il n'a rien entendu. Il sait que Maspalio est né de l'empilement des deux ergastules, pas simplement de leur usure. L'alchimie s'est créée à partir de la confrontation entre deux scènes et non de la faiblesse du métal.

De quoi avons-nous hérité ? Que veut cette créature en restant dans un coin à me dévisager, s'éclipsant dès que l'on fait mine de s'approcher d'elle ?

8 avril

Au matin : Rosiacre est parti. Il ne peut pas laisser son commerce plus longtemps. Je crois aussi qu'il a peur, qu'il ne veut pas prendre de risques. Le double est presque invisible, excepté ses yeux qui sont ceux d'un assassin. J'écris alors qu'il a escaladé mon lit à plusieurs reprises. À chaque fois, il est redescendu, pareil à un animal sauvage. J'ai tenté de le toucher, de lui parler à nouveau. Il ne réagit pas.

Au soir : J'ai finalement appelé mes courtisans pour qu'ils m'entourent. Je n'ose imaginer ce qui peut m'arriver si je restais seul. Peut-être ai-je une chance que le double meure, que son corps finisse par disparaître totalement. Non, il faut être lucide : ses yeux seront toujours là. Cette nuit, je dois assumer ce vers quoi mon appétit voyeur nous a conduits. Rosiacre a bien mérité de ne pas être là. Finalement, c'est par ma faute que tout cela est arrivé. Je ne peux vivre plus longtemps avec cette présence. Je vais la provoquer, rester seul en fermant la porte à double tour. Le satyre doit arriver d'une minute à l'autre. Je vais lui confier mon journal. Qui sait ce que le double attend de moi ?

***

J'ai relevé la tête. Le satyre me sourit :

— Jamais vous ne l'auriez trouvé…

— Il l'a tué ?

— Oui. Et il a recommencé. Il se cherche un passé. Je l'ai compris lorsque j'ai eu vent du meurtre de votre amie fermailleuse puis de votre frère. Selon moi, il se nourrit de la souffrance. Ce serait le seul vecteur capable de générer les souvenirs que la victime avait en commun avec vous. Avec Adiphoise, cela n'a pas suffi. Il connaissait la véritable essence de cette créature. Les autres, par contre, ont imaginé que *vous* les faisiez atrocement souffrir. Pendant qu'ils essayaient de comprendre, la créature se nourrissait de leurs souvenirs. Plus ils mouraient lentement, plus ils devaient creuser profondément dans leur mémoire pour trouver une raison à votre conduite. Pour le plus grand plaisir de ce monstre…

— Mon double était menacé de disparaître s'il n'avait pas *mes souvenirs* ?

— C'est exactement cela. Lorsque l'ergastule l'a libéré, il ne savait rien. Il était le Maspalio de ces quelques secondes que je vous avais volées. Son corps s'est étiolé jusqu'à ce qu'il comprenne son *besoin de mémoire*.

— Mais pourquoi ne s'en est-il pas pris à moi directement ?

— Ce n'est pas un suicidaire, sans doute. Il a hésité à assassiner sa propre image. Comment voulez-vous que nous ayons la moindre idée de la manière dont fonctionne son cerveau ? Je ne sais même pas s'il est encore à Abyme.

— Que suggérez-vous ? Il finira bien par vouloir rester l'unique Maspalio !

— Pas nécessairement. Il a assassiné près de trois personnes en moins de quatre jours. Ensuite, plus rien. À mon sens, il a obtenu ce qu'il cherchait, une conscience autonome, un passé suffisant pour quitter la ville et s'inventer son destin.

— Épargnez-moi les comptines, Rosiacre !

— Réfléchissez. Une fois doué de conscience, pourquoi aurait-il perdu son temps avec vous ? Bien réel, il a eu envie de vivre, tout simplement. Il a quitté Abyme pour éviter la milice. Il se fiche bien de savoir ce que vous pouvez devenir !

— Vous êtes sûr de cela ?

— Pas une seconde. Je vous l'ai dit, personne n'est capable d'appréhender sa façon de penser.

— Que dois-je faire ?

— Vivre avec l'idée qu'un autre, avec une partie de votre mémoire et la même apparence que vous, existe quelque part. Ce n'est pas si difficile.

Je n'insiste pas. À quoi bon ? Le satyre consent à me laisser le journal, serré contre ma poitrine alors que nous regagnons notre maison. Lazzi et moi ne parlons pas, perdus dans nos pensées. L'histoire est si étrange, si troublante…

De retour parmi nos pensionnaires qui ont veillé durant notre absence, je monte m'isoler dans ma chambre en promettant de redescendre pour tout expliquer. Épuisé, je laisse tomber ma cape, m'approche du lit pour m'y allonger quelques instants lorsqu'une voix m'apostrophe :

— Rosiacre t'a raconté mon histoire, n'est-ce pas ?

Je me retourne brusquement pour chercher l'origine de cette voix venue de nulle part. Une forme se détache près de la fenêtre, une silhouette que je connais mieux que quiconque. Maspalio, l'autre…

Il fait un pas en avant. Je recule instinctivement.

— De quoi avez-vous peur ? me dit-il.

— Montrez-vous ! dis-je d'une voix tendue.

Il sort de l'ombre. C'est moi, bien entendu, vêtu différemment mais avec ces bottes qui avaient marqué le début des événements.

— Je viens pour vous dire au revoir.

Je ricane, pour me rassurer surtout.

— J'ai hésité à te tuer, Maspalio, tu sais, dit-il. Mais en fin de compte, sans toi, je n'existe pas. J'en ai assez pour être indépendant, pour ne plus jamais te ressembler. Je te connais bien. Tu accepteras que je vive, n'est-ce pas ? Un jour, nous aurons peut-être l'occasion de nous retrouver, de trinquer comme de vieux frères…

— Quitte cette maison !

Je ne veux plus croiser ce regard. Il a beau être une partie de mon âme, il a tué ceux que j'aimais.

— Allez ! Ne m'oblige pas à te mettre dehors ! Pars de cette ville, n'y reviens jamais ! crié-je d'une voix furieuse.

Il ouvre les bras en signe d'étonnement, esquisse une moue cynique comme si j'étais fou puis se hisse sur la fenêtre.

— Le modèle est décevant, me dit-il. Tu es une esquisse d'Adiphoise, gras et inachevé comme le fusain. Nous aurions pu faire un peu de route, tous les deux. Tu imagines? La milice aurait été impuissante, nos alibis inattaquables. Mais tu es lâche, tu es vieux. Moi, je viens de naître. Je ne vais sûrement pas quitter cette ville: tu es mon meilleur passe-partout. Grâce à toi, les portes vont s'ouvrir, les femmes aussi, dit-il en ricanant. Je sens que je vais m'amuser, Maspalio. Tu as fait tout le travail pour moi, construit des amitiés, forgé des alliances. Non, vraiment, Abyme me tend les bras. C'est toi qui devrais partir mais tu n'en as pas la force. Alors, je vais te regarder, prendre ce qui en vaut encore la peine. Je te l'ai dit, je n'ai aucune envie d'être une vulgaire copie. Ton cher Adiphoise m'a donné un corps de cinquante-trois ans, c'est bien vieux pour commencer à vivre, tu ne trouves pas? Alors, je vais profiter de ta vie, ne pas perdre mon temps en puisant dans ton passé. Les mois qui viennent vont être passionnants, Maspalio. On me prendra pour toi et chaque jour, tu hériteras de *mes* humeurs. En fait, je t'offre une vie terriblement originale, une forme d'ubiquité…

— Je dirai qui tu es.

— Mais qui croire de nous deux? Nous verrons qui est le plus convaincant, de l'esquisse ou de la toile, conclut-il en disparaissant à travers la fenêtre.

Va, me dis-je en pensée, je n'ai ni le courage ni l'envie de te tuer. Je ne me sens pas prêt à poignarder un homme dont le regard serait le mien: j'aurais le sentiment de me donner la mort. Je préfère affronter cette ubiquité.

La nuit s'est achevée dans le jardin, avec mes pensionnaires. Oublieux de la menace que faisaient peser sur nous les diables et même la milice, j'ai ordonné que l'on éclaire l'endroit, que brillent les torches et les chandeliers. J'ai réuni les pensionnaires pour leur lire le journal d'Adiphoise à haute voix. Puis, lorsque le récit s'est achevé, je les ai rassurés: le double était parti. La duchesse de Boldia avait été la dernière victime.

Je me suis couché. L'étrange, le surnaturel ont fini par me lasser. Il me tarde de pleurer ceux que j'ai perdus

Épilogue

Une brise légère souffle sur la place. Les tissus qui recouvrent les squelettes des Gros claquent comme des auvents. Je suis debout, devant l'ombre de l'horloge publique accolée au Palais. Je suis venu chercher un petit bout d'Hornème, un fragment de son âme : l'ami me manque.

J'ai laissé mes pensionnaires à leur inquiétude : l'Incarnat n'a toujours pas réapparu. L'avenir de notre petite communauté est encore incertaine. Entre les Hauts Diables et Madoquiel, j'ai besoin du Gros, de notre amitié.

Le pinceau caresse la pierre, l'ombre s'anime : l'Opalin est conjuré, un démon dont l'embonpoint témoigne d'une présence invisible, d'une pensée vivante. La créature me salue puis, d'une voix familière, déclare :

— Fais-moi visiter cette ville. Je viens pour la première fois.

LA ROMANCE DU DÉMIURGE

LIVRE 2

I

Il penche son visage jusqu'à la serrure. Le corps ployé, les mains à plat sur ses genoux, il *les* attend. Elles sont juste devant lui mais elles n'interviennent pas. Pas tout de suite. Elles attendent le moment propice, cet instant de grâce où elles trouveront la force de s'arracher à la pesanteur de la serrure. Le milicien ne voit pas le filament bleuté fouetter les abords de la cavité comme un serpent devenu fou. Les étincelles sont impatientes, maintenant. Elles ont senti son abandon, son esprit offert malgré sa réticence instinctive. Le filament gagne encore quelques centimètres, galvanisé.

Un crépitement, un cri. Madoquiel est terrassé par la décharge. Ses mains, improvisant un terrible étau, se referment sur ses genoux, ses muscles se tendent comme les cordes d'un arc bandé. Ses dents serrées l'empêchent de respirer, il a l'impression qu'elles vont s'écraser les unes sur les autres, qu'il va bientôt cracher une bouillie de craie et de sang. Impuissant, il devine la langue crépitante se glisser sous ses arcades sourcilières puis remonter jusqu'au cerveau. Elle coule dans ses pensées, bouscule sa mémoire. Les étincelles identifient le nouveau venu, comparent ses souvenirs à ceux qu'il a laissés lors de sa dernière visite. La scène dure moins de quelques secondes mais le milicien a éprouvé ce viol foudroyant jusqu'aux tréfonds de son âme.

Les étincelles se retirent brusquement : il s'écroule comme une marionnette, les mains et les genoux en feu, la mâchoire tétanisée. De longues minutes s'étirent mollement avant qu'il ne trouve la force de se hisser sur les coudes, le crâne bourdonnant, la bouche sèche. Il entend le déclic, celui de la porte : elle est ouverte.

Debout, il ne peut s'empêcher de lorgner sur la serrure grouillante. La morsure de ses gardiennes ne cesse d'augmenter. Haïm fait semblant de ne rien remarquer mais le milicien le soupçonne d'accentuer leur impact, de leur prêter une malice propre à le faire souffrir. Sans doute une manière de le prévenir, de lui rappeler sa place lorsqu'il entre dans la pièce secrète.

Il franchit le passage. La différence est immédiatement perceptible. À l'humidité poisseuse des geôles succèdent les parfums d'un petit bout d'Orient, un mélange de vieux cuir et d'encens. Madoquiel se fige à l'entrée de la grotte, enivré par ces fragrances d'une autre époque. Un rêve éveillé le précipite dans la chaleur des déserts de Keshe, au beau milieu des tribus. Enfermé dans sa cécité, il puise allégrement dans le répertoire de ses souvenirs. L'odeur, en fleuve mémoriel, draine celles du passé : la musique d'une flûte en os, le sifflement des serpents lovés au pied du musicien. Des scènes qui appartiennent au sable blanc des Keshites, à son parfum de terre chaude. Haïm… Haïm l'adolescent dont les doigts fins jouaient les accords du *Centresprit*.

Madoquiel est à nouveau conscient, en proie désormais à une exaltation enfantine comme s'il s'apprêtait à ouvrir un vieux coffre poussiéreux contenant un fabuleux trésor. Pourtant, la pièce en elle-même n'a aucune allure, creusée à même la roche par des condamnés sans talent. Il n'a pas besoin de voir les murs gris et bosselés d'entailles maladroites : il sait que l'endroit est froid et hostile. La fée noire lui avait fait sentir la pesanteur de cette roche millénaire, sa rancœur à l'égard de ceux qui l'avait amputée. Le milicien s'en remet à son odorat. Ses narines palpitent en rythme pour deviner les senteurs plus discrètes, celles du thé par exemple, qui émane du fond de la grotte. La tension qui nouait son ventre se relâche : il s'avance lentement. Des bruits lui parviennent par saccades, des respirations étouffées, des chuchotements inintelligibles. Machinalement, il tend des mains prudentes à hauteur de la poitrine : il veut éviter de bousculer un brasero. Il n'attend plus que cette rencontre soyeuse entre ses doigts et la soie qui recouvre la tente.

Elle se dresse au beau milieu de la pièce. Il la connaît aussi bien qu'un voyant, il lui a voué son existence. Des deux mains, il écarte les pans élimés de l'entrée. L'odeur du thé est plus forte, plus enivrante. Haïm est au fond, le dos tourné à en juger la résonance de son souffle. Madoquiel s'approche, le Keshite se retourne et dit :

— Sois le bienvenu.

— Merci, Haïm. Je me réjouis de notre rencontre.

— Prends place, répond ce dernier en montrant un large coussin brodé.

Madoquiel perçoit le mouvement et la direction indiqués par la main du Keshite. Du bout du pied, il prend la mesure du coussin et s'assoit dessus en tailleur. Le rituel entre les deux hommes a déjà commencé : chaque geste a son importance. Madoquiel aime cette cérémonie du silence, bien qu'il regrette de céder si facilement à l'enchantement des lieux. Il n'a pas les moyens de s'y soustraire. Ni l'envie d'ailleurs. Cet Orient suscite une sensualité que seul un aveugle est en mesure de ressentir.

— Je peux t'en céder deux… murmure le Keshite.

— Deux seulement ?

— Tes prisonniers étaient trop vieux, leur peau trop usée. Après la transformation, la pierre était grumeleuse. Ce n'est pas suffisant pour les Salanistres. Si nous les lâchons maintenant, elles ne s'y retrouveront pas, tu le sais aussi bien que moi.

— Deux…, maugrée Madoquiel.

— Ton homme est-il si habile ?

— Oui. Mais tant pis ! Je ne veux pas attendre plus longtemps.

— Alors, elles sont à toi.

— Je te remercie, Haïm.

Le Keshite se lève, imité par Madoquiel. Il s'approche de l'un des corps étendu sur des draps multicolores. Le visage du prisonnier est tordu par la souffrance. Son visage a déjà une teinte cireuse mais sa conscience éprouve le trajet de la Salanistre *à l'intérieur de son corps*. Malheureusement pour lui, la pétrification n'a pas eu le temps de prendre. L'animal ne creuse pas son chemin qu'à travers la pierre. Il doit traverser des viscères encore chaudes, des muscles et des nerfs encore vivants.

Haïm s'est assis à côté du prisonnier puis tapote légèrement des doigts sur sa poitrine. La Salanistre a perçu la vibration et surgit une seconde plus tard sous la main du Keshite. L'animal, encore jeune, ressemble à un lézard, excepté sa peau douce et cuivrée. Haïm caresse son museau humide avec tendresse. Il n'aime pas se séparer de ces bêtes. Il l'attrape par le cou, l'extrait du corps et la donne à Madoquiel.

— En voilà une, dit-il avant de s'approcher d'un deuxième prisonnier.

Celui-ci ne souffre plus : le cerveau s'est déjà solidifié. Haïm observe le corps troué de petites galeries. Cette Salanistre promet bien plus que la première. Les trajets de l'animal sont plus affirmés, mieux répartis. Il s'est contenté d'une seule galerie pour traverser les jambes. Un signe qui ne trompe pas, une bête intelligente, très douée. Elle dort pour le moment, lovée entre les deux pieds du corps pétrifié. Haïm la soulève délicatement, attrape un petit panier circulaire et la glisse à l'intérieur.

— Veille bien sur elle, dit-il en tendant le panier au milicien. Elle trouvera ton bonhomme la première. L'autre lui servira de relais.

— Superbe ! s'exclame Madoquiel.

Haïm jette un œil sévère sur l'aveugle. Si au moins il apprenait à comprendre la Salanistre. Il ne s'est jamais vraiment intéressé à l'animal, il se contente de ses talents. Le Keshite se relève en poussant un soupir résigné.

— Lâche-les d'abord dans les quartiers nord, dit-il. Les rues sont plus vieilles, la pierre ressemble à ça (il montre les corps des deux prisonniers). Elles mettront deux à trois jours pour se familiariser avec leur nouvel environnement. Après, ce sera un jeu d'enfant.

— Comme d'habitude…

— Oui, mais n'oublie pas de leur faire écouter *ses* pas.

— Je ne suis pas un imbécile, Haïm.

Le Keshite tend le bras, signifiant que l'entretien est terminé. Madoquiel lâche un « merci » du bout des lèvres et quitte la grotte.

Le milicien a le cœur léger. Avec ces deux Salanistres, il tient ce damné Maspalio. Désormais, à chaque fois qu'il mettra un pied devant l'autre, les deux petites bêtes se rapprocheront. Telles des lithophages, elles creuseront leur chemin dans la pierre, elles serpenteront à travers la cité et finiront par attraper le farfadet. Quel prodige ! Madoquiel ne se lasse pas de voir avec quelle facilité la Salanistre fait corps avec la ville. Haïm lui a confié une fois qu'elles étaient capables d'entendre et de voir par les murs d'Abyme comme les drogués du Capitule. Qui sait ? En tout cas, aucune Salanistre n'a jamais échoué. Bien sûr, il a fallu étouffer les soupçons, faire disparaître les plaintes de la voirie abymoise, bien trop curieuse. Les rumeurs se sont chargées du reste : on a parlé de rats capables de tailler la pierre, de l'eau des canaux devenue acide. Qu'importe ! Maspalio comparaîtra bientôt devant les juges du Palais d'Acier...

II

Il aime les couleurs. Son père, peintre de cour, avait fait en sorte qu'il en soit ainsi. Pourtant, il n'avait pas imaginé que les pinceaux et les palettes puissent mener aux abysses. Hoctence se découvrit très tôt une passion pour les démons. Le langage des conjurateurs le fascinait : les Carmins, les Opalins, des noms de couleurs qui prenaient subitement un sens, à tel point qu'il voulut les faire siennes. Mais il était trop farouche, trop indépendant pour embrasser la conjuration. Ses déambulations précoces dans les couloirs des palais de la cour lui avaient appris à vivre seul. Il choisissait sa route dans le lacis des couloirs, il y décidait de ses rencontres. Une vie d'enfant sauvage entre princes et courtisans. Puis, alors qu'il devenait une véritable mascotte pour l'aristocratie du palais, son père fut emporté par la vieillesse. Pareil à une digue usée, son corps se rompit et déclina inexorablement. Ses coups de pinceau perdirent peu à peu de leur vigueur, ses yeux se voilèrent et finirent par le trahir. Hoctence était encore un adolescent lorsqu'il assista à cette lente déchéance, à ce voyage de la sénilité qui reléguait son père dans des salles de plus en plus obscures où personne ne s'attardait. Malgré tout, il continuait de peindre. Il se transformait peu à peu en automate reproduisant les mêmes gestes jour après jour. Il négligeait le crayon et les esquisses, projetant ses couleurs à même les toiles, sans réfléchir. Ses pairs ne lui parlaient plus, jugeant ses œuvres décadentes. « L'œuvre d'un fou, d'un ivrogne... », répétaient-ils ostensiblement sur le passage de Hoctence. L'enfant souffrait de la situation. Une rancune sourde et malveillante gonfla comme un chancre au creux de son cœur. Il se mit à s'occuper de son père avec une tendresse presque maladive. Il le nettoyait, le promenait et parfois le maintenait sur une échelle lorsqu'il s'avisait de peindre sur d'immenses toiles.

Hoctence garde un souvenir étrange de cette époque. Une impression de silence et d'attente, accroupi dans un coin sombre à regarder son père aux doigts multicolores faire naître des figures impossibles. Est-ce de ces heures suspendues aux gestes du père qu'il tient son pouvoir ? Est-ce à force d'user son regard à percer le sens des couleurs enchevêtrées qu'il est devenu un Artificier ?

Tout commença par cette petite tache rouge entrevue dans le sillage d'une jeune infante de passage au palais. C'était sur le mur, comme une vulgaire éclaboussure. Mais lorsqu'il s'approcha, lorsqu'il tendit la main pour la toucher, il comprit qu'il s'agissait d'autre chose. C'était peut-être de l'encre séchée ou bien du sang mais en tout cas cela brillait comme une surface phosphorescente. Il appela un homme qui passait par là, il lui montra. Celui-ci se contenta de hocher la tête comme s'il ne voyait rien puis s'éclipsa d'un pas nerveux en jetant des coups d'œil par-dessus son épaule. Hoctence était pris pour un fou. Alors, il suivit l'infante. Elle portait une longue robe d'un rouge écarlate dont la couleur rappelait celle qu'Hoctence avait vu sur le mur. D'autres taches apparurent là où la jeune fille effleura les murs du palais, pareille à une signature de couleur…

Ce n'était rien d'autre : une route pointillée à même les murs, comme une incitation discrète. Du moins Hoctence le crut-il.

Il s'imagina beaucoup de choses, persuadé que l'infante était une fée, que les traces qu'elle avait laissées étaient une douce invite flattant son sens des couleurs. Il veilla des journées durant dans les couloirs pour la surprendre à nouveau et tenter de lui parler. Ce qu'il fit avant de réaliser qu'il s'était trompé. Elle se contenta d'un regard curieux avant d'ordonner à l'un de ses suivants de rosser l'impertinent.

L'événement bouleversa Hoctence. Il s'enfuit, les yeux humides et le cœur fermé, pour rejoindre son père. Il y passa presque deux ans, enfermé dans un profond mutisme. Il ne répondait pas aux rares artistes fascinés par les œuvres de son père qui apportaient pinceaux et pots de peinture. Il restait là, les jambes ramenées contre sa poitrine, à épier la course des poils de blaireau dont il imaginait parfois qu'il vivait encore au bout du manche en bois. Son esprit vagabondait : l'animal finirait par se réveiller, on apercevrait deux petits yeux brillants en écartant la touffe de poils. Il écoutait parfois auprès des pots, certain qu'il finirait par entendre les cris des animaux pris au piège, englués de peinture. A l'insu de son père, il les nettoyait le plus souvent possible en se disant que les pauvres bêtes respiraient peut-être mieux ainsi…

Le reste du temps, il plongeait dans le labyrinthe des pièces abandonnées à la recherche des amants discrets. Il quémandait quelques sous, amusé par ces couples essoufflés que la poussière faisait ressembler à des statues. Effrayés et impatients de se débarrasser de ce garçon au regard torve, hommes et femmes se pressaient d'ouvrir leur bourse. Hoctence parvenait ainsi à faire vivre son père et lui en achetant aux cuisines les reliefs des festins.

Deux longues années s'écoulèrent de la sorte. Hoctence veilla son père jusqu'au dernier jour, au début de l'hiver. Il s'éteignit sans un bruit, comme s'il ne voulait déranger personne. Hoctence implora un regard, un geste d'affectation mais les yeux du vieillard ne quittèrent jamais le mur où reposait sa dernière toile inachevée. Hoctence pleura des jours durant. La vengeance qu'il couvait depuis longtemps explosa dans son crâne comme une comète, ne laissant rien d'autre que l'idée de *les* faire payer. Il en voulait à toute la cour, à son indifférence et son archaïsme et ces peintres bêlants vivant au rythme des commandes exigées par des princes sans le moindre goût. Dès lors, il s'aventura de plus en plus souvent dans les couloirs chauds et éclairés, au cœur du palais.

Au début, il ignorait la manière dont il s'y prendrait. Il se contentait d'être l'éclaireur d'une armée invisible, de repérer les allées et venues et les corridors secrets. Il voulait tout connaître du palais, devenir le gardien de ses méandres. Personne ne faisait attention à ce jeune homme silencieux, excepté quelques vieux peintres rhumatisants qui gardaient le vague souvenir du père et du fils marchant côte à côte. Mais où était donc le père ? Était-il mort ? L'ignorance des peintres aiguisait la colère d'Hoctence. Lorsqu'il fut certain que le palais n'avait plus aucun secret pour lui, il endossa l'habit du bourreau. La nuit, il se glissait auprès des toiles et des peintures murales pour changer des petits détails : un chevalier en arrière-plan se transformait en fantôme, un doigt perdait sa chair, une jambe se couvrait de tavelures maladives.

La vieille garde des peintres de cour perdit la tête. Elle connut le destin de celui qu'elle avait renié du fait même que les princes refusaient de croire au vandalisme. On invoqua la sénilité pour engager de jeunes artistes à qui l'on confia la mission de mettre un terme à cette hémorragie morbide qui altérait les œuvres du palais.

Hoctence exultait sans se rendre compte que son corps se modelait au don du Prisme. Il n'avait jamais besoin de chandelle pour observer les toiles plongées dans l'obscurité : ses yeux lisaient les couleurs sans difficulté, éduqués à une forme unique de nyctalopie. À la même période, il revit les étranges éclaboussures qui naissaient dans le sillage des robes de fête. Hoctence ne voyait encore que les plus criardes mais, petit à petit, le don se disciplina de sorte qu'il puisse distinguer la moindre nuance de couleur. Il réalisa progressivement qu'il était le dépositaire d'un don extraordinaire. Les murs ressemblaient au décor d'une bataille acharnée entre deux armées de peintres croisant le pinceau. Hoctence errait comme un ivrogne, fasciné par ce spectacle dont il était le seul à profiter. Il remontait les pistes colorées comme un chasseur suivant les traces d'une bête sauvage. Il passait des journées à effleurer les murs de la main comme un aveugle. En quelques mois, il fut capable d'identifier n'importe quelle *signature* des habitants du palais. Il suivait plus souvent les femmes dont les vertugadins encombrantes laissaient des traces évidentes aux portes et aux coudes des couloirs. Certaines d'ailleurs se plaignirent d'être suivies sans pour autant être écoutées.

Le Prisme, pourtant, ne s'était pas accompli dans sa totalité. Hoctence devait découvrir autre chose, l'aboutissement de la couleur. Il lui vint un matin d'automne tandis qu'il cheminait sans vraiment savoir où ses pas le conduiraient. Sa destination n'avait pas d'importance, seule comptait la lecture qu'il ferait de la couleur des murs. Il emprunta un petit escalier, glissa un regard négligent vers le bas et se figea brusquement. C'était là, sous ses yeux, depuis des années… En *liant* les couleurs entre elles, il découvrait l'impossible. L'air lui manqua, un frisson glacial courut le long de sa colonne vertébrale. Il avait sous les yeux *un tableau de son père*. Ce dernier savait tout. Sous couvert d'inspirer un art nouveau, il avait montré à son fils *l'autre* réalité. Avait-il joué le fou toutes ces années? Hoctence trembla violemment avant de se laisser choir sur une marche de l'escalier. Son père avait donc joué la comédie, ne prenant aucun risque afin d'éduquer sa descendance au don du Prisme. Hoctence s'enfouit la tête entre les mains pour étouffer ses sanglots. Sa vengeance n'avait eu aucun sens. Son père avait choisi son exil dans les profondeurs du palais. Il s'était servi de l'amour de son fils pour cristalliser son attention sur de vulgaires *cartes de chasse*, un almanach surnaturel répertoriant le trajet des habitants du palais…

Hoctence franchit la porte de la bâtisse une heure plus tard, après avoir mis le feu aux toiles de son père. Il laissait une vie derrière lui, il en voulait une autre. Il marcha sans but dans les rues de la ville, angoissé par le bruit et la monotonie des couleurs. Les murs avaient tendance à s'harmoniser, dominés par le brun.

Lorsque la nuit tomba, il retrouva subitement le sourire en voyant fleurir les déguisements: c'était un soir de fête. Rapidement, la pierre se couvrit d'estafilades de toutes les couleurs. Hoctence s'aperçut que la cohue de la rue rendait les choses encore plus faciles: les bousculades faisaient naître de larges taches sans comparaison avec les maigres éclaboussures du palais. Le cœur plus léger, il se laissa porter par le flux des fêtards jusqu'à une grande place où l'on s'apprêtait à lancer un feu d'artifice.

Hoctence a gardé un souvenir extrêmement précis de l'instant où les premières fusées s'élevèrent dans le ciel. Il retint sa respiration en accompagnant la course des projectiles jusqu'à leur explosion, moment où il rejeta la tête en arrière, en proie à un formidable extase. Ce déchaînement pyrotechnique le laissa sans voix. Le ventre serré, il parvint à articuler à l'un de ses voisins:

— Qui fait ça?

— Les feux d'artifice? s'étonna le spectateur. Eh bien, maître Ganier!

La tête bourdonnante, Hoctence se fraya un chemin dans la foule pour rejoindre le terre-plein central d'où les fusées avaient été tirées. L'artificier était un homme voûté, le visage noirci par la poudre. Hoctence tenta de lui parler mais sa voix ne pouvait rivaliser avec le fracas des explosions. Il attendit au côté de maître Ganier la fin du feu d'artifice, captivé par ses mains. Il les avait remarquées dès le début, deux appendices cuivrés en forme de pinces qui crissaient comme des ciseaux.

— Le métier est dangereux, jeune homme, soupira l'artificier lorsque le silence reprit ses droits.

Il savait pourquoi Hoctence était là. Il lisait dans son regard le désir féroce de manipuler les fusées, de commander aux explosions.

— Vous m'apprendrez..., rétorqua Hoctence.

— Et un jour, une petite erreur te coûtera cher, conclut l'artificier d'une voix résignée.

Il se releva péniblement puis posa l'une de ses pinces sur l'épaule d'Hoctence.

— Mais je suis vieux et, dans cette ville, plus personne ne veut apprendre ce métier. Alors, tu es le bienvenu.

Le maître invita son futur disciple dans son atelier, à l'écart de la cité. Hoctence y resta quatorze ans. Il apprit son métier avec une infinie patience. Il perdit un doigt malgré tout, en voulant allumer une mèche de sa propre initiative. Mais en fin de compte, au bout de plusieurs années, il fut à même de composer et d'orchestrer un feu d'artifice. Ganier se retira dès qu'Hoctence fut capable de le remplacer. Il lui offrit son atelier, ses relations, et quitta la cité.

Dès lors, maître artificier, Hoctence laissa le Prisme s'épanouir. Il connaissait la portée de son talent depuis plusieurs années mais n'en avait jamais parlé. Un secret qu'il redoutait, qu'il étouffait aussi en sachant qu'il le devait au sacrifice de son père. Hoctence avait découvert la manière de *voler* les couleurs à l'image d'un vampire. Ses doigts étaient capables de diluer instantanément les teintes. Le soir, il plongeait dans les artères de la ville à la recherche de ses victimes, des femmes riches aux robes composées dont il *aspirait* les couleurs en laissant derrière lui un sillage noir ou blanc. De retour à l'atelier, il les déversait du bout des doigts dans les creusets et les alambics. Il gagna ainsi sa réputation : ses feux d'artifice restituaient des couleurs d'une incroyable diversité. On vint des pays voisins pour admirer les merveilleux panaches de ses fusées. On le cambriola, pensant découvrir dans le fatras de son atelier les recettes d'une telle alchimie mais personne n'était en mesure de deviner que le Prisme était l'instrument de maître Hoctence.

Il exerça son métier le temps d'une décennie et finit par rejoindre Abyme dont le Palais d'Acier avait acheté ses services au prix d'or. La cité lui offrit bien plus que des spectateurs émerveillés. A côtoyer la conjuration, il s'aperçut bien vite que ses feux d'artifice se prolongeaient dans les ombres, que certaines de ses couleurs se retrouvaient parfois sur les démons. Cette découverte le propulsa dans le milieu des conjurateurs. C'était une nouvelle famille, un rêve d'enfant. Il négligea son métier, son atelier perdit peu à peu sa réputation. Hoctence s'en fichait éperdument. La complexité, la dimension charnelle de l'invocation pesaient bien plus que la minutie ou même la beauté du feu d'artifice. Pour la première fois, Hoctence se sentait parmi les siens. Avec six autres conjurateurs, ils formaient une véritable fratrie. Des frères d'armes unis par le trait des ombres. La nuit, ils écumaient les bibliothèques à la recherche des plans, des cadastres des rues afin de percer les secrets de l'architecture abymoise. Le jour, ils allaient sur place en guettant le soleil. Hoctence était heureux comme ça. Ses compagnons lui faisaient découvrir autre chose, une forme de fraternité qu'il n'avait jamais connue. Leur inconscience rompait avec les rigueurs du palais ou de l'atelier de Ganier. Ils vécurent ainsi plusieurs mois, dilapidant la fortune amassée par Hoctence, jusqu'au jour où l'un d'entre eux invoqua le Pourpre. Les autres participèrent à la conjuration mais aucun n'était capable de contrôler un tel démon. Ils avaient joué avec le feu et s'étaient brûlés. Le Pourpre, ravi de l'occasion, exigea d'être payé : Hoctence et ses compagnons devaient tuer en son nom, devenir des assassins. La moitié refusa et disparut, les autres obéirent. Mais ce métier n'était pas le leur. Un à un, ils furent arrêtés par la police excepté Hoctence. Pour le démon, la preuve était faite : Hoctence rejoignit les abysses pour servir son nouveau maître.

Il réapparut aux hommes des années plus tard en se faisant appeler l'Artificier. Il était devenu le bourreau des conjurateurs, le bras vengeur des Advocatus Diaboli. Marqué par son passage aux abysses, il ne vivait plus que pour le

Prisme. Son esprit, définitivement aliéné, se persuadait que le salut des âmes passait par la souffrance du feu. Il enfermait l'âme de ses victimes dans les fusées des feux d'artifice qui dispersaient la substance du malheureux au-dessus d'Abyme. « Vous expiez, jeunes fous, mais vous renaîtrez par les démons », ne cessait-il de murmurer lorsqu'il allumait la mèche. Il savait bien que l'âme parcellée du conjurateur échouerait dans une ombre. Que celle-ci garderait une empreinte de la victime et qu'un jour, un démon serait invoqué avec un petit bout de sa mémoire.

Hoctence était devenu fou. La réalité lui échappait à tel point qu'il vivait de ses obsessions. Entre deux feux d'artifice, il se glissait dans les grandes fêtes où il volait ici et là un peu de couleur. Il lui arrivait même d'absorber la pigmentation de la peau pour la rendre transparente. Il attaquait les jeunes femmes de cette manière, poursuivi par l'image de cette infante qui s'était moquée de lui. Il adorait voir les visages horrifiés lorsqu'elles découvraient leur bras apparemment *à vif*...

Ce matin, Hoctence a reçu Valditch, l'Advocatus Diaboli. Il l'a trouvé fatigué, d'une pâleur maladive. Valditch lui a glissé une liasse de connivences dans les mains avec une étrange nervosité. « Maspalio, il doit payé. Elles sont toutes en retard », a-t-il dit en montrant les parchemins froissés. Hoctence les a regardés : l'Advocatus a raison. Ce Maspalio n'a pas été convenable avec les démons et cela ne se fait pas.

« Il traîne souvent du côté des Gros, occupe-toi bien de lui », a soufflé Valditch avant de s'éclipser. Hoctence a haussé les sourcils. Bien sûr qu'il va s'en occuper ! Pourquoi l'Advocatus s'inquiète-t-il ? Oh, est-il possible que le dénommé Maspalio fasse pression sur Valditch...

La bouche d'Hoctence se fend dans un large sourire. Il n'aime pas les proies faciles. Il a trop souvent affaire à des apprentis-sorciers paralysés à la simple évocation de son nom. Si ce Maspalio est capable d'effrayer un Advocatus, la chasse a quelque chance d'être pimentée. Maintenant, il s'agit de chercher la couleur de ce personnage, d'isoler son spectre pour le suivre à travers la cité et le débusquer. Une belle journée pour Hoctence...

III

L'Opalin ne cesse de me surprendre. Son esprit oscille comme le pendule d'une horloge. En le conjurant au sein de l'ombre où Hornème s'est suicidé, j'ai ouvert cet esprit à deux âmes distinctes. Elles se disputent le corps de l'Opalin, elles veulent toutes deux gagner un support de chair à leur cause.

Je ne me lasse pas d'épier ses faits et gestes en guettant la présence d'Hornème. Au souper, par exemple, il s'est empiffré avec une frénésie ridicule. Un témoignage parmi d'autres qui m'aide à supporter l'attente.

Elle devient pénible. Les heures passent avec une lenteur désespérante et l'atmosphère s'en ressent. Il y a Seguance et son Opalin qui se sont enfermés à l'étage pour achever le philtre d'amour. Ces deux-là ne souffrent plus d'être dérangés. Nous déposons les repas sur le pas de la porte de manière à ce que personne ne les voie. Mes pensionnaires m'ont demandé d'intervenir mais je me fiche bien de savoir ce qu'il trafique là-haut. Je préfère le visage anguleux de l'Opalin, ses tressaillements erratiques lorsque Hornème se glisse dans son esprit. A quel jeu suis-je invité ? J'ai le sentiment que le Gros et le démon se livrent un duel féroce dont je serais le témoin officiel. Pourquoi pas ? Au moins est-ce une manière de tuer le temps, de ne pas devenir fou. La promiscuité avec mes pensionnaires finit par être pesante. L'isolement les a rendus irascibles, chamailleurs, et il ne se passe pas une journée sans une empoignade pathétique à coups de béquilles. À chaque fois, je les sépare gentiment mais cela ne pourra pas durer très longtemps. Je les encourage à lire, à profiter des milliers de livres entassés dans les couloirs mais sans aucun succès. Alors ? Nous n'avons pas le choix. Notre sort repose entre les mains de l'Incarnat. Sans parler de Madoquiel, commandeur de la milice abymoise, qui n'a pas du me pardonner mon évasion du tribunal d'Acier. Je ne supporte plus cette impression de dépendre d'un démon, en espérant que la milice ne nous trouve pas entre-temps. Je ressens le besoin de tenter quelque chose, de sortir dans

Abyme pour trouver une solution. À quoi bon? Je n'ai pas oublié mon double, cette créature née du regard d'un satyre qui s'est juré de prendre ma place. Elle a le champ libre du fait même que je suis enfermé ici. Ma seule consolation est de savoir qu'elle détournera l'attention de Madoquiel, d'une manière ou d'une autre.

Je me suis remis à boire. Lorsque je ne suis pas auprès de l'Opalin, je m'enferme dans ma chambre avec quelques bonnes bouteilles. C'est encore le meilleur moyen de passer le temps. La soirée s'écoule comme de la brume, grise et lente. Je ne garde jamais de souvenirs précis, excepté le réveil lorsque Pertuis m'apporte ses concoctions pour me remettre sur pied.

Je me néglige, c'est certain. Je ne me lave plus, je laisse une barbe sale me manger le visage, je garde le même bliaud trop grand pour moi nuit et jour. De toute façon, j'ai déjà brisé tous les miroirs de la maison dans un excès de rage. Je n'ai plus l'occasion de m'intéresser aux apparences. Seules comptent les heures égrenées par cette vieille horloge retrouvée dans la cave et installée désormais dans la salle à manger. Ce n'était pas une bonne idée de la remonter. Depuis plusieurs jours, Lazzi et quelques autres l'astiquent méticuleusement comme s'il s'agissait d'une statue divine. A chacun son exécutoire, me suis-je avoué. Saoul les trois quarts du temps, je n'ai guère de leçon à donner…

L'ivresse, certains soirs, me fait réfléchir, bouscule les questions. Ai-je fait une erreur? Le chantage avec des Hauts Diables est-il une folie? Plus j'y pense, moins je les vois refuser : ils ne peuvent pas se permettre de perdre leurs démons ! Je me raccroche sans cesse à cette idée. « Ils n'oseront pas », répété-je inlassablement. Pourtant, cela ne suffit pas à dissiper mon inquiétude. L'Incarnat est parti trop longtemps. Si les Hauts Diables avaient été effrayés, ils l'auraient déjà renvoyé jusqu'ici. Il faut se méfier, rester sur nos gardes. Et prier peut-être…

IV

Valditch en compte deux ou trois mille mais ils sont peut-être beaucoup plus. Comment savoir ? On ne distingue même pas les extrémités de la salle. L'Advocatus n'ose pas imaginer les dimensions d'un tel endroit. Dix, vingt kilomètres de diamètre ? Impossible de prendre des mesures. Vouloir la traverser équivaudrait au suicide. Il jette un regard à la voûte, supportée par d'immenses poutrelles de fer aux gros rivets rouillés. Qui a pu penser, qui a pu construire une telle chose ? L'Èquerre, pense-t-il. Du moins une fraction dissidente comme les Nains de Nuit, fidèles aux abysses.

L'Advocatus baisse les yeux. Devant, derrière, tout autour de lui, ce n'est qu'une foule démoniaque, une marée noire et pointue au sein de laquelle il se sent terriblement perdu. Il étouffe tant bien que mal le tremblement de ses mains, mais rien ne l'avait préparé à cette immense foire d'empoigne.

Il est assis à l'une des grandes tables ovales en onyx qui mouchettent le sol abyssal. Il y en a des centaines. Chacune d'entre elles appartient à un clan, une fratrie démoniaque dont l'oriflamme se dresse derrière le fauteuil du maître. Voilà pourquoi le vacarme est si terrifiant, voilà pourquoi on s'insulte d'une table à l'autre sans aucune retenue. Valditch a même vu, quelques instants plus tôt, deux clans s'affronter dans un corps à corps sanglant avant que des Minotaures ne viennent les séparer. Les cadavres ont été emportés sans que personne n'y prête attention. Cette violence crue qui se répète ici et là a fini par paralyser le pauvre Valditch qui se recroqueville un peu plus sur son fauteuil. Il voudrait partir, ne plus voir toutes ces figures grimaçantes, ne plus entendre ces voix sinistres qui grondent comme l'orage. Mais son guide, ou plutôt son gardien, est debout derrière lui en attendant que le Minotaure veuille bien les inviter. Alors Valditch observe, malgré sa peur. Il entrevoit des tables plus importantes cernées par des Incarnats aux longs mentons, il découvre des Pourpres portés par des diablotins ricanants, il épie un Obsidien se fouettant avec un sourire extasié. Une galerie de cauchemar dont les membres disparaissent çà et là lorsqu'un conjurateur, dans l'autre dimension, fait appel à lui. Ce qui explique pourquoi ils sont si nombreux pour pallier à cette dépendance.

Le gardien lui tapote l'épaule.

— Lève-toi.

Valditch se dresse aussitôt mais le guide s'est déjà engagé entre les tables. Pour rien au monde l'Advocatus ne veut se retrouver tout seul au beau milieu de cette foule d'enragés. Le souffle court, il se met à courir. La traversée est un enfer… Des petits diables ne cessent de lui mordiller les chevilles, d'autres l'attrapent par les mains en lui montrant de superbes succubes au regard de braise. Valditch ferme les yeux, tel un gamin. « Non, laissez-moi tranquille », murmure-t-il en écartant les diablotins. Il voudrait que le guide se retourne, qu'il chasse les plaisantins mais celui-ci se contente d'ouvrir le chemin. L'Advocatus commence à paniquer. Il se peut très bien que le Minotaure ait exigé que la route qui mène jusqu'à lui soit une épreuve. « Je peux très bien mourir ici, se rend compte Valditch. Il suffit que je bouscule un Haut Diable, qu'il soit de mauvaise humeur… » Bouleversé, il devient plus violent, donne des coups de pied pour chasser les diablotins qui n'attendaient que cela. Soudain, les petites dents deviennent moins espiègles, plus cruelles. Il manque de tomber, mordu aux mollets jusqu'au sang. Un liquide poisseux coule sur ses chevilles. « Je saigne, bon Dieu, je saigne », crie-t-il d'une voix chevrotante. Autour de lui, le décor vacille, les figures se mélangent. Sa dignité est un souvenir, il hurle : « J'veux pas crever ici, pas ici ! » Des petites mains griffues visent sa gorge, sa bouche, ses yeux. Il tombe sur les genoux, les bras noués autour du visage. « Je suis mort, voilà… », se dit-il en sentant la masse des diablotins escaladés son dos. Et puis, brusquement, il entend un claquement spongieux. Encore un autre. Un concert de cris nasillards. Il sent que les démons se retirent, l'abandonnent. Il entrouvre les bras : un Minotaure le regarde de haut, l'œil inexpressif. Aucune lueur dans ce regard, rien. Valditch se relève, regarde autour de lui. Plusieurs diablotins gisent sur le sol, le corps brisé ou décapité. Il voudrait tenir debout, faire bonne figure devant ce monstre mais la douleur l'empêche de respirer. Il veut s'allonger, dormir… Une main rude empoigne son bras et le pousse en avant.

— Avance! ordonne le Minotaure en secouant sa longue tignasse brune.

Des yeux, Valditch cherche du secours mais il est seul, maintenant. Son guide a disparu. Il suit le Minotaure sous une pluie d'insultes: les démons n'apprécient pas qu'un humain soit protégé.

Enfin, le trône apparaît. La Bête est vautrée dessus, cernée de succubes et de harpies qui ondulent avec une nonchalance provocante. À sa table, plusieurs dizaines de Minotaures aux cornes peintes et vêtus de lourdes amures de guerre: la garde de la Bête, son escorte. Valditch n'ose plus avancer. On l'assoit sur un tabouret au bout de la table.

La Bête se lève, éparpillant des grappes de diablotins nichés le long de son corps. Valditch, la bouche ouverte, suit le déploiement impossible de cette montagne de chair musculeuse. Qui a pu engendrer un tel monstre, une telle abomination? se demande-t-il. Elle ressemble à un cauchemar de la nature, à l'aboutissement de la sauvagerie. Le corps est admirablement bâti pour ce que l'on devine sous les lourdes plaques de bronze jointes par des chaînes de métal. Jusqu'au visage, ce n'est qu'un barbare gigantesque, une véritable machine de guerre. Mais là-haut, au-dessus d'un cou noueux aussi large qu'un tronc, on devine un faciès plus curieux, moins primitif. Ses yeux surtout, pétillants d'une intelligence féroce et les deux cornes, interminables, aux encoches effilées. « Il doit éventrer ses victimes, fouiller leur chair comme un boucher », se dit Valditch, ensorcelé. Il n'arrive pas à détacher son regard des deux petites billes noires au sommet du monstre. « Et si je le provoquais, si je l'attaquais, tout serait fini », pense-t-il. L'angoisse lui tenaille le ventre: maintenant, il voudrait mourir, échapper à tout prix à ce qu'il est devenu.

Le Minotaure se penche, les deux mains posées à plat sur le bord de la table:

— Valditch, ton affaire me coûte du temps.

L'Advocatus s'était composé un éventail de réponses, de suggestions, de suppliques. Mais là, devant la Bête, les mots s'étouffent dans sa gorge. Il n'a plus rien en tête. Faut-il dire la vérité? Inventer une autre histoire pour tenter de se disculper? Valditch est incapable de mentir. La voix de la Bête est à l'image d'une brise glaciale augurant une tempête. Une voix grave et posée, capable du pire.

— Je sais, répond l'Advocatus d'une voix fébrile. Je le sais parfaitement.

— Alors, pourquoi un Incarnat, un vulgaire rapporteur? Crois-tu que cela me suffise?

— Non, je comprends. C'était une erreur, une grossière erreur.

— Nous sommes préoccupés, fait la Bête en tournant lentement son visage à gauche, puis à droite. Mes fidèles compagnons pensent que tu n'as pas su gérer ce qui n'était qu'un modeste incident.

— Comment pouvais-je savoir? Un démon amoureux, on n'avait jamais vu ça!

— C'est exact. Raconte-moi, Valditch. Je veux savoir comment ce Maspalio est en mesure, aujourd'hui, de faire chanter les abysses...

Valditch dit tout. Il n'omet aucun détail. Du pacte secret qui le liait au lunetier jusqu'à ses tentatives avortées pour supprimer le farfadet. L'Advocatus a vu, pendant qu'il parlait, l'un des Minotaures empaler avec des gestes précis deux Danseurs sur ses cornes. Un arc noir et étincelant a jailli aux deux extrémités pour se prolonger à travers la salle, relayé par d'autres cornes, par d'autres Minotaures. Valditch comprend que son récit traverse la grande salle tel un écho. Des milliers de démons l'écoutent, lui, l'Advocatus de quartier. Il essaye de choisir ses mots, de ne pas bégayer. Lorsqu'il conclut avec sa rencontre avec l'Artificier, une rumeur sourde naît dans les profondeurs de l'immense grotte. Une rumeur qui enfle, qui devient assourdissante jusqu'au moment où la Bête s'écrie:

— Assez!

Cette fois, un véritable silence pèse sur les lieux. Valditch n'ose même plus regarder devant lui: tous les convives se sont retournés dans se direction.

— Je veux vous entendre, reprend le Minotaure. Un par un. Et faites-vous connaître.

— Ambucias, gronde quelque part la voix puissante du Haut Diable Barbu.

— Je vous écoute, Ambucias.

— Maspalio ignore tout de la Romance. Pourquoi ne pas lui offrir ce qu'il demande ? Nous n'avons pas intérêt à éveiller la curiosité des conjurateurs.

— Non ! l'interrompt Haborym, Haut Diable des Incendies. Composer avec un farfadet, cela n'a pas de sens ! L'Advocatus nous assure qu'il n'a que les chroniqueurs comme garantie. Débarrassons-nous de ceux-là et cette affaire sera un mauvais souvenir.

— Pauvre sot ! s'exclame Moloch, prince des Larmes, dont les fidèles se sont mis à pleurer pour saluer son intervention. Haborym, la Romance nous a déjà coûté près d'un demi-siècle. Toi et tes incendiaires pouvez rester ici. Nous n'avons pas besoin de vous, c'est là une affaire d'esprit, pas de voyous !

Haborym s'enflamme. Un feu rouge escalade son corps de braise. Ses fidèles, transformés en torches, s'écroulent par dizaines en scandant son nom. Mais les Minotaures, garants de l'ordre abyssal, sont déjà intervenus. Haborym, les yeux fumants, se rassoit.

— Moi, Hécate, je vous parle, intervient une voix nouvelle.

— Parle, Haut Diable, dit la Bête.

— Moloch n'a pas tort : le secret de la Romance doit être préservé. Pourtant, nous ne pouvons pas accorder l'immunité à ce farfadet. Notre crédibilité est en jeu. J'imagine autre chose. Proposons à Maspalio une connivence temporaire, de quoi le rassurer. Entre-temps, l'Artificier aura mis la main sur lui. Chacun sait qu'il est indépendant des abysses. Nous n'aurons pas failli à la connivence.

— En somme, ajoute le Minotaure, la connivence lui donnera la garantie que *nous* ne tenterons rien contre lui. Et pas l'assurance de le protéger contre toute menace de mort.

— Exact.

— Cela me paraît raisonnable.

— Sauf s'il se méfie, déclare Belphégor, Haut Diable des Inventeurs. À sa place, je me dirais que nous pourrions engager des mercenaires. Ce serait encore plus simple.

— Il y a les chroniqueurs, Belphégor, intervient Salmac, Haut Diable de la Guerre. Et vous semblez oublier que si Maspalio meurt, ils révéleront tout. Alors votre Artificier, je m'arrangerais plutôt pour qu'il ne *puisse pas attraper le farfadet*. Je trouve que Haborym n'avait pas tort. D'une manière ou d'une autre, il faut se débarrasser des chroniqueurs.

— Vous voudriez que nous les supprimions? s'exclame Belphégor.

— Pourquoi pas? Mettons-y les formes, camouflons les meurtres en accident. Nous savons le faire.

— Encore faudrait-il connaître les noms de ces chroniqueurs..., suggère Vapula, le Haut Diable Griffon. Soyons réalistes! C'est bien là toute la raison de la Romance: nous n'avons pas de véritables moyens pour intervenir au-delà des abysses.

— Alors, faisons intervenir l'une de nos veuves..., souffle la Bête d'une voix grave.

— Non! s'écrie Alastor, bourreau de l'Enfer. Nous devons tenir la Romance à l'écart. Gagnons du temps: signons une connivence pour une protection absolue du farfadet. Pour un mois, comme le disait Hécate. Cela sera suffisant pour retrouver tous ceux ont été alertés par Maspalio.

— Alastor, j'espère que vous avez conscience des moyens à mettre en œuvre. Pour le protéger, il faudra solliciter la plupart de nos conjurateurs, assurer sa surveillance nuit et jour. C'est un jeu dangereux auquel nous serons tous obligés de participer. S'il lui arrive quoi que ce soit...

— Alors, glissons une clause nous libérant pour des accidents indépendants de notre volonté. À chacun de nous de la respecter: les dieux pourront facilement vérifier.

— Soit, lui répond la Bête. Reste l'Artificier. Alastor, êtes-vous en mesure de l'arrêter?

— Non. Je peux assurer la garde du farfadet. Mais l'Artificier est fou: nous n'avons aucun moyen de pression sur lui. Il travaille pour nous parce qu'il le veut bien, voilà tout.

Valditch ne sait plus quoi penser. Quelle est cette mystérieuse Romance que les abysses veulent à tout prix protéger? Personne n'y a jamais fait allusion dans le petit monde des Advocatus Diaboli. Pas un bruit, pas une rumeur. Pour conserver le secret, les Hauts Diables sont prêts à protéger Maspalio. Une connivence extraordinaire que Valditch n'aurait pas crue possible. Il sait qu'une telle promesse sera extrêmement coûteuse pour les abysses. Les démons devront payer à leurs conjurateurs des sommes exorbitantes pour pouvoir quitter leur dimension et rejoindre celle de Maspalio.

Un véritable effort de guerre qui risque de ruiner certains Hauts Diables. Lorsque les conjurateurs auront une petite idée de l'enjeu, les enchères monteront très vites et chaque passage représentera une fortune.

L'Advocatus croise le regard de la Bête. L'instant est crucial, il le sait bien. Elle peut aussi bien se pencher pour l'attraper avec l'une de ses cornes ou l'envoyer servir dans les profondeurs des abysses.

— Toi, Valditch, dit-elle, tu traiteras avec Maspalio.

— Moi? s'étonne l'Advocatus. Mais je ne sais même pas comment le retrouver. Je vous rappelle que j'ai tenté de l'assassiner. Il ne me fera pas confiance.

— Tu auras notre connivence signée. Cela devrait suffire. Pour le trouver, nous ferons appel à Haagenti.

Le Haut Diable du Cristal... Décidément, ils sont prêts à tous les sacrifices, se dit Valditch. La moindre entrevue avec Haagenti oblige les Hauts Diables à se séparer d'une partie de leurs terres. La créature possède déjà près de vingt-trois niveaux abyssaux. Une chose est sûre: il dispose d'un sursis inespéré et compte bien dessus pour découvrir ce qui se cache derrière cette Romance.

À l'écart, dans un coin de la salle, le Grimacier agite doucement son long chapeau à clochettes, la mine pensive. Il a chassé ses bouffons pour être seul, pour réfléchir. L'instant lui paraît presque irréel tant il a attendu. Mais là, depuis quelques secondes, il sait que sa vengeance peut aboutir. D'une main nonchalante, il brosse son habit rouge et or en esquissant quelques grimaces. Puis il lève les yeux. Personne ne le regarde, bien sûr. Tout le monde se fiche bien des pitreries du bouffon. Il fut un temps, pourtant, où les Hauts Diables s'arrachaient sa présence. On se battait pour le voir cabrioler au-dessus des tables, déformer son visage et faire rire aux larmes. Mais depuis la Romance, lui, le grand amuseur, le formidable grimacier, il n'a plus aucun spectateur. Quoi de plus sinistre qu'un bouffon réduit à se fixer dans une glace pour se faire rire?

Rien. On a fait pire que le tuer: on l'a oublié. Il n'est plus qu'un fou déchu, un guignol écarlate.

— Ça ne devait pas finir ainsi, siffle-t-il entre ses dents. Moi, je suis un artiste.

Il en veut au démiurge, à ce conjurateur qui lui a volé son public en apportant la Romance. Mais la chance tourne. Il va montrer à tous ces intrigants que le bouffon commande. Que le Grimacier n'est pas un démon que l'on chasse comme un vulgaire saltimbanque. Il mérite beaucoup plus, il a fait rire les plus grands. Il va trouver ce Maspalio, lui raconter la Romance. C'est ainsi qu'il reverra son public…

V

Sous l'ombre d'un porche, un homme apparemment seul ouvre un panier avec des gestes lents. L'osier qui effleure le sol libère deux Salanistres qui glissent prudemment sur le pavé. Leur langue bifide explore la consistance de la pierre, cherche le meilleur endroit pour *s'engouffrer* à l'intérieur. Elles n'ont qu'une vague idée de la signature de leur proie. Madoquiel les a laissées évoluer dans le sol du tribunal d'Acier pour recueillir les infimes échos des pas de Maspalio. Leur mémoire sélective a isolé les vibrations émises par le farfadet, un pas léger brouillé par une nervosité de circonstance. Elles sauront, malgré tout, le reconnaître parmi ceux des Abymois. Haïm les a éduquées ainsi, pour qu'elles n'obéissent qu'à une seule impulsion, à un seul désir. Le Keshite a forcé leur animalité, accentué la part du prédateur. Il a en fait des bêtes terriblement affamées que seuls les pas de Maspalio pourront rassasier.

La première, celle que Haïm pense être la plus féroce, a déjà attaqué la pierre. Sa langue et ses dents fouillent la roche comme de la terre. Elle s'enfonce, suivie par son congénère, dans l'étroite galerie. Désormais, elles ne trouveront plus le repos tant que les chevilles du farfadet ne seront pas dans leur gueule.

Madoquiel se frotte les mains : justice sera bientôt rendue. L'arrestation de Maspalio n'est plus qu'une question de temps. Il fait signe aux tailleurs de pierre, restés en retrait. Ils approchent puis sculptent rapidement une pierre pour boucher la galerie. Quelques minutes plus tard, il ne reste aucune trace. Sous le pavé abymois, deux Salanistres creusent leur chemin vers le farfadet.

Hoctence a passé la journée à rencontrer les Advocatus Diaboli. Il a voulu des détails sur Maspalio, se faire une idée du personnage. Il sait que le conjurateur a été piégé par Valditch, qu'il était un client raisonnable. Les Advocatus en parlent comme d'un farfadet tranquille, amusé par la conjuration, en quête de sensation. L'Artificier ne peut s'empêcher de faire le rapprochement avec sa propre histoire. Lui et ses amis avaient abordé la conjuration de la même manière sans en faire un instrument de pouvoir.

En tout cas, l'Artificier a su où commencer ses recherches : l'hospice de Dagenti. Il a découvert une vieille bâtisse logée dans le quartier du Lierre dont les fenêtres avaient les volets fermés. Il a cru un moment que l'endroit était abandonné. Mais lorsque la nuit est tombée, une lumière a filtré au deuxième étage. Maspalio serait-il ici ? Hoctence doute qu'il soit aussi imprudent. Les Advocatus lui ont décrit une personne sensée.

Il y a bien les couleurs, visibles à l'entrée. En particulier, un bleu clair assez rare qui revient souvent et toujours à moins d'un mètre cinquante. Malheureusement, cela ne suffit pas pour déterminer le spectre du farfadet. Il faudrait entrer dans la bâtisse, trouver sa chambre.

L'Artificier a le temps. Il s'installe dans une auberge à quelques pas de là, dont une fenêtre permet d'avoir un œil sur l'entrée de la maison. La nuit promet d'être longue. Il commande un bon vin, se cale sur sa chaise puis s'évade, au gré des couleurs.

J'ai pris goût à ma déchéance. Un délice pervers, une décrépitude du corps et de l'esprit. J'ai beau en avoir conscience, je n'ai aucune envie de m'arrêter. Alors je bois toujours plus, je fume des herbes lyphaniennes et je pense à prendre quelques jolies esclaves pour achever le tableau. Mes rares moments de lucidité me servent à manger un peu, histoire d'être encore capable de mettre un pied devant l'autre. Fuir dans l'alcool ou la drogue se révèle d'une jouissance incomparable. D'autant que, chaque fois que Pertuis me fait avaler ses satanés breuvages, je réalise qui je suis et ce qui peut nous attendre. Dans ces moments-là, la fuite devient un rare plaisir.

J'ai cru comprendre, mais je n'en suis pas certain, que des pensionnaires vont nous quitter. Lazzi exige que je les en empêche. Diable, je ne suis pas leur mère ! Ils font ce qu'ils veulent. Ici ou ailleurs, les démons nous retrouveront. Quant à l'Opalin, le mien bien sûr, il est devenu complètement schizophrène. Cela devient franchement pathétique mais au moins, il me fait rire.

Ce soir, j'ai bien envie de sortir, d'abandonner mes derniers retranchements pour aller courir la Modéhenne. Évidemment, Lazzi n'est pas d'accord. Il est là, juste devant moi, à se trémousser sans trouver ses mots. Le pire, c'est qu'il essaie de m'arracher ma bouteille des mains. Pour qui se prend-il, ce vieux bougre de Lazzi ? J'ai cogné. Sans arrière-pensée et pour la première fois de ma vie. Un coup de poing en pleine tête, dans la joue droite. Je crois bien avoir entendu un os craquer avant qu'il ne chancelle et s'écroule par terre. Là, tassé contre le mur, il ressemble sérieusement à un vieux tas de chiffons. Enfin, maintenant, la voie est libre, chers amis !

J'ouvre la porte. Il fait sacrement noir. Pourquoi les feux follets ne sont-ils pas allumés à cette heure-ci ? En panne, les adorables petits feux follets ? Tant pis, je me lance.

Je me lance si bien que je trébuche sur une marche qui ne devrait pas être là. Je vois mes pieds quitter le sol et retombe violemment sur le dos. Je ferme les yeux, j'attends l'explosion, la douleur. Rien. Tout juste une légère sensation de brûlure. Bon, un passant va-t-il venir m'aider ? Personne ? Foutus Abymois, aucun sens civique ! Je veux me glisser sur le côté pour me remettre debout lorsque ma main accroche quelque chose de curieux. Une chose un peu molle et fine. Je plisse les yeux pour tenter d'apercevoir le bout de mon bras. Une fleur ? Bon Dieu, je me suis trompé de porte : je suis dans le jardin…

Le Grimacier, à califourchon sur le muret, fixe Maspalio. Est-ce possible qu'il s'agisse du farfadet ayant défié les abysses ? Il ne voit qu'un petit bonhomme imbibé d'alcool marmonnant dans sa barbe. La tâche ne va être facile. Pourtant, jusqu'ici, tout a fonctionné à merveille. Il a devancé Valditch en offrant deux de ses précieuses clochettes à un fidèle conjurateur qui a consenti à l'invoquer dans Abyme. Il est un peu malheureux : son chapeau ne tinte plus comme avant. Mais l'enjeu vaut bien quelque sacrifice.

Il doit parler à ce farfadet, le convaincre avant que l'Advocatus ne vienne agiter sous son nez la connivence signée par les Hauts Diables. Son état n'augure pas d'une volonté à toute épreuve. Il signera, sans hésiter, pour échapper à la pression qui pèse sur ses épaules.

Le Grimacier ressent une étrange affection pour Maspalio. Sa confrontation impossible avec les abysses ressemble à la sienne. Même si leurs buts sont diamétralement opposés : Maspalio veut être oublié, lui veut être reconnu.

Il remet de l'ordre dans sa tenue, légèrement fripée, et se laisse tomber dans le jardin. Il s'approche lentement du farfadet qui s'efforce de remonter les marches du perron à quatre pattes.

Il est juste derrière lui.

— Maspalio ?

— Quoi, qu'est-ce que c'est ? grommelle le farfadet.

— J'aimerais vous parler.

Maspalio le regarde avec des yeux ahuris.

— Un bouffon ? Dans *mon* jardin…

— Rentrons à l'intérieur.

Le Grimacier ne supporte pas ce ton sérieux qu'il est obligé d'employer. Terrible faute de goût pour un amuseur. Un mauvais moment à passer. Il attrape le bras du farfadet pour le mettre debout.

— Oh là, monsieur le fantôme ! s'écrie Maspalio en voulant se débattre.

Mais la poigne du diable se referme plus nettement sur le bras du farfadet. L'étonnement se peint sur son visage.

— Vous n'êtes pas *vrai*, tout de même ?

— Si, bien réel. Et bien pressé. Allons, je vous mène jusqu'à votre chambre.

— Mais je n'ai aucune envie de m'amuser !

Le Grimacier pousse un soupir :

— Je ne suis pas venu pour cela. Je vous en prie, rentrons.

— Bon, lâche le farfadet en cherchant des yeux sa bouteille. Avant, je dois récupérer mon amie !

— Non, plus d'alcool. Je vous veux le plus conscient du monde.

— Ah ça, jamais ! Lâchez-moi donc, ricane le farfadet.

Le diable perd patience. Cette scène lui en rappelle d'autres lorsque, au cours des banquets, les invités deviennent trop saouls pour apprécier la justesse de son spectacle.

Il connaît parfaitement ce moment de rupture où ses pitreries ne recueillent plus que des rires idiots et vexants. Le farfadet semble le provoquer, c'en est trop : il lui assène une claque savante sur la nuque. Maspalio s'écroule dans ses bras, la bouche ouverte.

Il entre dans la bâtisse en le portant dans ses bras. Une maison bien curieuse aux corridors tapissés de livres. Il progresse à l'intérieur d'un long couloir lorsqu'un vieillard surgit d'une porte attenante. Le diable et le pensionnaire se figent. Le premier ne dit rien, le second articule :

— Qui… qui êtes vous ?

Un réflexe, un automatisme de métier : le diable esquisse l'une de ses grimaces qui ont fait sa réputation. Le vieillard hurle avant de se retourner et de s'enfuir en claudiquant comme s'il avait une meute sauvage à ses trousses. Le bouffon éclate d'un grand rire sonore. Quel talent !

Mais le hurlement du vieillard a ébranlé la maison. Des portes s'ouvrent et se referment, des murmures courent un peu partout. Le diable s'avance à nouveau. Il est au pied d'un escalier. En haut, plusieurs pensionnaires armés de bâtons et de poignards se serrent les uns contre les autres en le menaçant :

— Pas un pas de plus ! déclare l'un d'eux.

— Je veux juste m'entretenir avec Maspalio, lance le diable sur un ton ironique.

Il ne peut s'empêcher de trouver la situation cocasse. Lui qui a diverti des sommités de l'horreur, il apprécie d'être menacé par une troupe de septuagénaires. Reposant…

— Qui êtes vous ? lui dit un autre.

La question, vexante, agace le bouffon :

— Le Grimacier, bande d'impotents ! Et je n'ai pas de temps à perdre. Je suis venu pour parler à Maspalio. Au lieu d'agiter vos bâtons, vous feriez mieux de filer aux cuisines pour trouver de quoi le retaper.

Les pensionnaires sont perdus. Malgré le costume rouge et or, il y a ce faciès dissonant, cette bouche tordue, ce nez serpentin, ces grands yeux globuleux.

— Il l'aurait déjà tué, vous croyez pas ? murmure Andio.

— Ouais, répond Gecceti. Et vu comment il le porte, il a pas l'air de vouloir l'esquinter.

— C'est p't'être une ruse, souffle Tonetti.

— Va lui demander, suggère Demestrio sur un ton persifleur.

— Non, merci.

— Moi, il me fait peur, ânonne Andio. J'pense qu'on devrait faire ce qu'il dit.

— Andio a raison, dit Demestrio d'une voix ferme.

Les autres approuvent en silence. Personne n'a envie de descendre l'escalier pour affronter le bouffon.

— Euh, vous nous suivez, messire? dit prudemment Gecceti.

— Oui.

Le Grimacier s'amuse. Cela faisait près d'un an qu'il n'avait pas quitté les abysses. Ici, les choses sont beaucoup plus simples. Il monte l'escalier pour emboîter le pas aux vieillards. Ils ne sont toujours pas rassurés et jettent des regards inquiets par-dessus leurs épaules. Le Grimacier force le personnage, bien décidé à profiter de l'occasion. On l'arrête devant une porte.

— Il habite ici. Il faudrait avoir la clé, dit Gecceti.

— Cherchez-la! Qu'attendez-vous? s'étonne le bouffon en prenant une voix grave.

— Euh, messire, elle doit être sur lui.

— Assez. Écartez-vous! fait-il en donnant un coup de pied dans la porte.

Les pensionnaires sursautent tous ensemble lorsque la porte, pourtant solide, vole en éclats. Une odeur de renfermé balaie le couloir.

— Quelle puanteur, murmure le Grimacier en pénétrant à l'intérieur.

La chambre est un véritable capharnaüm. Le bouffon lâche le corps inconscient de Maspalio sur le lit puis se retourne vers les vieillards massés à la porte.

— Rangez, vieux débris! Faites-moi de la place. J'ai besoin de votre farfadet. Vous pensez qu'il peut vivre dans un tel désordre? Allez, au travail!

Les pensionnaires n'osent pas refuser. Seul Pertuis reste en arrière pour rejoindre les cuisines. Si Maspalio doit discuter avec ce fou furieux, il lui faut au plus vite ses précieuses concoctions.

VI

Un goût âcre dans la bouche, une douleur sourde qui me vrille le crâne. Je veux ouvrir les yeux mais le décor chavire, se disloque. Je les referme puis tends l'oreille. Excepté ma respiration, le silence est complet.

— Quelqu'un est là ? demandé-je d'une voix faible.

— Je suis avec toi, murmure la voix de Pertuis.

— J'ai encore trop bu.

— Oui, fait-il en me passant une serviette froide sur les tempes. Nous ne sommes pas seuls, Maspalio.

— *Ils* sont là ?

— Il n'y en a qu'un : le Grimacier.

— Connais pas, grogné-je.

— C'est un tort, messire, déclare soudain une voix sur ma gauche.

— C'est un bouffon, me glisse Pertuis à l'oreille. L'amuseur des abysses.

Je m'efforce une nouvelle fois d'ouvrir les yeux. J'accepte la tempête, en me disant qu'il serait de bon ton de ne pas vomir devant l'émissaire abyssal. Un petit effort, mon vieux. La pièce se stabilise. Ma chambre ? Parfait. Je plisse des yeux pour apercevoir mon visiteur. Une tache rouge et or puis une silhouette. Une corne ? Non, un chapeau ridicule muni de clochettes. Un visage. Mon Dieu, quelle horreur ! Pas un soupçon d'harmonie, pas la moindre élégance. Non, c'est la figure du croque-mitaine, dissonante et chaotique. A-t-il été façonné par un mauvais sculpteur ? Le nez, très long, semble osciller de droite à gauche. Les yeux me paraissent énormes, disproportionnés. Et que dire de cette bouche, véritable gouffre aux commissures inversées. Celle de gauche, relevée vers le haut, fait croire à un sourire narquois. Celle de droite, qui plonge vers le bas, laisse penser à un air de tristesse. Je détourne mon regard, gêné. Pour un homme qui aime les jolies choses, je suis mal servi. Enfin, n'oublions pas que c'est un démon…

— Êtes-vous conscient, Maspalio ? me dit-il en agitant son chapeau.

Le tintement des clochettes explose dans mon crâne. J'ai l'impression d'être au sommet d'un beffroi, l'oreille collée contre une cloche immense.

— Parlez doucement, par pitié. Et posez votre chapeau, fais-je en me hissant sur les coudes.

— C'est impossible, mais je consens à vous épargner mes clochettes.

— Ce sera toujours ça.

— Je pense que votre ami va nous laisser, maintenant.

Je me tourne vers Pertuis. Un regard suffit à lui faire comprendre que je suis prêt à m'entretenir en tête à tête avec le démon. Il se lève.

— Je serai dans le couloir, dit-il avant de quitter la chambre.

J'acquiesce de la tête puis me retourne vers le Grimacier.

— Avez-vous la connivence ?

— Non, me répond-il en souriant. Je ne suis pas venu pour elle. Valditch s'en chargera très bientôt.

— Et l'Incarnat ?

— Il a déplu aux abysses.

— Bon. Si vous n'êtes pas là pour la connivence, que voulez-vous ?

Il déplie ses jambes, croise les mains et lève les yeux vers le plafond : un véritable manège de comédien. Il s'éclaircit la gorge :

— Maspalio, vous êtes de ces gens qui ont été à un moment précis de leur vie au mauvais endroit. Vous en avez conscience ?

— Aujourd'hui, oui.

— Parfait. Mais vous ne soupçonnez pas la moindre vérité dans cette affaire. Vous avez subi, sans comprendre.

— Vous plaisantez ? Ma découverte est fondamentale : personne n'avait jamais imaginé que l'amour puisse influencer les démons !

— Ah, vous croyez ? Pourtant, les abysses appellent cela la Romance. Depuis plusieurs décennies…

Nul besoin d'aller plus loin, monsieur le bouffon, me dis-je en sentant un souffle chaud au niveau du cœur. Si les diables étaient au courant, j'ai dû déranger une manœuvre importante des abysses. Je n'apprécie pas, non, vraiment pas, la direction que prend cette rencontre.

— Vous réalisez, n'est-ce pas ? Les abysses ne se doutaient pas que l'Opalin avait succombé à l'amour. Sa disparition était mise sur le compte d'une querelle, d'un enlèvement, que sais-je encore. Seulement, messire Maspalio, que rien ne prédisposait à jouer ce rôle, se trouve mêlé à l'enquête. Que dis-je ? Il la commande. Et comme la curiosité est une seconde nature chez un farfadet, voilà notre Maspalio prenant les choses à cœur et finissant par découvrir qu'il s'agit d'amour. C'est ainsi que cela s'est passé ?

— À quelques détails près…

— Non content d'avoir mis à jour cette étrangeté, notre Maspalio, au lieu de fuir cette ville sans se retourner, décide de rester en s'imaginant qu'il sera possible de faire *chanter* les Hauts Diables. Nous voilà en présence d'un idiot ou d'un inconscient ?

— Laissez-moi l'inconscience.

— Si vous voulez. Donc, ne sachant pas ce qu'il fait, le farfadet invite les Hauts Diables à signer une connivence les engageant à ne pas attenter à sa petite vie. C'est cela ?

— Vous êtes dans le vrai.

— Malheureusement, et voilà que j'interviens, notre farfadet n'a pas la moindre idée de la Romance.

Il s'interrompt et pose ses yeux sur moi.

— La Romance, ajoute-t-il d'une voix basse. C'est ce détail qui a signé votre arrêt de mort.

— Comment vouliez-vous que je le sache ! fais-je en attrapant l'infâme liquide laissé par Pertuis.

J'avale une longue gorgée puis apostrophe à nouveau le Grimacier :

— Écoutez, je veux bien être patient. Mais dites-moi en quoi consiste cette Romance. Après, j'y verrai un petit peu plus clair. Pour le moment, vous êtes bien trop abstrait pour moi.

— Ne soyez pas si pressé. Nous avons le temps. Valditch ne doit arriver que demain matin. Nous avons toute la nuit.

— Superbe…

— Maspalio, dit-il d'une voix exagérément doucereuse, vous n'avez jamais mis les pieds aux abysses.

— Non, évidemment.

— J'aimerais que vous fassiez un effort d'imagination, que vous vous représentiez notre société. Parce qu'elle n'est pas si différente de la vôtre, finalement. Le mal y est un peu forcé mais rien de fondamentalement différent. Imaginez la cour d'une multitude de roitelets, leurs fidèles, leurs courtisans. Les abysses, ce n'est rien d'autre : un immense palais partagé entre Hauts Diables.

Il décroise ses mains avec une lenteur exagérée, et, peut-être par provocation, fait légèrement tinter son maudit chapeau.

— Mais comme il se doit, reprend-il, la place vient à manquer. Forcément, nous avons fait quelques progrès. Nous avons su gérer notre population. Les Hauts Diables se sont entendus pour ne plus se livrer des guerres fratricides. Des escarmouches, oui, mais pas de guerre généralisée. Ne souriez pas, les abysses se sont très longtemps déchirées. Quoi qu'il en soit, nous étions à l'étroit. Chaque Haut Diable y est allé de sa proposition. Je me souviens (il ricane en disant cela) d'Alastor qui proposait de limiter les naissances ! Interdire à un démon de naître, quel gaspillage. Enfin, l'homme providentiel est apparu. Un démiurge, un humain fort doué qui travaillait avec des Opalins. Il a découvert ce sentiment qui nous préoccupe aujourd'hui. Les démons pouvaient tomber amoureux. J'ai adoré l'idée ! Seulement, cet imbécile ne s'est pas contenté de sa découverte. Il a offert aux abysses cette porte dont beaucoup rêvaient, une porte permettant aux démons de vivre dans *votre* dimension…

Il s'est penché en finissant sa phrase comme si, soudain, tout devenait très clair. Mais je n'ai strictement rien compris à ce charabia. Les démons vivant dans notre monde ? Oui, cela se fait tous les jours. Que veut-il dire ?

Je reste perplexe.

— Comment, s'étonne-t-il d'une voix grave, vous ne voyez pas ?

— Non.

Il agite la main comme s'il chassait un insecte invisible.

— Maspalio, vous n'êtes pas perspicace. Les abysses dépendent de vous, des conjurateurs. Sans eux, nous n'avons pas les moyens d'être de ce monde. L'affranchissement amoureux nous l'offrait enfin !

— Oui, je le sais bien. Essayez-vous de me dire que vous avez trouvé quelque chose pour empêcher le lien amoureux d'agir ?

— Mais pourquoi donc? Pourquoi voudriez-vous que nous nous y opposions?

Cette fois, je perds le fil de son développement.

— Si les démons sont amoureux et par conséquent libres de rester dans ce monde, vous les perdez! m'exclamé-je.

— Les perdre? Au contraire. Voilà notre moyen pour installer nos démons dans ce monde sans craindre d'être renvoyés aux abysses.

Je porte les mains à mon visage pour me masser les tempes: je mélange tout.

— La Romance, Maspalio, la Romance, ce sont des couples, des démons mariés qui vivent ici, dans cette ville et sur tout ce continent depuis des années.

Là, je suis impressionné. Est-il tout bonnement en train de m'avouer que les abysses ont formé une espèce d'avant-garde d'époux fidèles?

— Maspalio, je vous ai répété que nous étions à l'étroit. Il reste ce monde-là, fait-il en frappant les accoudoirs du plat des mains. Je sais ce que vous n'admettez pas. Pour vous, un démon libre de ne pas retourner aux abysses est forcément contre ses maîtres. Mais d'où venez-vous, Maspalio? Chez les farfadets, lorsque quelqu'un franchit une certaine distance, il lui vient des ivresses de liberté… Tous ces ambassadeurs autour de nous, ils continuent de servir leur pays, non?

Je commence à entrevoir l'immensité du problème. Si ces démons amoureux continuent de servir les Hauts Diables, le fragile équilibre entre ce monde et les abysses s'écroule. Avec la conjuration, nous avions le pouvoir de choisir qui, des diables et des démons, pouvait rejoindre notre continent. S'ils se passent des conjurateurs, plus rien ne les empêche d'être de ce monde comme vous et moi. Oh, je crains d'être au cœur d'une révolution que personne n'a soupçonnée jusqu'ici. Que donnerais-je pour ne jamais avoir connu Valditch…

— Je suis heureux, Maspalio. Heureux de voir que mon discours est parvenu à franchir vos fleuves d'alcool, fait-il en tapotant son front. *Car vous avez mis le doigt dans un engrenage qui peut augurer, à terme, de la chute de ce continent.*

J'ai chaud, tout d'un coup, terriblement chaud. Le front brûlant, je bois d'un coup sec le verre de Pertuis. J'aurais préféré une bonne bouteille mais une petite voix me dit que je vais avoir besoin de la moindre parcelle d'intelligence que l'alcool a bien voulu me laisser.

— Aucun conjurateur ne le sait ? demandé-je.

— Aucun. Chaque démon a été reçu par Haagenti pour oublier le mot même de Romance une fois qu'il quitte les abysses.

— Et vous, comment se fait-il que vous m'en parliez ?

— Je ne suis pas un démon, fait-il en serrant les poings. Je suis un Haut Diable, l'égal d'Alastor ou de Pan.

Ce bouffon, un Haut Diable ? m'étonné-je intérieurement. Je l'ai vexé, c'est trop tard.

— Vous êtes un conjurateur, farfadet, mais vous restez un paysan qui croit que nous autres avons forcément des griffes et des cornes dans le dos. Ah, soupire-t-il, comme vous êtes ignorant.

Il va finir par me vexer à mon tour. Par chance, je suis suffisamment réveillé pour avoir à l'esprit qu'il s'agit d'un Haut Diable.

— Pourquoi m'avoir confié ce secret, Grimacier ? l'interpellé-je.

— Excellente question ! fait-il en se levant d'un coup. Nous y venons, nous touchons à l'essentiel.

Il s'est mis à arpenter la pièce de long en large, les mains croisées derrière le dos.

— Je les hais, me dit-il avec un affreux sourire. Je les hais à tel point que je suis prêt à n'importe quel sacrifice pour que la Romance échoue.

— Que pouvez-vous bien y perdre ?

— Mais tout, mon pauvre ami ! s'exclame-t-il en se plantant au bout de mon lit, les mains cramponnées sur la rambarde. Je ne suis pas seul, Maspalio. Un certain nombre de Hauts Diables trouvent cette initiative dangereuse et surtout trop coûteuse. Nous avons englouti des fortunes pour que des conjurateurs, dans ce monde, veuillent bien nous aider tout en leur mentant sur nos véritables intentions. Évidemment ! Il fallait invoquer à tour de bras, s'essayer avec la plupart des démons courants pour connaître nos *cœurs d'artichaut*. Je vois, l'expression vous amuse, fait-il en pointant un doigt accusateur sur moi. Mais c'était bien le nerf de notre guerre. En apparence, l'intérêt général l'a emporté sur nos querelles intestines. Chacun, avec plus ou moins de bonne volonté, a travaillé à la Romance.

— Et vous ?

— Moi, je n'étais pas contre, au départ. Je vous l'ai dit, je trouvais l'idée charmante. Et puis, votre monde a ses amuseurs. J'avais là une masse de futurs fidèles à convertir. Pourtant, rien ne s'est passé comme je voulais.

Son visage s'est brusquement altéré, comme s'il avait contrôlé, jusqu'ici, l'affaissement naturel de ses traits. Le semblant de cohérence qu'il préservait vole en éclats : sa bouche se tord, en proie à des spasmes violents. Ses yeux roulent dans leurs orbites, la chair de ses joues ondule comme des vagues.

— J'ai perdu mon public, Maspalio. J'étais devenu inutile. Et je ne l'ai pas supporté. J'ai attendu des années qu'une occasion comme celle-là se présente. Désolé, farfadet, mais c'est tombé sur vous. Avec votre aide, nous allons empêcher que la Romance ne s'achève. Le projet s'écroulera et mes spectacles redeviendront le seul, l'unique divertissement abyssal. Depuis des années, le nombre de mes fidèles ne cesse de se réduire. Avant, je disposais d'une armée de bouffons, de bataillons d'amuseurs. Aujourd'hui, je n'ai plus qu'une vieille garde fatiguée qui ne croit guère à son talent.

À bout de souffle, il s'interrompt. Son visage s'apaise progressivement.

— Je serai couvert, reprend-il d'une voix convaincue. On finira sans doute par apprendre que l'échec de la Romance est dû à mon intervention. Mais je serai couvert : des Hauts Diables témoigneront pour moi. Ils n'ont jamais caché leur hostilité pour ce projet… ridicule.

— Ce n'est pas le mot que j'aurais choisi pour une telle entreprise.

— Taisez-vous ! Vous ne savez rien de ma douleur J'ai fait rire pendant des siècles, Maspalio. Même si vous le vouliez, vous seriez incapable d'appréhender une telle durée. Vos bouffons ne sont que des amateurs. Combien de temps exercent-ils, hein ? Dites-le moi, Maspalio ! Dix ans, vingt ans pour les plus doués. Moi, dit-il en se martelant la poitrine avec ses poings, moi, j'ai amusé pendant près d'un millénaire. Et des Hauts Diables en plus ! Pour dérider ce genre de créature, croyez-moi, il faut savoir s'y prendre.

Ineptie, pensé-je. L'humour est une question de mesure. Homme ou diable, le rire ne doit pas être plus difficile à provoquer chez l'un ou chez l'autre. Je dois tout de même accorder à ce Grimacier une belle longévité : il faut tenir un sacré talent pour renouveler un spectacle durant des siècles.

— Vous imaginez ma souffrance, ajoute-t-il d'une voix calme. Un triomphe d'un millénaire et tout d'un coup, plus rien. À cause de la Romance.

— Je vois, Grimacier.

— Vous ne voyez rien mais ce n'est pas grave, tranche-t-il d'une voix sèche. Préoccupons-nous de l'avenir. Je suis là pour ça.

Il vient s'asseoir sur le rebord du lit, la mine conspiratrice. Il prend ma main gauche dans la sienne. Un contact tiède, étrangement humain.

— Maspalio, les couples de la Romance sont inspirés par Pan, prince des Incubes et sa compagne, maîtresse des Succubes. Au début, nous placions ces deux créatures ensemble. Leur beauté favorisait une émulation amoureuse. Mais le temps a usé ce modèle. Depuis une dizaine d'années, nous avons recours à la Gorgone qui a accepté de placer ses *Méduses*. Un compromis difficile : la Gorgone livre ses démones au compte-gouttes. Par contre, le résultat est à la hauteur. Nous avions marié près de quatre ou cinq cents couples, je n'ai pas les chiffres exacts. À chaque fois, nous proposons un Opalin comme époux. C'est notre démon le moins rebutant, le plus élégant à sa manière. Aucun échec jusqu'ici : nous avons trouvé la plus parfaite alchimie amoureuse, dit-il triomphalement.

— Voulez-vous que nous les recensions ? ironisé-je.

— Très drôle. Non, nous devons avertir vos concitoyens, Maspalio. Abyme me paraît l'endroit le mieux choisi. Si nous parvenons à apporter les preuves de la Romance devant les ambassadeurs, la nouvelle sera immédiatement répercutée à travers le continent.

— Vous voulez prendre le risque de convoquer *tous* les ambassadeurs ? Avec votre témoignage et le mien en guise de preuve ?

— Non, non, bien sûr, rétorque-t-il d'une voix agacée. Actuellement, nous n'avons pas les moyens de capter leur attention. Il faudrait bien plus…

— Les confessions d'une Méduse ?

— J'y ai pensé. Elles seules ont été épargnées par Haagenti. Elles savent tout de la Romance.

— Et malgré tout, elles sont amoureuses ?

— Hum, Maspalio. Ce petit jeu d'amour entre Méduses et Opalins est bien complexe. Même les Hauts Diables ne savent pas exactement à quel degré l'amour parvient à empêcher le lien abyssal. À mon avis, nous ne le saurons jamais. L'avantage avec les Méduses, c'est sans aucun doute leur formidable appétit sexuel. Une énergie apparentée à l'amour, peut-être ? En tout cas, cela semble marche…

— Vous disiez avoir pensé à leur confession.

— Oui, c'est cela. Seulement, Haagenti les a traitées de façon que leur esprit se ferme à la moindre menace. Je n'en sais pas beaucoup plus. L'un de mes bouffons a cru entendre qu'il s'agissait d'inversion sentimentale. Une menace, et l'amour devient haine.

— N'est-ce pas la même chose…, susurré-je de manière provocante.

— Concrètement, sûrement pas. Le lien amoureux se briserait immédiatement et la Méduse disparaîtrait dans la première ombre venue.

— La magie ne pourra venir à notre secours.

— Trop complexe, Maspalio. Il faudrait rencontrer beaucoup de monde. Cela parviendrait fatalement aux oreilles des Hauts Diables. Le maître mot, c'est la discrétion. Si les Hauts Diables soupçonnent le moindre danger, nous sommes perdus.

— Les Opalins n'ont pas subi le *traitement* d'Haagenti ?

— Non. À quoi pensez-vous ?

— Nous pourrions en enlever un pour tenter de chercher dans sa mémoire. Dans mon souvenir, l'Accord permet de telles expériences.

— C'est une bonne idée, à ceci près que Haagenti est un Accordé du hautbois. Il aura prévu ce genre de manipulation.

— En d'autres termes, nous ne pouvons pas agir sur les acteurs de la Romance. Je pense à autre chose : si des conjurateurs convoquaient Haagenti pour le sommer de s'expliquer ?

— Maspalio ! Seuls les dieux pourraient exiger d'un diable qu'il se confesse. De toute façon, aucun Advocatus n'entérinerait une connivence pour invoquer Haagenti sans l'avoir consulté au préalable. C'est irréalisable. Revenons à nos acteurs. Vous prétendiez que nous n'avions pas les moyens d'agir sur eux. J'ai peut-être une solution.

Il marque un temps d'arrêt. Il regarde autour de lui puis se lève pour s'approcher de la porte sur la pointe des pieds, les mains sur son chapeau pour empêcher les clochettes de tinter. Il colle son oreille contre la porte puis se retourne vers moi, un sourire entendu au coin des lèvres. Je le vois murmurer quelque chose au creux de ses mains et souffler dans ma direction. Un écho passe sur mon visage comme une brise, j'entends une voix lointaine :

— Vos amis sont massés derrière cette porte. Puis-je ?

Le message est sans équivoque. J'approuve d'un geste de la main. Il m'adresse un sourire radieux, remet de l'ordre à son costume et ouvre brusquement la porte en grand. Pertuis s'écroule à moitié devant lui, les autres ouvrent de grands yeux stupéfaits. Je ne vois pas le visage du bouffon mais, soudain, mes pensionnaires pâlissent, je vois Andio porter la main à son cœur et s'écrouler comme une pierre. Ce Haut Diable est un véritable gamin ! À la porte, la stupéfaction s'est muée en panique. Les vieux voleurs s'égaillent comme un vol d'oiseaux, dans un concert de cannes et de pas maladroits. Pertuis, la mine basse, ramasse le pauvre Andio en m'assurant d'un regard qu'il est juste évanoui, puis referme la porte derrière lui.

Le Grimacier revient jusqu'au lit, l'air ravi.

— J'adore ça ! Aux abysses, je n'ai pas autant de facilité. Reprenons, voulez-vous...

Je pousse un soupir résigné.

— Une solution, dis-je. Vous affirmez avoir une solution.

— Voilà, une solution ! s'exclame-t-il sur un ton enjoué.

De toute évidence, le fait d'avoir trouvé des spectateurs l'enthousiasme. Je devrai m'en souvenir...

— Maspalio, nous n'aurons qu'une seule chance. Il faut pouvoir déclencher l'inquiétude des ambassadeurs de telle façon que la nouvelle ait le temps de se propager. Les Hauts Diables feront tout pour discréditer notre témoignage. Il faut absolument, entendez-moi bien, il faut absolument que les ambassadeurs aient un doute, le plus petit suffira, sur ce qu'ils penseront être un gigantesque canular. Venant d'un bouffon, c'est dans l'ordre des choses. Les Hauts Diables joueront là-dessus. Que vaut la parole d'un Grimacier contre celle d'Ambucias ou de Belphégor ? Je voudrais que nous nous attachions à bien cerner l'esprit de nos ambassadeurs abymois. Vous connaissez parfaitement cette ville, parlez-moi d'eux !

— Et votre solution ?

— J'y viens. Avant, parlez-moi des ambassadeurs, allez !

— Bon, mais comment voulez-vous que je dégage des généralités ? Par définition, ils viennent tous d'un pays différent.

Le Grimacier s'impatiente, visiblement, comme si je ne jouais pas le jeu. Je me dépêche d'ajouter :

— De notoriété publique, on sait qu'ils s'essaient à tous les plaisirs d'Abyme.

Il m'adresse un regard contrarié et me fait signe de continuer.

— Certains décident de porter la Salanistre régulièrement. Ceux-là se reconnaissent à leur démarche lourde et presque automatique. Ils perdent leur corps pour une intelligence…

— Non, vous vous égarez !

— Bon sang, je ne vois pas où vous voulez en venir ! m'écrie-je.

— Leurs mémoires, bougre d'idiot. Les mémoires des ambassadeurs. C'est là qu'il faut frapper. En alimentant leur soif de l'écrit. Ayons une démarche d'échevin ou de bailli. Espionnons les Méduses, recueillons des témoignages, suivons ces femmes partout où elles vont. Faisons faire des croquis, payons des espions pour connaître leurs habitudes, leurs faiblesses. Donnons corps à ces créatures dans *cette* réalité. Le détail vaincra toutes les réticences. Notre requête sera pensée, formulée. Aucune faille, que du vrai, du vécu !

Quelle innocence…, me dis-je. Du fait même que les ambassadeurs tiennent un journal, il faudrait qu'un rapport échevinal emporte leur confiance. Un amalgame saisissant mais qui a peut-être un fond de vérité. Je n'avais pas imaginé que nous puissions présenter le grotesque sous une forme excessivement sérieuse. L'opposition peut convaincre. Notre histoire, si abracadabrante soit-elle, aura le mérite de la plus parfaite cohérence. Un mot du Grimacier m'a chatouillé l'esprit sans que je puisse m'en souvenir. Peut-être me reviendra-t-il.

— Alors, qu'en pensez-vous, Maspalio? me demande-t-il avec une sincérité déconcertante. Allez-vous m'aider, mettre tout en œuvre pour que la Romance disparaisse?

— J'ai mille raisons de refuser. C'est juste que je n'ai pas le choix.

— Bien parlé! *Vous n'avez pas le choix.* Demain matin, Valditch viendra avec la connivence. Signez des deux mains: ils vous laissent un mois. Le temps pour eux de retrouver les chroniqueurs...

— Ils veulent les assassiner!

— Naturellement.

— Je ne peux pas laisser faire ça, Grimacier. Abyme a besoin de ses chroniqueurs.

— Faut-il que vous sauviez vingt hommes pour perdre notre seule chance d'empêcher la Romance? Ils croiront vous avoir berné. Les chroniqueurs les occuperont pendant que nous rassemblerons nos preuves.

— C'est parfaitement odieux...

— Allons, Maspalio, ne jouez pas les cœurs tendres.

Je croise les bras, la moue dépitée. Je n'aime pas sacrifier froidement des hommes qui ont eu le malheur de me rencontrer une ou deux fois dans leur vie. L'idée est franchement déplaisante, malsaine, pour tout dire. Je n'ai pas l'occasion de m'appesantir.

— J'ai une dernière carte à jouer, Maspalio, me dit-il en bondissant sur ses pieds. Une carte (il agite un doigt sous mon nez) qui va nous donner un moyen efficace de trouver nos preuves.

Il se met à virevolter dans la chambre en parodiant une danse de cour.

— Une carte maîtresse, Maspalio, dit-il d'une voix essoufflée en s'arrêtant brusquement. Chaque Haut Diable se voit confier le soin de placer un Opalin auprès d'une Méduse. À chaque fois, j'ai refusé sous différents prétextes en attendant une occasion comme celle-là. Aujourd'hui ou demain, nous pouvons cogner à la porte de cette Méduse et mettre dans ses bras un Opalin de notre choix.

— J'ai ce qu'il vous faut, l'interromps-je.

— Comment cela? Vous pensez bien que j'avais moi-même un démon de confiance qui...

— Le mien sera beaucoup plus efficace. Je l'ai invoqué il y a quelques jours. Avec l'âme d'un ami.

— Mais comment diable avez-vous fait ? Vous n'êtes pas interdit de connivence ? L'Artificier est à vos trousses !

— Il faut savoir frapper aux bonnes portes. Certains Advocatus tiennent leur commerce dans des ruelles peu fréquentées où l'on peut acheter n'importe quelle connivence.

— Pourquoi pas. Mais cet Opalin, en quoi serait-il plus efficace que l'un de mes fidèles ?

— D'une part, personne ne le connaît. Je crois même qu'il n'était pas encore affilié lorsque je l'ai invoqué. D'autre part, cela évitera que l'on remonte jusqu'à vous au cas où les choses tourneraient mal.

Il ouvre de grands yeux interloqués puis mime une intense réflexion, les doigts posés sur ses tempes.

— Vous m'intéressez, finit-il par dire en plongeant ses yeux dans les miens.

— Il y a un seul danger : la schizophrénie. Du moins c'est en ces termes que des Psycholunes ont parlé d'un conflit de personnalité. L'Opalin et Hornème, mon ami, se livrent une guerre féroce dans l'esprit du démon. J'ignore qui l'emportera. En tout cas, la Méduse le remarquera, c'est certain.

— Cela l'excitera, j'en suis sûr. Et je parle en connaissance de cause pour avoir fréquenté l'une d'elles pendant de nombreuses années. Une femme admirable, un rêve des sens. Il me reste surtout le souvenir d'une curiosité sexuelle extraordinaire. Dans *votre* monde, elles doivent littéralement s'épanouir. Contrairement aux démons, vous êtes plus facilement sujets à leurs pouvoirs. Gare aux serpents, Maspalin !

— Grimacier, résumons-nous, déclaré-je en basculant mes jambes sur le bord du lit. Demain matin, Valditch vient me présenter la connivence signée par les Hauts Diables. Je signe… À partir de ce moment-là, nous avons un mois. Soit trente jours pour marier l'Opalin à la Méduse, en faire un espion convenable et amasser des preuves suffisantes pour ébranler les ambassadeurs.

— Vous avez presque tout dit. Pour ma part, je suis obligé de retourner aux abysses. Mon temps expire dans moins d'une heure. Je reviendrai dans deux jours pour présenter officiellement votre démon à la Méduse. Au 14, rue des Ypres ! D'ici là, contentez-vous d'endormir la vigilance de Valditch.

— C'est d'accord.

— Un plaisir de travailler avec vous, fait-il en marchant jusqu'à la porte. Dans deux jours, attendez-moi avec votre Opalin. À bientôt, cher ami, conclut-il sur une révérence.

La porte s'ouvre et se referme : je suis seul. j'ai subitement l'impression d'avoir rêvé cette rencontre. Le détachement avec lequel j'ai pu mener cette discussion me sidère, après coup. Nous avons projeté d'accuser les abysses ! Peut-être est-ce l'invraisemblance d'une telle idée qui m'empêche de trembler. Cela me semble irréel, à tel point que ma peur n'y trouve pas son compte. La tête me tourne. Étrangement, je ressens un intense soulagement. Sans doute du fait même que je vais enfin *faire* quelque chose. L'impossible, soit, mais attendre le bon vouloir des abysses n'avait pas de sens. Aucun conjurateur n'a le talent pour discerner la fourberie des diables au travers des connivences. Les abysses ont eu des millénaires pour perfectionner cet art subtil de l'écrit et de la persuasion. Les diables connaissent les formules sibyllines, les tournures ambiguës. Chaque connivence est un dédale de phrases pompeuses qui masquent le véritable engagement, celui qui vous fera payer le prix fort pour la moindre invocation. Je pense aussi à la Romance, à ce secret abyssal mené avec une maîtrise édifiante. Contrairement au Grimacier, l'idée m'inquiète. Est-ce la réaction instinctive d'un habitant de ce *monde* ? Sans doute, et ce malgré l'héritage d'un cosmopolitisme abymois. Notre cité a toujours défendu ses races, ses pluralités de culture. Dans ce cas, les démons ne seraient-ils pas une *autre* race à part entière ? Une question fondamentale, trop dangereuse. Laissons cela aux gloseurs…

VII

Hoctence repose son verre : la porte de l'hospice s'est ouverte. Un vieil homme sort, la referme derrière lui puis s'engage dans la rue des Puy-Front. Hoctence réagit rapidement. Il dépose quelques écus sur la table, quitte l'auberge et se met à suivre le vieillard.

Ce dernier marche lentement à l'aide d'une canne grossière. Il suit les murs, une main prête à se saisir du lierre qui court sur les façades. Il craint la cohue, les charrettes qui roulent au milieu de la rue, les marchandes et leurs ballots trop larges qui peuvent vous assommer. Malgré le danger, il s'est imposé cet exercice pour ne pas être comme les autres, ceux qui restent cloués nuit et jour sur leur fauteuil. Maspalic et les pensionnaires qui l'ont suivi n'ont pas voulu qu'il vienne. Il veut bien les comprendre : sa présence aurait pu les ralentir. Mais tout de même ! Enfin, il se console en mettant un point d'honneur à aller seul au marché, à ramener de quoi nourrir ceux dont il a la garde. Quel fardeau, pourtant… La douleur s'est réveillée dans ses poignets depuis qu'il passe son temps à tendre la cuillère pour leur fourrer la nourriture dans la bouche. Une nourrice, voilà ce qu'il est devenu ! Il y a des fins meilleures pour un voleur abymois. Il arrive sur la place de Gâche où se tient le marché lorsqu'il ressent un étrange picotis dans le dos. Il connaît ce signal d'alarme, ce témoignage à fleur de peau d'un sixième sens éduqué par des années de rapine. On le suit, c'est sûr ! Une sourde excitation ébranle son vieux corps fatigué. Qui cela peut bien être ? Une bande de vauriens attirés par la faiblesse de leur proie ? Des sbires de Madoquiel ? Vous ne connaissez pas Mezulio, jure-t-il dans sa barbe. Il continue de déambuler dans le marché comme s'il n'avait rien remarqué. Mais en réalité, son chemin n'est pas innocent. Juste avant, c'était l'argentier, sa vaisselle aux mille reflets qu'il faut savoir déchiffrer. Malheureusement, sa vue a décliné. Il n'a vu que des formes floues, pas un seul visage. Dépité, triste aussi de voir qu'il n'est plus capable de lire les reflets, il va jusqu'au barbier, aperçu derrière son tabouret en train de coiffer un jeune homme. Le miroir est bien là, suspendu à un piquet planté entre deux pavés. Mezulio fait mine de demander son prix au barbier tandis que ses yeux fouillent l'arrière-plan du miroir pour discerner son espion dans la foule. Peut-être cette femme, qui regarde dans sa direction, ou cet homme au teint pâle, vêtu d'une blouse très colorée. Il pourrait poursuivre, trouver un quincaillier ambulant, aller chez l'orfèvre ou du côté des brocanteurs installés au sud de la place. Toutefois, il l'a compris avec l'argentier : ses yeux ne sont plus comme avant. Il penche pour cet homme dont la blouse n'est pas courante. Certains passants se retournent d'ailleurs, amusés par cette débauche de couleurs.

Mezulio gagne l'est de la place pour trouver l'étal des montagnards. On lui a affirmé, la semaine dernière, qu'ils seraient là. Il doit acheter des houseaux garnis de peau de chèvre pour l'hiver, car personne n'est plus capable d'aller chercher les bûches pour la cheminée. Ses compagnons et lui grelottent depuis plusieurs jours, malgré les couvertures.

Mezulio achète les précieux houseaux. À moitié voûté, il décide de regagner l'hospice en empruntant les rues les plus fréquentées. C'est un risque. Ployé sous son fardeau, il peut tout juste voir la pointe de ses pieds. N'importe quel passant distrait peut le percuter et le jeter par terre. La sueur commence à perler sur son front ridé. Il se met en marche, lentement, en criant : « Place, s'il vous plaît, place », d'une voix trop faible pour être entendu. Il progresse, néanmoins. Plus qu'une centaine de mètres. Mais soudain, un choc sourd le déséquilibre. Les houseaux, ficelés sur son dos, l'entraînent : il s'écroule. L'homme à la blouse s'agenouille devant lui.

— Tu me parais bien vieux pour porter un tel poids…, fait-il en appuyant méchamment sur sa poitrine.

Mezulio est cloué au sol, incapable de se dépêtrer. Aucun passant ne lui prête attention. Il veut crier mais les sons se perdent dans sa gorge.

— Sais-tu où est Maspalio ? ajoute son bourreau.

— Non, parvient-il à articuler. Il n'a rien dit.

— Moi, je crois que si. Et je suis persuadé que tu sais où il est.

— Vous me faites mal…

— Tu veux mourir ici, dans cette rue ?

— Arrêtez…, supplie Mezulio qui voit danser de petits points rouges devant ses yeux.

Il ne peut plus respirer, il a l'impression de sentir ses veines saillir sur son front, surnager entre les rides. Il sait déjà qu'il va mourir. Cet homme n'a pas de regard, ses yeux glissent dans les siens comme s'il n'existait pas. Le rouge s'épanche, recouvre tout. Il a si mal…

Hoctence étouffe un juron : le vieillard est mort. C'est dommage, il aurait pu lui épargner cette souffrance. Tant pis, il a gagné la clé de l'hospice. Il se relève puis jette un dernier regard sur sa victime. Aucun relief, pas une couleur digne d'intérêt. Comme tous les vieux, avec leur spectre pâle et finissant. Bon débarras, se dit-il en donnant un coup de pied dans le corps du vieillard.

Il s'éloigne pour trouver une ruelle où il pourra reprendre son aspect normal. Le mimétisme des couleurs est un art éprouvant : il doit prendre en compte chaque détail, en particulier les passants. Un exercice d'improvisation particulièrement délicat. Enfin, désormais, il tient la clé de l'hospice. Parfois, il s'en veut un peu de déployer tant d'efforts pour le simple plaisir d'entrer par la porte. Mais il n'aime pas les cabrioles, les escalades au bout d'une corde qui menace de se rompre. C'est indigne de lui.

Remis de sa concentration, il gagne rapidement l'hospice. La clé fonctionne : il entre…

Elle s'ennuie. Le visage près de la fenêtre, elle observe la rue. Un raccommodeur travaille juste en face, un jeune homme rustre qu'elle aimerait faire monter dans sa chambre. Mais elle est veuve. Une dame qui vient soi-disant de perdre son époux n'invite pas le premier venu à partager son lit. Sous la haute voilette, sa chevelure vipérine s'agite, comprimée par le tissu. Les serpents n'apprécient pas cette prison qui irrite leur peau. Melisse le ressent aussi bien qu'eux.

— Mes pauvres petits, murmure-t-elle. Le temps vous paraît bien long à vous aussi.

Elle pousse un léger soupir puis relâche le rideau qu'elle tenait d'une main. La chambre, autour d'elle, ne lui inspire qu'une vague répugnance, telle une mise en scène de mauvais goût. Les meubles ont été choisis par un conjurateur, un serviteur zélé de sa maîtresse. Cet imbécile est encore passé ce matin, espérant gagner ses faveurs. Elle l'a repoussé sans le moindre tact, ulcérée par sa comédie mielleuse, son sourire édenté aux relents de vinasse. Elle n'a jamais autant regretté les abysses, ici, dans ce décor qui n'est pas le sien. Enfermée depuis plus d'une semaine, elle tourne en rond sans pouvoir s'occuper. Seule sa chevelure lui procure encore quelque plaisir. Elle passe des heures à la coiffer, à ordonner et flatter ses serpents préférés. Comme toutes ses congénères, elle garde un long serpent qui descend jusqu'à ses hanches. Éduqué pour ses plaisirs solitaires, il joue de sa langue bifide pour lui procurer cette extase dont elle est si friande. Pourtant, derrière les murs de la chambre, il y a cette ville, ces milliers de proies dont elle aimerait goûter le parfum de la chair. Combien de fois a-t-elle vu passer dans cette rue sinistre de beaux gaillards, de jolies demoiselles qu'elle eut pu appeler. Il aurait suffi d'un regard et ils seraient montés sans comprendre pourquoi. Mais il a fallu que le sort la désigne, elle, pour que l'Opalin promis lui soit présenté par le Grimacier, ce bouffon ridicule sans le moindre charme. Et, comme il se doit, le Haut Diable est en retard.

Elle se laisse choir nonchalamment sur un fauteuil. Elle pose un regard sur son corps dans cet habit de veuve. Que donnerait-elle pour se débarrasser de ce lugubre accoutrement… La Romance l'exige, elle ne peut s'y soustraire. Son regard glisse dans la pièce et échoue sur le jeu d'échecs, posé sur le lit. La partie n'est déjà plus intéressante : elle est certaine de gagner. Les diablotins ne sont plus d'excellents joueurs. Le sien, recroquevillé dans une bouteille en verre bleu, rumine sa future défaite. Elle l'a posé au-dessus du clavecin, amusée par sa mine renfrogné, son petit air boudeur.

— Je dois terminer cette partie, mes amours, fait-elle en caressant les vipères endormies sur sa nuque.

Elle se lève, marche jusqu'au clavecin puis dévisse le bouchon de la bouteille.

— Reprenons, voulez-vous.

Le diablotin ne se fait pas prier. Melisse le voit se contorsionner pour passer par le goulot puis, une fois libéré, bondir jusqu'au lit. Elle le suit, d'un pas las, en espérant qu'il lui réserve une surprise, que la partie durera plus longtemps. La médiocrité, cela l'ennuie…

VIII

Valditch a été introduit par Lazzi. J'ai demandé à ce qu'il soit conduit directement au salon où les livres de Selguance ont remplacé le mobilier. Seule l'horloge a échappé à ces imitations grossières, à ces empilements de fortune esquissant tables, chaises et commodes.

Pour ma part, je suis assis sur *Les Dix Contes de la princesse Ariadine*, un livre épais recouvert de cuir souple. En face de moi, l'horloge retrouvée à la cave est tombée en panne cette nuit. Les aiguilles se sont entrechoquées : la plus grosse a emporté la petite qui gît au bas du cadran, toute tordue derrière la bulle du verre. J'ai exigé d'être seul pour rencontrer l'Advocatus. Il va falloir jouer à un jeu subtil, lui laisser croire que je suis à bout tout en voulant les duper. Une balance délicate que je me dois de réussir. Valditch cela va de soi, ira rapporter notre conversation dans les moindres détails.

Il est apparu fièrement, la poitrine en avant et le visage haut. La mission dont il est investi lui a redonné confiance. Cela m'étonne de le retrouver bien vivant devant moi. Après l'embuscade qu'il m'avait tendue sur la place Centrale, j'avais imaginé que les abysses s'en débarrasseraient. Eh bien non… Il est là, immobile à l'entrée du salon, attendant que je l'invite à entrer. Je sais qu'il ne voit pas mon visage, qu'il devine seulement une silhouette qu'il suppose être la mienne. Les volets fermés, la pièce n'est éclairée que par un chandelier de bronze, posé sur le sol.

— Entre, Valditch, dis-je d'une voix neutre.

J'ai longtemps hésité sur la voix qu'il me faudrait adopter. Désespérée et larmoyante ? Revancharde et sifflante ?

Je n'ai pas su choisir. Je prends le risque d'improviser.

— Maspalio, me répond-il en hochant la tête puis en s'avançant jusqu'au chandelier.

— Tu peux t'asseoir.

Il obtempère, jetant son dévolu sur un tas de vieux bouquins imitant un tabouret. L'énorme volume qui trône au sommet craque mais tient bon. Valditch, convaincu qu'il est bien assis, extrait de son pourpoint un parchemin noué par un ruban de soie violet.

— Voilà la connivence, Maspalio, dit-il. Tu as gagné !

Il veut mettre de l'emphase dans sa voix mais elle tremble. Les mots s'étranglent. Il toussote pour se donner une contenance puis reprend :

— Tu n'as plus qu'à signer. Tu veux la lire ?

Je ne prends même pas la peine de lui répondre. Je me lève lentement, franchis les quelques mètres qui nous séparent puis attrape le parchemin. Je n'ai pas perdu un seul de ses mouvements lorsque mon visage est apparu à la lumière. Mon grimage devrait fonctionner : les yeux pochés et rougis de fatigue, le teint pâle, bref l'archétype qu'il voulait trouver. Je lis un intense soulagement dans ses yeux. Sans doute s'attendait-il à quelque traîtrise, peut-être même avait-il imaginé que je tenterais de l'assassiner. Te voilà rassuré, sombre crapule, me dis-je en pensée. Je n'ai pas oublié, loin de là, tes cracheurs de feu. Je suis persuadé que j'aurai l'occasion de te le faire savoir.

Je dénoue le ruban qui ceint le parchemin, les mains tremblantes naturellement. Les Hauts Diables ne se sont pas moqués de moi. Chaque mot a été tissé à l'aide des cheveux de harpie. D'ordinaire, on ne trouve qu'un titre sous cette forme lorsqu'il s'agit de grandes connivences entre Hauts Diables et conjurateurs. Le texte en entier, quel honneur... Je passe sur le début, un ramassis de formules convenues, pour aller à l'essentiel. En règle générale, les démons parlent franchement au milieu du texte. Le début comme la fin sont là pour vous impressionner. Il me faut quelques secondes pour réaliser que le bouffon disait vrai : il me laisse un mois, renouvelable à leur convenance. Je fixe brusquement Valditch qui sursaute.

— Ils plaisantent ? Un mois ?

— C'est déjà beaucoup. Si tu veux un conseil, signe sans hésiter. Un mois, c'est ce qu'il leur faut pour se réunir, pour parvenir à s'accorder sur la nature de la protection qu'ils t'octroieront. Ce que tu as dans les mains n'est qu'une politesse, une manière de dire qu'ils t'ont entendu. La véritable connivence sera prête dans trente jours, ne t'inquiète pas. Tu sais, j'ai écouté ce qui se disait dans les couloirs : tes chroniqueurs leur font peur. Mais aux abysses, ils n'ont pas la même notion du temps que nous. Eux, ils ont l'éternité. Cela n'a jamais été un gage de rapidité.

— En fait, c'est un accord provisoire.

— Exactement ! Un accord provisoire, un signe de bonne volonté. Tu n'as rien à perdre en signant. Tu n'auras plus à craindre quoi que ce soit. Excepté les dieux…

— Si je refuse ?

— Tu perds du temps. Tu prends le risque d'être retrouvé par l'Artificier. Quand tu seras mort, tu te ficheras bien de savoir que tes révélations ont été rendues publiques. Maspalio, je te connais. Tu n'as pas le sens du sacrifice. Tu veux te suicider ? Très bien, déchire cette connivence, chasse-moi d'ici, tue-moi si tu veux. Tu auras choisi de mourir, comme Hornème en somme…

L'attaque est sournoise, en phase avec cet odieux personnage. J'ignore la remarque en mimant une grimace que j'espère convaincante puis lui dis :

— Bon. Je signe.

— À la bonne heure ! s'exclame-t-il en me tapant *affectueusement* sur le bras. Tu es quelqu'un de raisonnable Maspalio. J'aurais fait la même chose.

Je pose le parchemin sur le sol, j'attrape une plume et un encrier vissé à ma ceinture et signe d'une main ferme. Lorsque je lui rends la connivence, je ne puis m'empêcher de faire tomber le masque un court instant :

— Valditch, murmuré-je, tu m'as vendu à l'Artificier, tu as tenté de me faire assassiner par des cracheurs de feu. Mes amis le savent, leurs enfants le sauront. Tu paieras, un jour ou l'autre.

Il esquisse un sourire convenu :

— Oublions le passé. Nous sommes à nouveau en affaires tous les deux. Comme avant.

— Disparais, Valditch.

— Soit, je pars, je ne suis plus là…, fait-il en me saluant à reculons. À bientôt, conclut-il en refermant la porte derrière lui.

Je respire lentement, soulagé. Malgré tout, je sais que je n'ai pas été très convaincant. J'ai signé trop vite. Lorsque Valditch aura quitté cette maison, il prendra du recul, il réalisera que sa mission a été d'une facilité déconcertante. Les doutes viendront plus tard lorsque les Hauts Diables l'interrogeront. En racontant notre entrevue, il risque d'avoir des soupçons, de se demander où est passé le Maspalio accrocheur et volontaire. Que puis-je y faire ? Je n'ai pas l'habitude de marchander avec mes assassins. Il m'a fallu un intense effort de volonté pour étouffer ma dignité, accepter l'ennemi d'hier me servant ses mensonges d'une voix obséquieuse. Je n'aime pas jouer l'idiot, je ne sais pas le faire. De l'orgueil ? Il en faut ou alors on ne s'aime pas…

IX

L'Artificier franchit le seuil de l'hospice. À l'intérieur, le silence est total. Il emprunte un long couloir faiblement éclairé qui le mène à une porte fermée. Il tourne la poignée : elle s'ouvre. Il est à l'entrée d'une vaste galerie au bout de laquelle trône une immense cheminée. À gauche, une série de hautes fenêtres aux volets clos. À droite, une haie de grands fauteuils capitonnés qui lui tournent le dos. Une odeur âcre, celle de la pipe froide, flotte dans la pièce. L'Artificier renifle avec une moue dégoûtée : cette galerie, en plus d'être un fumoir, sent le renfermé, comme les remugles d'un caveau. Il s'apprête à rebrousser chemin lorsqu'une voix, venue du fond, lance :

— C'est toi, Mezulio ? Tu as nos houseaux ?

La voix, faible et nasillarde, l'a fait sursauter. L'endroit lui est de plus en plus désagréable. Il se décale sur la droite pour tenter de voir qui a parlé. Et il comprend. Chaque fauteuil abrite son vieillard, recroquevillé sur lui-même, des vilaines couvertures jusqu'au menton. Est-ce possible, une telle horreur ? Du jaune tirant sur le blanc, des bleus massacrés par le temps. Des couleurs mises à mal, humiliées. Il lui prend l'envie d'arracher toutes ses couvertures à leurs bourreaux, de courir chez le teinturier pour sauver les tissus. Mais il n'est pas là pour ça. Il inspire longuement puis longe le mur d'un pas lent, prenant son temps pour détailler chaque vieillard, pour capturer un regard qui puisse l'empêcher de les tuer. Un seul a ouvert les yeux. Il s'est arrêté devant lui. Quant aux autres, ils dorment ou sont peut-être morts.

— Qui êtes-vous ? lui demande le vieillard. Où est Mezulio ?

— C'est toi qui l'a appelé à l'instant ?

L'Artificier veut s'assurer qu'un seul est conscient.

— Oui. Mais dites-moi donc votre nom. Je vous connais ? Pardonnez-moi, ma vue ne porte plus au-delà de mon nez.

— Non, tu ne me connais pas. Je cherche ton maître.

— Mon maître ? Le mot est mal choisi.

L'Artificier s'impatiente. L'atmosphère qui règne dans cette pièce commence réellement à le gêner. Sa main se noue autour du cou du vieillard dont les lèvres se mettent à trembler.

— Maspalio est ici ?

— Bien sûr que non. Il a disparu avec les valides. Il nous a abandonnés…

— Je le comprends, pauvre homme, lui rétorque Hoctence d'une voix cynique.

Une larme coule sur la joue de l'ancien voleur. Pourquoi ce monsieur lui en veut-il ? Il n'a rien fait, il n'est pas capable de se défendre. La main serre de plus en plus fort. Il veut se débattre mais les couvertures pèsent sur lui comme une chape de plomb.

— Où est sa chambre ? Parle donc !

— À l'étage… hoquette le vieillard. Lâchez-moi, supplie-t-il.

Hoctence accentue son étau. Il cherche à provoquer le violet des veines. Une couleur rédemptrice, un moyen de racheter l'âme de ce malheureux. Sans succès : il est agité d'un spasme puis retombe sans bruit au fond du fauteuil, les yeux exorbités. Hoctence est déçu. Le violet était pâle, sans éclat. Il se tourne vers le voisin de sa victime, le sourire aux lèvres. Il va s'amuser, se venger de cette odeur importune et des couleurs tristes qui imprègnent les lieux comme une gangrène. Personne n'a rien remarqué : il se met à l'œuvre. Il passe, de fauteuil en fauteuil, une main à son mouchoir, l'autre sur les cous grêles et plissés de ses victimes.

— Du violet, murmure-t-il d'une voix grinçante, donnez-moi du violet !

Mais le dernier vieillard expire sans avoir livré l'essentiel. Hoctence jette le cadavre au bas du fauteuil d'un geste ulcéré. Rien à faire ! Il les a tués, tous, sans être récompensé pour ses efforts. Maintenant, il veut quitter cette maison au plus vite, échapper à ses couleurs et son parfum de cimetière. Il sort de la galerie en claquant la porte derrière lui, il se met à chercher l'escalier. Il le trouve, il escalade les marches quatre à quatre. D'autres portes jusqu'à cette chambre, celle de Maspalio. Il ne peut pas se tromper. Ici, les couleurs ont enfin un sens. Plus de gris ni de noir mais du rouge écarlate, du bleu marine, de l'orange, du jaune. Les murs en sont barbouillés, jusqu'à un mètre cinquante de hauteur.

L'Artificier s'apaise. Il va pouvoir travailler, s'immerger dans toutes ces teintes pour retrouver *la* couleur du farfadet, sa signature. Il rase les murs, il colle son visage pour évaluer les dizaines de couches qui se sont agglutinées à des endroits précis. Il cherche surtout sur le lit, là où le farfadet a pu être nu. Les draps, consciencieusement pliés, ne lui apprendront rien. Il s'attarde sur les montants où il trouvera à coup sûr. Est-ce celle-ci, ce vert bouteille foncé à l'extrême ? Il reste toujours les poignées des meubles et des fenêtres pour s'en s'assurer. Il va jusqu'à une armoire. C'est bien elle ! Par acquit de conscience, il va vérifier aux poignées de la fenêtre.

La surprise lui fait l'effet d'un coup de poing dans l'estomac. Le souffle court, il roule des yeux inquiets. Une embuscade ? On veut le rendre fou ? Il écoute mais la maison ne lui renvoie qu'un silence pesant. Il fait un pas en avant. Il jurerait que ce vert bouteille, visible sur l'encadrement de la fenêtre, est celui de Maspalio. Seulement, le *détail* ne trompe pas. Pas lui, l'Artificier des abysses, le maître des couleurs. Il approche prudemment son visage comme si la tache de couleur était capable de lui sauter à la gorge. Quel est donc ce maléfice ? Il avait connu un conjurateur jumeau dont le spectre ressemblait, sans toutefois se confondre, à celui de son frère. Mais là, sur cette fenêtre, la composition est parfaite, d'une précision diabolique. Que faut-il en penser ? Maspalio connaîtrait le secret du Prisme, il serait capable de *fabriquer* des fausses pistes… Hoctence ne peut y croire. Alors, un autre Artificier, capable de contrefaçon ? C'est l'hypothèse la plus vraisemblable. L'idée qu'il existait un autre initié du Prisme le taraudait depuis longtemps. C'est chose faite, il n'est plus seul. Cela lui procure des sentiments contradictoires. Il est ému à la pensée d'un *frère d'armes*, d'un autre qui partage son secret. Mais du même coup, il le redoute, il en a peur. D'autant qu'il doit travailler avec Maspalio. Bref, il a choisi son camp.

Hoctence décide de quitter la maison. Il a ce qu'il voulait bien qu'il subsiste un doute : des deux spectres, quel est l'original ?

La créature a franchi ce matin même le Premier Cercle. Un moment désagréable qui l'obligeait à passer sous le canal, à creuser dans une roche humide et friable. Elle n'a pas emprunté de pont, comme le lui avait appris la musique, sous peine de risquer son écroulement. Elle lutte souvent contre cette envie de repartir en arrière, de retrouver les sons qui la berçaient nuit et jour. Avant, il lui faut attraper sa proie pour que le maître soit content. Mais la chasse est délicate. Depuis hier, elle et sa congénère multiplient les messages pour tenter d'éclaircir un étrange phénomène. Car, presque simultanément, l'une et l'autre ont cru entendre les vibrations de leur proie à deux endroits diamétralement opposés. Depuis, elles se sont séparées, ouvrant leur chemin dans ces deux directions. L'incident a troublé leur instinct qui ignore le principe d'ubiquité. Pour elles, la proie est capable de grands bonds, ou de courir à des vitesses stupéfiantes… La chasse promet d'être longue.

La rumeur a couru dans l'ensemble de la communauté des voleurs abymois : Maspalio est de retour ! Les plus vieux hochent la tête d'un air entendu, les plus jeunes qui n'ont pas connu le Prince-voleur se demandent quelle peut être la signification de cette nouvelle prise de pouvoir. En fin de compte, personne ne sait pourquoi, tout d'un coup, l'ancien Prince-voleur a décidé de reprendre les rênes de sa guilde. Pour beaucoup, le farfadet a pactisé avec le diable. On murmure qu'il s'est fâché avec son Advocatus Diaboli, qu'il traîne dans les quartiers où officient ceux qui vendent des connivences aux plus offrants. Quel démon œuvre dans l'ombre pour protéger Maspalio ? En tout cas, aucun voleur ne prendrait le risque de le savoir. La facilité avec laquelle il a déposé Sandeni, Prince-voleur des Traboulienness, relève du maléfice. Certains prétendent que le pauvre a été envoûté, qu'il voyait le farfadet apparaître chaque nuit malgré les gardes et les portes cadenassées. À vivre avec la peur au ventre, il a fini par perdre la raison. Il voyait Maspalio partout, croyait être suivi quel que soit le chemin qu'il prenait. Il était le seul à le voir, pourtant. On le croyait fou mais aujourd'hui, alors que Maspalio dirige la guilde des Traboulienness, la plupart estiment que cette folie a été habilement orchestrée.

Voilà quatre jours que Sandeni a officiellement déposé son titre en désignant Maspalio pour lui succéder. Le farfadet est apparu différent. Les vétérans ne l'ont pas reconnu tant il paraît entreprenant, désireux d'étendre l'influence de la guilde. Il l'avait quittée presque par lassitude, épuisé aussi par tant d'années à sa tête. On le disait volontiers *rangé*, même s'il se permettait de temps en temps quelques vols d'enseigne. Désormais, il voit grand, il projette de disputer certains territoires à d'autres guildes. Un vent de conquête souffle sur la Traboulienne, suivie de près par les guildes concurrentes. On regarde avec inquiétude du côté de ce Maspalio qui semble renaître de ses cendres et vouloir briser la paix fragile qui règne sur Abyme. On accuse les abysses, on croit qu'il possède des appuis puissants, des conseillers de l'ombre qui se chargeront de faire respecter ses ordres. Les Princes-voleurs tremblent sur leur trône. Jusqu'ici, la communauté des voleurs s'était tenue à l'écart des abysses et de ses démons. Si Maspalio a décidé de s'en servir, toutes les cartes vont être redistribuées. Faudra-t-il appeler les conjurateurs en renfort, risquer la surenchère et des pertes substantielles en temps et en or ?

Préoccupés, les Princes-voleurs se consultent sans arrêt depuis quelques jours. Faut-il s'allier dès maintenant pour écarter la menace ? Peut-être n'a-t-il pas l'intention de se contenter de deux ou trois pâtés de maisons ? On avance prudemment l'hypothèse qu'il pourrait bien viser le pouvoir suprême pour devenir le premier Roi-voleur.

Sur son trône fait de bric et de broc, le Double de Maspalio détaille attentivement les visages tournés vers lui. Il a réuni les principaux acteurs des Trabouliennes pour un conseil de guerre. Il les sent intrigués, curieux de connaître ses intentions.

Le Double savoure le spectacle. Son entreprise a été, jusqu'à maintenant, couronnée de succès. Quant il pense à ce qu'il était, à ce pantin ridicule haut comme un doigt, qui s'agitait dans cette maudite ergastule. Une scène qui le poursuit, qui hante ses cauchemars. Il revoit sans cesse cette inconnue sur laquelle le vrai Maspalio s'était un jour retourné. Un mouvement de la tête qu'il a répété des centaines de fois au point de haïr ces épaules, cette nuque, ces fesses. Il doit ses nuits sans sommeil à ce satyre, aux nains de l'Équerre qui ont fabriqué l'ergastule. Il les retrouvera tous, un jour, pour se libérer de ses cauchemars.

Pour le moment, les différents chefs de la Traboulienne attendant qu'il donne ses ordres. N'ayez crainte, pense-t-il, vous n'aurez bientôt plus qu'une seule idée en tête : m'obéir aveuglément, me servir quoi qu'il puisse arriver. Pour cela, il a ce pouvoir hérité de sa création au sein de l'ergastule, la faculté de jouer de son corps comme de l'argile. Il peut se glisser sous les portes, disparaître à volonté. Heureusement…, se dit-il en ricanant intérieurement : Maspalio ne lui a offert qu'un corps petit et vieux. Le Double sait donc qu'il n'a que son talent pour mener à bien ses projets. Aucun pacte avec les démons comme il l'a laissé croire parmi les voleurs. Le fait d'avoir pu s'introduire chez Sandeni lorsqu'il le jugeait bon lui a donné un formidable avantage. Tant que les Princes-voleurs penseront qu'il commerce avec les abysses, ils ne tenteront aucune action d'envergure. Ils le testeront, ils provoqueront des escarmouches, des incidents sans conséquence pour évaluer ses réactions. Il en profitera pour réorganiser la guilde, pour semer le trouble grâce à son talent. La partie sera serrée mais il a toutes ses chances.

Le Double se lève. Il a exigé que l'on retire la table qui siégeait ici du temps de Sandeni. Il n'aurait pas été crédible juché sur son trône pour pouvoir les dominer. Ils sont assis sur des coussins posés sur le sol, en demi-cercle. Ainsi, debout, il peut leur parler sans avoir à lever la tête.

— Mes chers amis, commence-t-il d'une voix chaleureuse, vous l'avez pressenti, j'ai de vastes projets. J'ai jeté un œil sur vos activités depuis les dix dernières années. Faites-moi penser d'ailleurs à remplacer l'échevin. Il m'a fait mauvaise impression.

Les chefs échangent des coups d'œil discrets. Le farfadet n'a pas l'intention de garder l'ancienne équipe au complet. L'échevin Julone est sa première victime.

— Vous n'êtes pas sans ignorer, poursuit-il, que Madoquiel me recherche, bien plus que mes pairs. Il faudra compter là-dessus. Du moins, *je* compterai là-dessus. Le problème sera bientôt réglé.

Il l'espère, en tout cas. Il veut pouvoir orienter le milicien sur le vrai Maspalio pendant le temps nécessaire pour réaliser ses projets. Après, il sera devenu une telle force que les autorités devront composer avec lui.

— En réalité, je vous ai réunis parce que j'ai l'intention de resserrer nos activités (nouvelles œillades, certains s'agitent sur leur coussin, se préparant au pire). Et j'entends, par resserrer, la suppression des trois quarts de ceux qui font les ressources de cette guilde.

Cette fois, les chefs perdent patience. Deux d'entre eux se sont levés, le poing brandi :

— Tu reviens après des années d'absence et tu voudrais nous mettre à la rue ! Ça ne sera pas aussi facile que tu le penses, Maspalio !

— Tais-toi, Fedice, lance l'un des chefs restés assis. S'il veut agir ainsi, c'est qu'il a d'autres idées. N'est-ce pas ?

— Tu résumes parfaitement la situation…

— Manelfi, à ton service.

— Manelfi. Oui, j'ai d'autres idées. Ou plutôt un véritable problème. Car voyez-vous, j'ai beau chercher ici (il porte la main sur son front), je ne comprends pas. Abyme dispose d'un véritable trésor, d'un immense marché auquel aucune guilde n'a semblé vouloir s'intéresser. Sincèrement, je ne comprends pas.

Les chefs se consultent du regard. Un marché qu'ils ignorent, et les autres guildes également ?

— Il est autour de vous, il n'attend que vous. Alors, dites-moi, pourquoi s'en priver ? Non, vous ne voyez rien. Gifio, j'ai appris que vous et vos hommes étiez responsables des enlèvements. Vous ne devinez pas ce à quoi je pense ?

— Non, murmure Manelfi qui, aux yeux de Maspalio, est le seul qui pourrait devenir son bras droit, vous n'oseriez pas…

— Manelfi a compris ! s'exclame le Double en claquant dans ses mains. Lui (il le montre du doigt) sait de quoi je parle !

— Les ambassadeurs, ajoute Manelfi en embrassant l'assemblée d'un regard pétillant, il veut pratiquer l'enlèvement sur les ambassadeurs.

Le tollé est général. Le Double, les bras croisés, ne dit rien. Le calme revient peu à peu. Un chef se lève, le visage blême :

— Tu t'attaques au fondement d'Abyme. Nous avons notre éthique !

— Je me contrefiche de votre éthique, s'écrie le Double d'une voix tranchante. Je n'ai pas envie de perdre mon temps avec vos traditions stupides. Vous êtes des voleurs, vous semblez l'oublier. Tous les coups sont permis. Ne venez pas me chercher avec votre bande de vauriens. Une guilde ? Moi, je ne vois que des rançonneurs sans ambition, des accords miteux avec la milice pour ne pas être ennuyé. Bon sang, vous ne servez que vous-même !

— Mais cela équivaut à une véritable déclaration de guerre, suggère Gifio à voix basse.

— J'espère bien, fulmine le Double. Rançonner des familles d'artisans, cela manque singulièrement d'envergure.

— Mais tu le disais toi-même. Mieux vaut des petites sommes régulièrement que des gros coups, lui dit Lizacio qui avait connu les dernières années de son règne.

— Lizacio a raison. Toi, le serviteur d'Abyme, tu vas la priver de son âme. Sans parler des pays qui ne vont sûrement pas apprécier qu'on enlève leur ambassadeur.

— D'abord, j'ai changé. Tenez-le pour dit. Ensuite, nous travaillerons avec cette subtilité qui semble cruellement vous manquer. Mettez-vous à la place d'une ambassade, n'importe laquelle. Vous êtes dans Abyme, cité diplomatique par excellence. Croyez-vous que cela fasse bon effet d'annoncer la disparition d'un ambassadeur ? L'impact serait désastreux. L'ambassade y perdrait sa réputation. Un marchand se laisse influencer par toute sorte de choses. Lorsqu'il devra acheter à un pays ou un autre, il choisira plutôt celui qui est capable d'assurer une protection élémentaire de son ambassadeur. Les pays concernés tiendront ce raisonnement. Abyme est un épicentre diplomatique : le moindre incident peut se répercuter sans limites, à tous les niveaux.

— C'est possible, Maspalio, dit Manelfi. Mais lorsque tu auras enlevé un ambassadeur, que feras-tu ? Les autres ambassades se transformeront en forteresses, chacune des sorties des ambassadeurs sera celle d'une escorte armée jusqu'aux dents…

— Encore juste, Manelfi. C'est pourquoi nous ne devons frapper qu'une seule fois. Les enlever tous, d'un seul coup !

Les chefs de la Traboulienne restent muets, les yeux écarquillés. Maspalio est fou, c'est certain…

— Ne restez pas bouche bée comme des imbéciles, ricane le Double, content de son effet. Il nous suffira d'attendre une bonne occasion. Abyme organise régulièrement des réjouissances où la plupart des ambassadeurs sont invités. Bien sûr, nous ne les aurons pas *tous* mais assez pour exiger une somme phénoménale. N'est-ce pas une idée brillante ?

Ils hochent la tête, effarés mais déjà séduits. Ils imaginent les Royaumes, pétrifiés par l'événement, payant aveuglément pour étouffer rapidement l'affaire.

— Que ferons-nous de cet or, Maspalio ? demande Manelfi d'une voix sournoise.

— Il nous servira à acheter les autres guildes : nous débaucherons les voleurs, par centaines. Les Princes-voleurs disparaîtront d'eux-mêmes, sans personne pour les servir. Leurs guildes s'écrouleront, nous serons l'unique guilde d'Abyme.

Cette fois, les chefs de la Traboulienne lui sont acquis. Les perspectives sont telles qu'ils n'ont pas la force de s'y opposer, de chercher les failles du projet. D'autant que le Double, lui, les connaît parfaitement. L'opération demandera une coordination parfaite, une alchimie de tous les instants. Il faudra compter avec la milice, avec les Éclipsistes qui se louent aux ambassades comme mercenaires, sur les conjurateurs également. Les grandes puissances d'obédience démoniaque pourraient lancer à leur poursuite des créatures terrifiantes. Mais la seconde étape a été franchie. Il craignait que l'énormité de son projet ne fasse reculer les chefs : elle les a aveuglés, comme il l'avait prévu. Il lui restait même une carte à jouer, un appât de plus pour étouffer leurs craintes. Pourquoi ne pas leur dire, d'ailleurs ? Le moment est si jouissif…

— Une dernière chose, messieurs. Avant de faire payer les ambassades, nous nous tournerons vers les Palais abymois. Combien croyez-vous qu'ils paieront pour que l'affaire n'éclate pas au grand jour ? Combien seront-ils prêts à mettre à nos pieds pour empêcher que cette ville ne disparaisse ?

Les applaudissement fusent spontanément. Ils réalisent que la cité ne pourrait se relever d'une telle crise. Les pays représentés feraient valoir les vieux arguments qui avaient si longtemps retardé la construction d'Abyme. On parlerait des dangers de concentrer autant de diplomates dans un lieu unique, de les mettre à la merci de la première bande armée venue.

— Vous serez bientôt très riches, messieurs. Dorénavant, vous maintiendrez vos activités en façade. N'attirons pas les soupçons. Confiez ces tâches à vos nouvelles recrues. On croira que je veux faire peau neuve, que je veux donner du sang neuf à cette guilde. Pendant ce temps, nous entraînerons vos meilleurs hommes pour notre projet. Le secret devra être très bien gardé. Manelfi, tu t'occuperas de cela. La moindre allusion, je pense aux beuveries notamment, entraînera la mort. Sans aucune excuse. Maintenant, je veux vous voir un par un. Nous avons une foule de détails à régler.

X

Madoquiel est entré dans le boudoir avec un visage renfrogné, sans prononcer le moindre mot. Les sergents, qui étaient affalés sur les fauteuils en joyeuse compagnie, se dressent au garde-à-vous.

— Eh ! s'exclame une jeune fille écartée sans ménagement par l'un d'eux.

— Les putains, sortez immédiatement, ordonne Madoquiel d'une voix grave.

Piqué au vif mais n'osant pas se rebeller, l'essaim des jeunes filles disparaît par une porte dérobée. Madoquiel, figé au beau milieu du boudoir, laisse une longue minute s'écouler dans un silence pesant.

— Repos ! finit-il par dire.

Un léger bruissement, quelques toux nerveuses.

— Vous fricotez avec ces garces pendant que Maspalio revient tranquillement prendre possession de son trône… Abyme vous paie pour empêcher des monstres comme lui d'agir ! conclut-il en cherchant de la main un fauteuil.

Un sergent le lui tend. Il s'assoit. Tous ses hommes se demandent pourquoi il est venu jusqu'ici, dans cette salle de l'aile sud du Palais d'Acier. Des geôles du sous-sol jusqu'ici, il faut près d'une demi-heure de marche à travers les couloirs du Palais. Si Madoquiel a jugé bon de se déplacer, il doit avoir une bonne raison.

— Où en sommes-nous ? demande-t-il.

— Vous étiez au conseil tout à l'heure, lui répond Beldi, ce jeune loup promu sergent depuis peu.

Madoquiel ne l'aime pas. Il est monté trop vite, il n'a pas éprouvé les années de rue comme lui.

— Merci de me le rappeler, Beldi. Je veux votre sentiment à tous. Au conseil, vous étiez tenus par la discipline, par les juges qui y assistent. Maintenant, dites-moi la vérité. Je veux des avis sincères, pas les boniments habituels.

Les sergents ne savent que penser. Est-ce un piège pour tester leur moral, pour débusquer les brebis galeuses ?

Madoquiel n'est pas un homme à pratiquer ce genre d'exercice. Jaldino, qui le connaît bien, qui sait que Madoquiel l'apprécie, prend la parole.

— Je crois que Maspalio se cherche une couverture, un moyen de peser sur Abyme afin que nous arrêtions les recherches. Sa démarche n'est pas idiote. S'il parvient à peser comme un Prince-voleur, nous aurons l'air de bafouer les accords officieux qui nous lient aux guildes. Les autres Princes-voleurs finiront par croire que nous nous acharnons, qu'il s'agit d'une querelle… personnelle. Cela risque d'échauffer les esprits.

— Je te remercie, Jaldino.

Une querelle personnelle : Jaldino a vu juste. Il a parfois le sentiment de poursuivre une chimère, d'avoir fait de Maspalio ce grand criminel qu'il n'a jamais eu l'occasion de traquer au cours de sa carrière. Avec la tolérance *de facto* des guildes, Abyme est parvenu à contrôler sa criminalité, à la maintenir dans des proportions raisonnables. En échange de leur immunité, les Princes-voleurs se chargent eux-mêmes de faire la police parmi les bas-fonds abymois.

— Pour ma part, commence Beldi qui interrompt sa réflexion, je…

Il lui coupe la parole :

— Taisez-vous. Nous vous avons déjà entendu.

L'affront est clair, cette fois. Suffisant pour que Beldi puisse demander réparation. D'ailleurs, Madoquiel serait heureux qu'il le provoque en duel : il aurait l'impression de s'être trompé. Mais Beldi ne répond pas, fidèle à sa lâcheté. Madoquiel tourne son visage en direction des autres sergents. Il sait que personne n'est capable de fixer très longtemps ses orbites d'acier, qu'elles finissent par gêner. Il veut les obliger à parler, à rompre le silence qui est retombé, plus lourd qu'avant.

— Moi, déclare soudain Dalguce, je suis surtout intrigué par la personnalité de Maspalio.

Dalguce est un brave type. C'est un homme d'esprit, un échevin engagé dans la milice pour échapper à une marâtre qu'il avait eu le tort d'épouser. Il avait signé pour deux ans : il est là depuis neuf ans. Tout le monde l'aime bien même s'il n'est pas très causant. Madoquiel a été prévenu qu'il fréquentait assidûment les milieux conjurateurs mais n'a pas jugé bon de faire une enquête.

— C'est tout de même curieux, poursuit-il, qu'un personnage accompli tel que lui puisse changer du jour au lendemain. Nos informateurs introduits dans la Traboulienne parlent d'un farfadet extrêmement autoritaire. Ce n'était pas ainsi qu'il dirigeait sa guilde. C'est la première fois que j'ose en parler puisque vous nous le proposez mais je suis persuadé, sans avoir de preuve malheureusement, que Maspalio est *possédé*. La plupart des événements le corroborent, vous serez d'accord avec moi. Il assassine ses proches sans aucune raison, il nie tout en bloc lorsque vous l'arrêtez. Et aujourd'hui, il revient à sa guilde alors qu'il avait abdiqué avec un plaisir manifeste. Je pense à une possession pour une autre raison. C'est une source officieuse qui n'est pas vérifiable. Des conjurateurs m'ont certifié que Maspalio avait eut des problèmes avec l'un de ses Advocatus, un certain Valditch. Celui-ci aurait racheté les connivences en retard du farfadet aux autres Advocatus pour le faire chanter. Il disparaît peu de temps après. Donc, cela me fait dire que Valditch a exigé de Maspalio quelque chose sous peine d'appeler l'Artificier ; que le farfadet a refusé, a pris peur ou je ne sais quoi d'autre ; que Valditch a prévenu l'Artificier et finalement que Maspalio a appelé un démon supérieur pour lui échapper. Mais le farfadet y a perdu son âme : il est possédé. D'où, à mon avis, la nécessité de l'arrêter au plus vite.

— Tu penses trop, raille un sergent.

Les autres rient, sauf Madoquiel qui se souvient de la plaidoirie farfelue de Maspalio au tribunal d'Acier. Cette histoire de démons amoureux aurait-elle un rapport avec l'hypothèse de Dalguce ? Il serait presque tenté d'y croire. Le prédécesseur de Madoquiel avait évoqué Maspalio en termes élogieux, ne tarissant pas sur sa diplomatie, son sens des valeurs et son réalisme. Deux personnages, deux Maspalio. Peut-être est-ce pour cela que les Salanistres éprouvent des difficultés à le retrouver. S'il est possédé, il doit avoir des pouvoirs démoniaques, des moyens d'échapper aux serpents d'Haïm.

— Dalguce, je te libère sur toutes les enquêtes que tu pouvais mener. Je veux que tu plonges dans le milieu des conjurateurs, que tu apprennes le maximum concernant Maspalio.

— Merci, lui rétorque le milicien d'une voix qui contient mal sa joie.

Madoquiel ne veut pas en entendre plus. Ce qui vient d'être dit lui a suffi pour se sentir mieux. Il était en proie à des doutes sérieux depuis que Haïm lui avait raconté les difficultés éprouvées par les Salanistres. Le Keshite n'était pas capable de découvrir ce qui tracassait les serpents : la flûte ne lui transmettait que des émotions. Selon lui, elles étaient désemparées, elles n'arrivaient pas à garder une direction, comme si Maspalio traversait la ville nuit et jour sans s'arrêter.

Si Dalguce confirme que Maspalio est possédé et si les Salanistres ne parviennent pas à mettre la main sur lui, il faudra prendre les mesures qui s'imposent. En d'autres termes, assassiner le farfadet. Un choix qui lui donne la nausée tant il lui paraît incompatible avec les principes qu'il défend. Seulement, la possession ne relève pas de la milice. Il rendra visite, dès demain, à l'ambassadeur de la Province Liturgique pour le prévenir de la situation. L'Inquisition liturgique fera le reste…

Melisse, étendue sur le lit, trompe son ennui. La déconfiture du diablotin est si divertissante qu'elle s'est prise à faire durer la partie, à sacrifier quelques pièces pour que le diablotin puisse penser qu'il avait encore une chance. Assis en tailleur de l'autre côté de l'échiquier, à peine plus grand que les pièces du jeu, il ne cesse de faire des allers et retours sur le plateau du fait même qu'il ne peut en avoir une vision globale. Alors il court, d'une pièce à l'autre, en jurant lorsqu'il s'agit de déplacer sa reine, bien trop lourde pour ses petits bras squelettiques. Melisse le laisse s'échiner, attend qu'il perde l'équilibre une ou deux fois puis attrape la reine pour la placer sur la case que le diablotin lui indique d'une voix rageuse.

La partie s'achève aux alentours de minuit. Le diablotin a fini par abdiquer, en se lançant violemment sur son roi pour le faire tomber. Un coup d'épaule qui lui arrache un cri de douleur. Il s'écrie :

— Voilà, vous êtes contentes ! J'ai perdu, j'y laisse ma santé. Je me démets l'épaule. Que vous faut-il de plus ?

— Ne te fâche pas, tu as joué du mieux possible.

— Vous avez laissé traîner la partie, vous m'avez trompé !

— J'aimerais tant, susurre-t-elle avec une moue sensuelle.

— Ne jouez pas sur les mots ! trépigne-t-il en jetant des coups de pied dans les pions. C'est de votre faute, je n'arrive pas à me concentrer, fait-il en montrant le décolleté audacieux de la Méduse avec un sourire lubrique.

— Retourne dans ta bouteille, diablotin.

— Habillez-vous comme une véritable veuve et la partie sera différente, conclut-il en brandissant un poing vengeur.

En deux bonds, il parvient jusqu'au clavier du clavecin, écrase quelques notes comme on claque une porte, puis se hisse jusqu'à sa bouteille où il s'engouffre en jetant un dernier coup d'œil plein d'amertume sur le corps de la Méduse.

Melisse n'a pas envie de se coucher. Elle gagne la fenêtre. La rue est vide, excepté les feux follets qui dansent dans leur bulle de verre. Et si elle sortait ? Elle pourrait aisément dissimuler ses vipères sous une voilette, enfiler un manteau et aller chercher son plaisir dans la rue. Elle a envie de mains rudes et calleuses, d'étreintes violentes dans l'ombre d'une porte cochère. Elle rêve des caresses de Pan, de ces doigts qui courent sur sa chair, qui la tourmentent jusqu'à ce qu'elle implore son plaisir. Alors, il se transforme, il devient son barbare.

— Pan…, murmure-t-elle, puisse revenir ce jour où nous nous aimions encore.

Les mots meurent dans sa bouche. Elle vient d'apercevoir deux silhouettes à l'entrée de la rue. Vont-elles dépasser la maison, comme toutes les autres ? Mais les deux individus semblent se diriger dans sa direction. Elle sent son cœur rebondir. Oh, puissent-ils être *pour moi…*, pense-t-elle en écartant un peu plus le rideau. Elle sourit lorsqu'elle devine, dans le halo verdâtre d'un feu follet, le visage pâle et osseux d'un Opalin, accompagné par le Grimacier.

— La Romance peut commencer, dit-elle en laissant retomber le rideau.

Elle remet de l'ordre dans ses vêtements. Elle se sent prête même si elle sursaute lorsqu'elle entend les deux coups sourds du heurtoir au rez-de-chaussée. Une vipère se dresse, la langue tendue.

— Ma douce, dit-elle en caressant le museau du serpent, voilà mon époux…

XI

Lazzi est entré avec une mine effarée, en me demandant de le suivre.

— C'est le Grimacier, il est dans le jardin, me dit-il en m'accompagnant dans le couloir, il va ameuter tout le quartier…

Je l'entends distinctement, maintenant. L'inconscient crie mon nom à tue-tête sans avoir idée, sans doute, des risques qu'il nous fait courir. Passablement énervé, je descends rapidement les escaliers. Mes voleurs sont à leur porte, sidérés par l'insouciance du bouffon.

— Ne vous inquiétez pas, lancé-je en les dépassant. Il va apprendre à se taire !

Lorsque j'arrive sur le perron du jardin, je découvre un spectacle irréel. Le Grimacier est au bas des marches, vêtu d'un costume rouge flamboyant qui doit surtout à ces abeilles safran accrochées par centaines le long de ses manches. En agitant les bras pour m'inviter à le rejoindre, il provoque une véritable cascade de lumière. À tel point qu'on dirait qu'il s'enflamme, qu'il va se consumer telle une torche. Il s'est tu à mon apparition mais les clochettes de son chapeau pointu tintent furieusement comme si elles aboyaient, excitées par sa voix. Accaparé par le personnage, je n'ai pas remarqué tout de suite la dizaine d'individus massés juste derrière lui. Ils sont d'une maigreur et d'une saleté épouvantable. Des vagabonds, des mendiants ? Le Grimacier, car ce ne peut être que lui, les a revêtus grossièrement de longues écharpes multicolores qui ont pour seul effet de les rendre ridicules. Les pauvres, que font-ils ici ? Le bouffon a surpris mon regard et s'est écarté en faisant signe à l'un d'eux.

— Allez, dit-il, montre-lui.

Le garçon, qui ne doit pas avoir vingt ans, sourit timidement puis extrait de sa poche des boules de couleur. Il semble hésiter. Le Grimacier insiste d'un geste impatient. Il finit par lancer les boules en l'air, voulant sans doute me montrer ses talents de jongleur. Mais il n'a jamais pratiqué ce métier, c'est certain : les boules tombent et roulent dans l'herbe.

— Ah! s'exclame le Haut Diable avec colère, tu avais répété, pourtant, bougre d'empoté. Ta main, fait-il en rejoignant le garçon pour la lui prendre, elle doit être plus souple, plus arrondie. Si…

— Grimacier! l'interpellé-je.

Il se retourne vers moi:

— Quoi? Il faut qu'il apprenne!

— Voulez-vous venir près de moi s'il vous plaît?

Il obéit de mauvaise grâce.

— Qu'est-ce qu'ils font là? lui demandé-je à brûle-pourpoint.

— Ils ne sont pas encore très bien préparés mais vous verrez, dans un jour ou deux, ils pourront l'espionner avec la meilleure couverture du monde.

— Grimacier, je vous ai posé une question.

— Vous m'agacez. Des enlumineurs, naturellement. Des étudiants de la Confrérie des arts abymois. Ce n'est pas ce que vous vouliez?

— De quoi parlez-vous?

— Vous savez dessiner? Eh bien, moi non plus. Déguisés en saltimbanques, ils feront d'excellents croquis de notre Méduse. Des preuves, Maspalio, il nous faut des milliers de preuves.

Je suis effaré. Le Grimacier applique à la lettre notre dernière conversation, avec un simplisme extraordinaire. Ce Haut Diable n'a pas la moindre idée des subtilités de notre monde. J'oublie trop souvent qu'il distrait les démons, qu'il n'a presque jamais mis les pieds sur ce continent. *Sa* réalité est complètement décalée.

— Bon, je sais, reprend-il, ils n'ont pas très bonne allure. Vos vieillards leur donneront une nouvelle jeunesse. J'ai ramassé ceux qui n'avaient pas de bourse, ceux qui crevaient de faim. D'ailleurs, c'est follement amusant, la charité!

Je me résigne, j'abandonne. Il est capable de se vexer si je renvoie ces étudiants à leurs études. Je fais signe à Lazzi qui m'a suivi sur le perron pour qu'il les fasse entrer avant qu'ils ne meurent de froid. Puis, j'emmène le Haut Diable jusqu'au fond du jardin.

— Vous croyez sincèrement qu'ils peuvent nous servir?

— Bien sûr, je le crois, rétorque-t-il sur la défensive.

— Soit, nous tenterons d'en faire quelque chose. Grimacier, j'ai parlé à Hornème.

— À qui?

— À l'Opalin. Je l'ai baptisé ainsi. Il veut bien se rendre chez la Méduse.

— Parfait !

— Ce sera dangereux. Son comportement se dégrade parfois sans prévenir. Des crises erratiques qui confrontent ses deux personnalités.

— C'est voyant ?

— Pas toujours. Parfois, il s'enferme pendant des heures dans un mutisme profond. D'autres fois, il se met à parler tout seul sans se laisser écouter. Je n'ai jamais pu savoir ce qu'il raconte.

— Je préviendrai la Méduse. Je lui raconterai qu'il a vécu des expériences traumatisantes. Je resterai dans le flou. Je vous l'ai dit, cela l'excitera...

— Espérons qu'elle vous croie.

— Mais oui, ne vous inquiétez pas. Pour ma part, j'ai contacté des maçons dignes de confiance pour les travaux.

— Des maçons ? m'étonné-je en me demandant ce qu'il a bien pu inventer.

— Elle ne va pas raconter la Romance en pleine rue ! Dès ses premières sorties avec l'Opalin, nous commencerons les travaux à l'intérieur de la maison. Il faudra aménager des passages secrets, des caches où nous pourrons nous glisser pour écouter ce qu'ils se disent. Pour que nous puissions témoigner et montrer que nous étions en mesure d'espionner la Méduse.

Je vais finir par ne plus y croire. Tant pis ! Au fond de moi, j'aime la simplicité de ce Haut Diable. Ce sera sans doute mon « dernier » coup. Nous avons peu de chances de réussir mais pour la forme, par esthétisme, je veux essayer. À l'idée que tout est permis, qu'avec le Grimacier il n'y a plus de bon sens, j'ai l'impression de rajeunir, d'être ce jeune voleur abymois organisant ses premiers cambriolages d'éclat.

— Je vous invite, Grimacier. Allons boire à notre succès.

— Pourquoi pas ?

Parvenus au perron, nous sommes interpellés d'une fenêtre du second étage. Nous levons les yeux. Selguance, penché en avant, me fait signe de monter. Je les avais presque oubliés, lui et son Opalin. Ce dernier n'a jamais quitté la chambre alors que Selguance se contente de rares sorties lorsqu'il veut mettre la main sur un livre. J'ignore même où en est leur philtre d'amour. Ont-ils fini ?

— J'en ai pour un instant, Grimacier. Installez-vous dans le salon.

— Très bien.

Je monte à l'étage et trouve Selguance sur le pas de la porte.

— L'Opalin est parti, me dit-il lorsque je suis parvenu à sa hauteur.

— Parti ?

— Lorsqu'il a vu votre... ami dans le jardin, il est parti comme un fou, en empruntant une fenêtre du premier, je crois.

Je fronce les sourcils, intrigué.

— Mais que fuyait-il ?

— Oh, rien. Il voulait juste rester discret. Voilà des jours que nous avons terminé le philtre. Il se torturait pour savoir de qui il voulait tomber amoureux. Il a parlé d'une Méduse. Où est-il allé chercher cette idée ? Enfin, il disait qu'elle le comprendrait, qu'il lui raconterait des choses importantes pour qu'elle veuille bien rester avec lui. Mais vous pâlissez, mon ami. Qu'ai-je dit qui puisse vous faire si peur ?

Je l'attrape par le col et dit, d'une voix contenue :

— De quelle Méduse parlait-il ?

— Vous devez la connaître, me répond-il en voulant gentiment écarter ma main. Il m'a dit que le Grimacier lui en avait parlé quand il est descendu avant-hier.

— Cette Méduse, où habite-t-elle ?

— Oh, je ne me souviens pas du numéro, mais c'était la rue des Ypres.

J'en sais assez. Je dégringole les escaliers, quitte à me rompre les os, en hurlant « Grimacier ! Grimacier ! » Il n'a pas bougé du salon, assis confortablement, un livre à la main.

— Époustouflant ! me dit-il alors que j'apparais, la voix éteinte et le cœur chancelant. Cette littérature n'abuse que leurs auteurs, n'est-ce pas ? Toutes ces histoires d'amour sont ridicules.

Il semble me voir enfin.

— Mais qu'avez-vous pour crier comme cela ?

— Une catastrophe, parviens-je à articuler. L'Opalin, il a entendu notre conversation. Il est parti voir notre Méduse avec son philtre d'amour.

— C'est bien ce que nous voulions ! Mais pourquoi diable ne m'a-t-il pas attendu ?

— Pas Hornème ! m'écrié-je. L'autre ! Celui sur lequel j'ai enquêté au tout début de cette affaire !

Cette fois, il se lève, visiblement ébranlé.

— Mais que veut-il faire ? s'exclame-t-il.

— Profiter de l'occasion, utiliser son philtre pour tomber amoureux de la Méduse. Il va tout lui raconter, Grimacier, dis-je d'une voix accablée. Il croit pouvoir la tenir ainsi auprès de lui.

— C'est extrêmement fâcheux, Maspalio.

— Nous avons peut-être le temps de l'arrêter. Il a quitté cette maison par une fenêtre. Cela a dû lui prendre un certain temps. La rue des Ypres est à plus d'une heure. Avec un peu de chance, nous pourrions éviter le drame.

Le Grimacier rejette lentement la tête, les mains jointes sur sa bouche. Plusieurs secondes s'écoulent avant qu'il ne repose les yeux sur moi :

— Il faudrait aller jusqu'à là-bas. À quelle vitesse pouvez-vous courir ?

Je laisse échapper un soupir :

— Vous n'avez pas un moyen de nous transporter là-bas ? Ou que nous puissions nous envoler, par exemple. Vous êtes un Haut Diable, oui ou non ?

— Je suis un artiste, Maspalio, me rétorque-t-il en bondissant sur ses pieds. Pas un espèce de génie de pacotille avec des sortilèges plein les poches.

Sa voix tranchante ne m'effraie même plus. Je n'ai qu'une seule idée en tête : retrouver l'Opalin. Mes cris ont rameuté mes pensionnaires qui accourent au salon. J'explique rapidement la situation en demandant à chacun de s'armer puis de se répandre dans les rues avoisinantes. Si l'Opalin craint les ombres lunaires, sa marche est forcément ralentie. Mais les pensionnaires sont lents et s'entendent de loin. Les béquilles et les cannes alerteront le démon. Le Grimacier propose que nous filions sans tarder jusqu'au quatorze de la rue des Ypres. Si nous avons la chance de croiser une chaise à porteur, nous pourrons y parvenir suffisamment tôt.

Plusieurs pensionnaires ont déjà quitté la maison lorsque nous sommes prêts à partir. J'ai pris soin de me munir d'une torche, d'abandonner ma ceinture de conjurateur qui risquerait de m'alourdir et surtout de glisser ma dague sous mon pourpoint. Il se pourrait que nous soyons obligés de tuer l'Opalin…

Pertuis me rattrape sur le pas de la porte d'entrée :

— Maspalio, veux-tu que j'utilise mon arbalète ? me dit-il sans détour voyant que le Grimacier me fait des signes impatients. Réponds-moi, je ne prendrai pas la décision tout seul. Je risque de blesser et même de tuer n'importe qui.

— Comment ferais-tu ?

— J'ai regardé sur ce plan, me dit-il en me montrant une carte détaillée des rues abymoises. Il arrivera forcément par ce côté, c'est à dire en passant par la rue de Puy-Front ou celle de Petit-Fol.

— Pas loin de l'hospice…

— J'ai installé des repères dans ses rues. Je peux vraisemblablement tirer d'ici en étant sûr de toucher à hauteur d'un mètre environ.

— On lui fera peur, c'est ce que tu penses ?

— En commençant à tirer maintenant, les premiers carreaux parviendront dans la rue de Petit-Fol dans trois ou quatre minutes. J'ai deux arbalètes. Si Andio m'aide à recharger, nous pouvons avoir une cadence d'un carreau toutes les minutes. Il en verra au moins un. Il hésitera, il se dira que l'adresse n'est qu'un leurre, une embuscade. Avec de la chance, cela pourrait l'amener à renoncer.

— Fais-le ! ordonné-je avec un cynisme manifeste qui me surprend tout autant que lui.

L'atmosphère doit être propice à l'insouciance. Je n'imagine pas que les carreaux puissent réellement atteindre un innocent. Le Grimacier m'appelle :

— On a assez tardé, dépêche-toi, dit-il.

J'oublie mes remords, sachant qu'ils reviendront bien assez tôt, et lui emboîte le pas. Il a consenti à retirer son chapeau et libérer ses abeilles safran ainsi qu'à enfiler une large cloche à capuche qui masque son visage. Au pire, il sera pris pour l'invité d'une fête costumée. Nous dépassons rapidement quelques pensionnaires et de rares passants qui se dépêchent de rentrer chez eux. À cette heure, la température s'est largement refroidie.

Le démon est épuisé. Serrant sur son cœur le précieux philtre d'amour, il s'est arrêté quelques secondes pour reprendre son souffle. Le souvenir des Méduses le pousse à continuer. Il garde en mémoire les visages et les corps somptueux des créatures entr'aperçues au bras des Hauts Diables lorsqu'il servait aux abysses. Avec ce qu'il a pu surprendre de la conversation entre Maspalio et le bouffon, il pourra susciter sa curiosité, un temps de répit qu'il mettra à profit pour la séduire. Il est persuadé que le philtre, en plus de le rendre éperdument amoureux, lui prêtera un charme irrésistible. Une Méduse, dit-il pour se donner du courage et repartir malgré sa fatigue.

Il a pris garde d'emporter une petite bourse contenant les poussières résiduelles de ses lectures. Il en prend une pincée à chaque fois qu'il croise le chemin d'une femme. Une dose infinitésimale qui lui permet d'éprouver un désir soudain sans pour autant suivre la belle. Cela lui permet de ne pas se soucier des ombres lunaires et, ainsi, d'aller beaucoup plus vite. Car Selguance a dû prévenir Maspalio. Le farfadet doit être à sa poursuite. Qu'importe, la rue des Ypres est toute proche. Une fois que la Méduse lui aura ouvert sa porte, Maspalio ne pourra plus rien faire. Voudra-t-il se venger ? La Méduse le protégera, c'est certain. Elle va le trouver attendrissant, elle va peut-être même l'aimer dès lors que leurs regards se seront croisés. C'est cela qu'il voudrait : un amour instantané qui les jette dans les bras l'un de l'autre.

Il entre dans la rue de Petit-Fol. Elle est déserte excepté cet homme, appuyé contre un mur dans une curieuse posture. On dirait qu'il est blessé. L'Opalin s'approche en lorgnant sur les portes cochères. Est-ce la victime d'une bande de brigands ?

L'homme a le visage pâle, les traits tirés. Lorsqu'il entend le pas du démon, il appelle à l'aide :

— Par pitié, venez…

Le démon voudrait passer son chemin, faire comme s'il n'avait rien entendu. Il passe de l'autre côté de la rue.

— Vous…, lance le blessé d'une voix faible, je vous prie…

— Non, murmure l'Opalin qui ne risque pas d'être entendu, je ne peux pas, cher monsieur. Mon amour m'attend…

Il s'apprête à traverser à nouveau la chaussée pour entrer dans la rue des Ypres lorsqu'il entend un bruit sec qui se répercute depuis les toits. Il a juste le temps de se jeter à terre. Quelque chose siffle au-dessus de sa tête et va se perdre plus loin. Une flèche, un carreau ? C'est sûr, le farfadet lui a tendu une embuscade ! Il rampe jusqu'au premier renfoncement venu d'où il se met à scruter les toits. Ses yeux percent l'obscurité, cherchent le tireur. Mais les toits ne livrent aucun secret.

De l'autre côté de la rue, le blessé a fini par glisser sur le sol, un filet de sang au coin des lèvres. Que faire? se lamente l'Opalin. Il doit découvrir son tireur. Il laisse passer une bonne minute et s'élance vers le blessé qui pourrait éventuellement lui servir de rempart. Il a marché jusqu'au milieu de la rue lorsque le bruit retentit une seconde fois. Il plonge sur le sol, s'abîme les coudes sur les pavés disjoints. Le projectile est passé. Aussitôt, il se remet debout et court jusqu'au mourant dont il découvre le carreau planté au-dessus du cœur. Il le soulève péniblement en le gardant devant lui. Bon, et maintenant ? De l'endroit où il se trouve, il ne voit toujours pas d'arbalétrier. Nulle part. Au bout de la rue, il a vu des silhouettes rebrousser chemin en l'apercevant, lui et son cadavre. Avec effroi, l'Opalin réalise qu'elles ont dû le prendre pour un assassin. Il faut se dépêcher, quitter les lieux au plus vite avant que la milice ne soit alertée. Il décide d'entrer dans la rue des Ypres par l'autre côté bien qu'il ne connaisse pas le quartier. Il avait étudié son parcours avec soin, mais en arrivant de ce côté-ci. Il va falloir qu'il s'engage dans les ruelles avoisinantes à l'aveuglette. Il lâche le mort et s'élance, le corps contracté.

Nous sommes au quatorze de la rue des Ypres. Nous avons entendu siffler un carreau de Pertuis. Et moi qui jetais des regards amusés sur son Traité des Angles…

On aperçoit un filet de lumière au premier étage, derrière des rideaux épais.

— Je vais aller voir, me souffle le Grimacier.

Je le vois franchir d'un seul bond les quatre mètres qui le séparent de la fenêtre. Enfin… me dis-je, le voilà Haut Diable pour de bon. En équilibre précaire, il jette un œil à l'intérieur puis redescend à mes côtés.

— Nous avons de la chance. Il n'est pas arrivé. Elle est là, elle joue aux échecs avec un diablotin.

Il n'a pas fini sa phrase que l'Opalin apparaît au coin de la rue. Nous nous figeons tous les trois, sans oser esquisser le moindre geste. Qui va prendre l'initiative? Le démon finit par avancer vers nous d'un pas lent.

— Que fait-on? marmonné-je à l'intention du Grimacier.

— Laisse-le venir, pour l'instant.

Le démon marche sur Maspalio et le Grimacier en essayant de masquer son désarroi. Comment ont-ils pu être là si vite? Ce n'est pas eux, c'est lui qui a échoué en se perdant dans l'entrelacs des rues voisines. Il n'a plus qu'une seule chose à faire. Seul, il est perdu. Elle doit savoir qu'il est venu pour elle, qu'il est prêt à tout sacrifier pour partager sa vie. Son cri, son appel au secours, naît dans les plis de son cœur. Il escalade sa gorge, court sur sa langue. Et meurt, sur ses lèvres.

La dague de Maspalio s'est enfoncée avec un bruit mou là où il avait placé tous ses espoirs. La Méduse devrait descendre sinon il va mourir. Le sang qui coule de sa bouche l'empêche de parler. Il tombe à genoux, les deux mains sur le manche de la dague. Il regarde son meurtrier. Est-ce qu'il voulait vraiment le tuer? Il parvient à déplacer une main jusqu'au philtre dont il dévisse le bouchon avec ses dents. Le sang coule le long du précieux carafon mais ça n'a pas d'importance. À l'intérieur, la poudre de ses lectures amoureuses scintille comme des diamants. Il porte le goulot à sa bouche. La poussière étincelante se mêle au sang, accouche d'une bouillie rougeâtre qui bouillonne sur ses lèvres. Je vous en conjure: apparaissez, mademoiselle… parvient-il à penser avant de s'écrouler.

Le démon est mort. J'ai la main qui tremble.

— Vous deviez le faire, Maspalio, tente de me rasséréner le Grimacier.

Sans doute… Malgré tout, je n'ai pas aimé tuer cette créature. Elle m'avait séduit dès notre première rencontre. Tout comme le Grimacier, l'Opalin était un être décalé. Même s'il avait changé au cours de la préparation du philtre, même si l'idée de devenir amoureux l'avait obsédé au point de le rendre fou, il avait été un démon lunaire, une créature rêveuse et hors du temps.

La poussière de diamant achève de se disperser avec la brise. Le Grimacier prend le cadavre du démon sur son dos.

— Nous allons chercher Hornème, dit-il. Je vais l'emmener dès ce soir. Nous ne pouvons risquer d'autres mésaventures.

— Que fait-on de lui ? demandé-je en montrant le corps de l'Opalin.

— Nous finirons bien par croiser une ombre lunaire sur le retour. Il disparaîtra.

Nous rebroussons chemin sans tarder : je n'oublie pas Pertuis et ses carreaux. Une fois à la maison, je retrouve le voleur avec un sourire triomphant.

— Alors, mon *Traité des Angles* a-t-il fait ses preuves ?

— Tu n'en as jamais douté ! Oui, il a fait ses preuves, ajouté-je en lui assénant une bourrade affectueuse dans le dos. Chapeau bas, messire Pertuis.

— Et l'Opalin ? demande-t-il d'une voix timide.

— Il est mort. N'en parlons plus.

Le ton de ma voix a suffi aux autres pensionnaires qui étaient revenus bredouilles et attendaient notre retour : tout le monde se disperse. Je rejoins le Grimacier, qui s'apprête à repartir avec Hornème.

— Nous sommes prêts, Maspalio.

— Bon, tu reviens nous voir ensuite ?

— Non, Valditch doit être arrivé aux abysses. N'oublie pas que désormais, les Hauts Diables sont censés assurer ta protection. Tu risques d'être surveillé. Mieux vaut qu'on ne nous voie pas ensemble. Je te contacterai d'une manière ou d'une autre.

— Bon. Mais donne-moi rapidement de tes nouvelles.

— Entendu. Profite du temps qu'il nous reste pour apprendre quelques tours à nos enlumineurs. La Méduse va sûrement vouloir sortir dès que l'Opalin sera avec elle.

— Et les maçons ?

— Je m'en charge.

Les voilà partis... Je n'ai pas su trouver de mots pour Hornème qui semblait très agité. J'ai le sentiment d'avoir pris des risques insensés en le proposant au Grimacier. C'était le seul moyen pour que le Haut Diable ne soit pas mis en cause. Mieux vaut qu'il soit à l'écart si la suite des événements tournent mal. Qui sait, peut-être aura-t-il les moyens de me sauver...

XII

Les Princes-voleurs se sentent rassurés. En fin de compte, le retour de Maspalio ne représente pas une véritable menace. Leurs espions évoquent le remplacement de la vieille garde traboulienne par des voleurs sans grande expérience. Une aubaine, en somme. Le farfadet croit sans doute pouvoir insuffler une nouvelle jeunesse à sa guilde. Quelle idiotie, pensent-ils, cela ne fait que servir leurs intérêts. Ces hommes et ces femmes n'ont pas eu le temps d'apprendre les subtilités du métier. Ils vont tenter de se faire remarquer, lancer des opérations hasardeuses et finalement se mettre à dos la milice. D'autant que Madoquiel a, paraît-il, une revanche à prendre sur le farfadet…

Le Double est satisfait. La mise à l'écart des voleurs de talent a rassuré les guildes abymoises sans pour autant leur donner l'occasion d'attaquer la Traboulienne : sa réputation sulfureuse (du fait même qu'il trafique soi-disant avec les abysses) a empêché que les Princes-voleurs profitent de la situation.

Désormais, sa guilde passe inaperçue. C'est exactement ce qu'il voulait. Pendant ce temps, une partie des égouts qui serpentent sous le quartier ont été réaménagés de manière à accueillir les nombreux voleurs mis au secret. D'autres ont été chargés de se glisser systématiquement dans les lieux fréquentés par les ambassadeurs. Il faut être à l'affût de la moindre occasion qui les réunira.

Pour ceux qui sont restés dans les égouts, Maspalio a choisi de les confier à plusieurs mercenaires, des maîtres d'armes qu'il paie une fortune pour les entraîner. Il a besoin d'une petite armée, puissante et mobile. Il sait qu'il dispose d'un atout primordial : le passé qu'il n'a pas vécu. La magie abymoise n'a pas eu de prise sur lui, la cité n'a pas eu l'occasion de se faire aimer, de l'ensorceler. Sa liberté est immense car l'idée de trahir la ville ne le gêne pas. Contrairement aux chefs de la Traboulienne dont il a senti les réticences, après coup, lorsque l'impact de son discours s'était estompé. Il sacrifie près d'un tiers de son temps à les rassurer, à leur expliquer qu'Abyme survivra à l'épreuve et qu'ils seront riches. Il ne s'explique pas ce respect presque maladif pour une ville. Des vieilles pierres, des canaux qui empestent, que peut-on trouver à de telles horreurs ?

Il consacre le reste de ses journées à imaginer la manière de prendre en otage les ambassadeurs. Mais il ignore encore où il devra agir avec ses hommes. Alors, au milieu des plans de la ville, il ne cesse de planter ses petits fanions symbolisant ses voleurs. Il faudra neutraliser telle tour de guet, faire tendre des chaînes au début de telle ou telle rue pour créer d'énormes embouteillages. Il faudra également prévoir des dizaines d'itinéraires de fuite au travers des égouts, penser éventuellement à déclencher des incendies à différents endroits de la ville pour monopoliser la milice.

Ce soir-là, après plusieurs heures penchées sur les plans de la ville, il a besoin de s'aérer l'esprit. Les noms des rues abymoises dansent encore devant ses yeux lorsqu'il rejoint la salle principale de son repaire souterrain. En réalité, il n'y a qu'un canal d'égout plus large que les autres. Malgré les braseros et l'encens, l'odeur continue d'être aussi forte. Il faudra y remédier, pense-t-il en s'engageant parmi les tables. Il emprunte une passerelle de fortune qui enjambe l'eau saumâtre puis, une fois de l'autre côté, rejoint Manelfi qu'il a aperçu à une table. L'homme est seul, le regard perdu dans le vague.

— Manelfi ?

— Pardonnez-moi, fait-il en se levant, je ne vous avais pas vu venir.

— Assieds-toi. Je n'en ai pas pour très longtemps.

— Un problème ?

Le Double ignore le voleur, la mine pensive. Il veut être sûr de ne pas se tromper, d'avoir bien jugé son homme. Il pressent que Manelfi est un *moderne*, quelqu'un qui ignore les préjugés poussiéreux des autres chefs de la guilde. Des sentimentaux, même s'ils ne veulent pas l'avouer. Manelfi, lui, est sans aucun principe, une qualité précieuse aux yeux du Double. La cité, les traditions lui sont parfaitement étrangères. À ce titre, il peut sans doute faire l'affaire. Le Double décide de prendre le risque.

— Nous sommes faits pour nous entendre, Manelfi, n'est-ce pas ?

Le voleur hoche la tête. Il devine que Maspalio est là pour lui confier quelque chose d'important. Depuis l'apparition du farfadet, il savait qu'il serait mis dans la confidence un jour ou l'autre. Va-t-il lui parler des démons dont il a gagné le soutien ? Manelfi est suspendu à ses lèvres.

Seulement, lorsque Maspalio, ou plutôt le Double, a fini son récit, il reste bouche bée, fasciné par ses révélations. Il lui a tout dit, c'est certain. Manelfi a eu l'impression qu'il expurgeait des secrets trop pesants, le poids de ses mensonges qui l'avaient mené à la tête de la guilde.

Son regard est vrillé au sien. Il n'admettra aucune trahison. Il le tuera s'il s'avise de raconter ce qui vient d'être dit. Manelfi n'en a pas l'intention, ivre d'orgueil. Lui, le voleur de quartier, il est au cœur de la magie, ce surnaturel qui lui a été interdit. Le Double ignore qu'il a tenté d'être conjurateur mais qu'il a été rapidement chassé par ses pairs qui le jugeaient trop cavalier avec les règles de l'invocation. Il n'a jamais vraiment digéré ce renvoi qui l'écartait définitivement de la magie. Il s'était essayé à celle des Danseurs de l'Éclipse sans grande conviction. Elle exigeait bien trop de patience avant de pouvoir rivaliser avec les plus grands. Sa carrière au sein de la communauté des voleurs abymois n'avait été qu'un choix par défaut, une voie de secours pour ne pas devenir un indigent vivotant à la périphérie du Palais des Gros. le Double cristallise sa quête de l'étrange. Il veut le servir, du mieux qu'il pourra.

Le Double a le sentiment que Manelfi a été séduit. Il aimerait savoir pourquoi, mais l'essentiel est d'avoir trouvé celui qui se chargera de retrouver Maspalio. Il aura un avantage sur les miliciens du fait même qu'il appartient à une guilde. Madoquiel n'est pas en mesure de faire pression, d'intimider d'éventuels témoins. Manelfi fera parler les plus récalcitrants, cela ne fait aucun doute. Avec le réseau de la Traboulienne et un certain nombre d'informateurs dans les autres guildes, il retrouvera Maspalio. Le Double a besoin de savoir où il est, ce qu'il prépare. D'autant que, une fois localisé, le farfadet détournera l'attention de Madoquiel. Le Double se chargera d'informer discrètement ce dernier…

— Prends deux ou trois hommes avec toi, pas plus, conclut le Double. Tu as une semaine. Ne me déçois pas.

Manelfi prend congé après un salut réglementaire, le pouce appuyé contre la lèvre supérieure. Le signe du silence. Le Double apprécie. Maintenant, il va tenter de trouver quelques heures de sommeil. Puis il retournera à ses cartes et ses fanions…

XIII

Melisse n'a pas invité le Grimacier à entrer. Elle a attrapé l'Opalin par le bras pour le tirer à l'intérieur puis s'est retournée vers le bouffon :

— Vous avez près de dix jours de retard…

— Un contretemps fâcheux. Votre futur époux a été invoqué au moment où je m'apprêtais à venir. Une connivence dangereuse qui l'a affecté, tenez-en compte. Je sais, c'est embêtant mais je n'avais que lui. Je ne pouvais pas me permettre d'en préparer un autre, vous deviez être impatiente.

— Le mot est faible, répond-elle d'une voix cinglante. Je ne suis pas sortie, j'ai dû souffrir les assauts d'un pauvre idiot, et par-dessus tout, le diablotin que l'on m'a laissé n'était même pas capable de disputer une partie d'échecs convenable. Soyez certain que j'en aviserai au plus vite ma maîtresse.

— C'est dans l'ordre des choses, susurre le Grimacier en lorgnant sur le corps de la Méduse. Néanmoins, oubliez cette histoire : servez la Romance…

— Adieu, Grimacier.

— Mademoiselle, salue-t-il en retirant son chapeau.

Melisse referme la porte.

— À nous deux, grand nigaud, dit-elle à l'Opalin resté juste derrière elle.

Elle le prend par la main. Il a la main chaude, un peu molle mais assez douce pour la satisfaire. Dans le couloir qui mène à sa chambre, elle fait voler d'un geste tendre la capuche qui masque son cerveau à vif prolongé par des petites pattes qui encadrent sa figure comme les sangles d'un casque. Excepté ce détail qu'elle trouve un peu gênant, le visage est harmonieux. Il fera l'affaire…, pense-t-elle en l'invitant à pénétrer dans sa chambre. Elle s'arrête devant le diablotin lové dans son carafon, le gratifie d'un petit sourire narquois puis recouvre la bouteille à l'aide d'un mouchoir brodé. Elle entend distinctement le cri rageur du petit démon dans son dos mais elle est déjà tout entière à son époux. Sa chevelure vipérine s'agite, prévenue par son excitation. Oui, elle désire ce démon, elle veut goûter à ce corps un peu gauche et délicieusement sinistre. Elle pose un baiser sur le coin de ses lèvres puis le débarrasse lentement de ses vêtements. Il ne réagit pas, il la regarde faire sans un mot. Lorsqu'il est nu, elle laisse à ses serpents le visage de l'Opalin qu'ils caressent du bout de leur langue. Elle se déshabille à son tour puis le fait basculer fermement sur le lit.

— Mon cher ami, voyons si nous pouvons nous entendre…, murmure-t-elle.

L'Opalin s'est révélé être un amant extraordinaire. Par un miracle qu'elle ne s'explique pas, il alterne des plaisirs sans cesse différents comme s'il voulait jouer plusieurs personnages à la fois. Il lui arrive d'être vicieux, presque violent, puis de devenir d'une douceur incomparable comme s'il découvrait une femme pour la première fois. Elle le surprend aussi à l'espionner lorsqu'elle se glisse derrière le paravent pour s'habiller. Il a le regard d'un voyeur sans paraître éprouver la moindre gêne.

Elle ne s'ennuie plus. Les trois premiers jours, voulant dissiper ses désirs contenus, elle l'a gardé auprès d'elle nuit et jour. Ils ne quittaient plus le lit, se levant seulement pour déguster les plats apportés par le conjurateur qui étouffe d'une jalousie mal dissimulée. Elle en joue d'ailleurs, avec une espièglerie qui l'amuse follement. Le pauvre garçon, tenu par une connivence, doit la servir sans broncher. Il s'efforce de rester le moins longtemps possible, de poser corbeilles et plateaux sans regarder vers le lit où Melisse prodigue ostensiblement quelques caresses à l'Opalin. Lorsqu'il disparaît, les deux amants se jettent sur la nourriture avec une appétit féroce puis retournent à leurs étreintes.

Trois jours d'ivresse au terme desquels elle a éprouvé le vif désir de sortir dans la rue. De toute manière, elle doit penser à jouer son rôle vis-à-vis du voisinage, passer pour une veuve éplorée qu'un frère, entré dans les ordres, est venu consoler. Elle lui a donné, comme beaucoup d'autres Méduses, les vêtements d'un moine dont la capuche dissimulera son cerveau. La présence d'un homme d'église n'éveillera pas les soupçons, d'autant qu'il sera soi-disant de sa famille.

Leur première sortie est imposée. Elle doit passer au cimetière pour que les commères du quartier puissent faire l'écho de son deuil. Une triste visite qu'elle ne peut plus éviter. Son apparition dans la rue des Ypres a fait sensation. Au bras d'un moine, le visage baissé, elle attire tous les regards : les femmes plaignent ce joli brin de fille éprouvé par un terrible malheur, les hommes ne peuvent s'empêcher de lorgner sur cette silhouette admirable dont le pauvre époux ne profitera plus. Les passants s'écartent sur le passage de ce couple funeste, les commerçants se signent plusieurs fois en les suivant des yeux.

Melisse et l'Opalin sentent les regards peser sur eux. Ils avancent lentement, légèrement voûtés.

— Tu en fais trop, murmure la Méduse avec un sourire discret.

— C'est toi, rétorque-t-il. On dirait que tu vas t'écrouler.

Elle rit, une main devant la bouche pour masquer son hilarité. Lui resserre sa main sur son bras en signe de complicité. Enfin, parvenus devant l'entrée du cimetière, ils échappent aux regards des curieux. Un petit cimetière installé sur les bords du canal dont l'humidité ronge les tombes mal entretenues. Ils gagnent celle du prétendu époux de la Méduse. Elle dépose une gerbe de fleurs achetée en chemin.

— Le muret est assez haut, murmure l'Opalin. Nous pourrions…

— Tu n'y penses pas ! l'interrompt-elle de peur d'être séduite par ce qu'il pourrait suggérer. Mais quittons cet endroit, il me donne la chair de poule.

— Ce n'est pas à lui que revient cette mission…, ironise-t-il.

Ils reprennent rapidement le chemin de la maison. Elle doit libérer sa chevelure comprimée. Les serpents n'y tiennent plus. Elle craint que l'un d'eux ne finisse par glisser sa figure par-dessous la voilette. Elle n'ose même pas imaginer la réaction des habitants. Sur le chemin du retour, elle remarque deux artistes installés près de chez eux. Presque des adolescents, maigres comme des clous, qui peignent laborieusement sur des toiles de fortune pour espérer quelques pièces.

— Attends-moi, dit-elle à l'Opalin.

Elle s'approche des deux garçons, émue par leur pâleur. D'ailleurs, à son approche, elle a le sentiment qu'ils perdent définitivement toute couleur, qu'ils vont s'évanouir avant qu'elle ne soit parvenue à leur niveau. Elle apprécie les arts, et tout particulièrement la peinture. Ce que le conjurateur n'a pas compris, en lui offrant des croûtes d'une telle laideur qu'elle les a brûlées dans le cheminée. Elle ébauche un sourire rassurant en voulant se pencher pour regarder le travail des deux peintres mais l'un d'eux s'est levé, le visage décomposé :

— Oh, madame, nous n'avons pas fini ! s'exclame-t-il avec une vigueur inattendue. Vous abîmeriez vos yeux sur ces ébauches maladroites. Voulez-vous patientez et revenir cet après-midi ?

Étonnée mais compréhensive, Melisse leur tend deux écus.

— Prenez au moins ceci, dit-elle.

— Merci, madame, merci.

Elle rejoint l'Opalin qui l'attend à la porte.

— Que craignaient-ils donc ? lui demande-t-il.

— Des perfectionnistes, sans doute..., répond-elle négligemment.

Sitôt à l'intérieur, ils se débarrassent de leur accoutrement et courent se blottir sous les couvertures de laine. Alors qu'ils sont tous deux enlacés, elle lui demande d'une voix faussement sérieuse :

— Tu m'aimes ?

Elle a joué de ses serpents qui deviennent menaçants et sifflent en pointant leur langue dans la direction de l'Opalin.

— Oui, réplique-t-il en mimant l'effroi. Et toi ?

— Un peu, fait-elle en rejetant la nuque en arrière pour rire aux éclats.

— Sois sérieuse ! s'exclame-t-il, vexé.

— Je vous aime tous les deux, conclut-elle mystérieusement...

L'Artificier serre les poings, les ongles plantés dans ses paumes à tel point que le sang s'écoule en fines rigoles entre ses doigts. Il regarde, impuissant, la couleur qui le nargue, au bord de la bouche d'égout. Il a entendu les rumeurs qui prétendent que Maspalio a repris la guilde de la Traboulienne.

Il s'est précipité dans le fameux quartier en se disant que le farfadet serait dans ses fusées le soir même. Mais il a rapidement déchanté en découvrant combien le repaire de la guilde était protégé. Il a dû ravaler sa fierté, se faufiler dans les égouts malgré l'odeur, jouer l'acrobate en descendant des échelles étroites et traverser des canaux souterrains sur des planches branlantes. À chaque fois, il s'est heurté à des grilles infranchissables ou des patrouilles de voleurs trop nombreuses pour passer inaperçu. Il serait incapable de maintenir son mimétisme suffisamment longtemps pour éviter tous ces malandrins. D'ailleurs, ceux-là lui paraissent bien sérieux. Trop peut-être. Il avait déjà dû affronter le réseau souterrain abymois pour retrouver des conjurateurs qui tentaient de s'y réfugier. Il était habitué à des braillards à moitié saouls, des ivrognes que l'on pouvait facilement éviter. Cette fois, les patrouilles sont plus fréquentes et étrangement silencieuses. Il a même été remarqué et poursuivi, obligé de se plaquer contre la pierre et d'en imiter la couleur pour échapper à ses poursuivants.

Il est ressorti des égouts au crépuscule, sale et épuisé. Il a trouvé une auberge, y a dormi puis il est revenu, ce matin, pour essayer de trouver une solution. Il a d'abord observé chaque bouche d'égout dans l'espoir d'en découvrir une que Maspalio emprunterait régulièrement. Peine perdue : il les utilise toutes. Dans la mesure où il s'agit bien de lui. Le vert bouteille visible ici correspond à celui qu'il a trouvé sur l'encadrement de la fenêtre. Cette impression d'être constamment dans le flou, de ne pas savoir à qui il a affaire, le met hors de lui.

Il n'a pas le choix. Il va devoir s'engouffrer dans ces sous-sols putrides une nouvelle fois. Mais il va se préparer, se retirer plusieurs jours pour peindre dans la plus parfaite solitude. Lorsqu'il est inspiré, lorsque le pinceau fait corps avec sa main, il parvient à mieux maîtriser le Prisme. Il lui faudra une semaine, peut-être deux, mais au bout du compte, il pourra utiliser ses talents mimétiques pendant plusieurs heures. L'exercice sera épuisant, à la limite de ses forces.

Alors que le sang a fini par sécher sur ses paumes et ses poignets, il décide de partir. Il va rejoindre un petit village près d'Abyme où il a acheté une vieille bicoque en guise d'ermitage. C'est là-bas qu'il trouvera le calme nécessaire pour peindre.

XIV

Le Grimacier m'est apparu dans un rêve en me demandant de le rejoindre le soir même à l'entrée de la rue des Ypres. Au matin, avec l'aide de Gecceti, je me suis grimé pour être méconnaissable. Même si les Hauts Diables assurent soi-disant ma protection, je préfère me méfier. J'ai revêtu pour l'occasion l'habit d'un colporteur. Un baluchon rempli de bric et de broc complète mon déguisement.

En chemin, je me demande comment le Grimacier compte éviter la surveillance des Hauts Diables. Pour ma part, je n'ai rien remarqué. Je n'ai pas senti que l'on me suivait. Ne sachant trop à quoi m'attendre, je me suis installé au début de la rue des Ypres en pensant aux deux enlumineurs qui s'efforcent, lorsque la Méduse daigne sortir, de coucher son portrait sur le papier. Leur aspect miséreux fait merveille. Ils en ont fait la cruelle expérience lorsque la Méduse, les prenant en pitié, est venue pour acheter l'une de leurs toiles. Heureusement, l'un d'eux a su improviser, donnant le temps à l'autre de glisser les croquis compromettants sous des dessins anodins.

On me tape sur l'épaule, je me retourne : le Grimacier est juste devant moi, dans son costume rouge et or.

— Vous n'êtes pas très discret, dis-je en jetant un œil autour de moi. Si un démon me surveille, il vous a déjà reconnu.

Le bouffon me pose une main rassurante sur l'épaule :

— Ils vous ont gratifié d'un démon *dans* votre ombre. Il surgira d'instinct dès lors que vous serez menacé. Le reste du temps, il ne voit rien.

— Et la nuit ?

— Un démon lunaire de la même famille doit le remplacer…

— Et s'il m'arrive de ne pas avoir d'ombre ?

— Il en reste toujours un peu, Maspalio. Entre vos doigts, ou sous le menton. Quoi qu'il arrive, ils parviennent à rester à vos côtés.

— Bon. Que sommes-nous venus faire ?

— Entrer dans la maison. Ce soir, ils sortent tous les deux.

— Il n'y aura personne ?

— Le diablotin uniquement. Mais il est sous un mouchoir : il ne verra rien.

— Il peut nous entendre.

— À nous de rester discrets.

— Et vos maçons, comment feront-ils ?

— Vous avez fini de poser des questions ! s'écrie-t-il. Nous n'avons pas de temps à perdre, venez.

Nous sommes à nouveau devant le 14 de la rue des Ypres.

— Ils sont partis voilà une heure, me dit le Grimacier. Il nous en reste au moins trois.

— Comment pouvez-vous en être si sûr ?

— Ils sont au Capitule. La Méduse a sûrement l'intention de s'amuser. Maintenant, venez dans mes bras.

J'ouvre des yeux étonnés.

— Pour que nous sautions jusqu'à la fenêtre !

— Oui, naturellement.

À califourchon sur le rebord de la fenêtre, je préfère laisser le Grimacier agir. J'ai le vertige, je reste parfaitement immobile en évitant de regarder vers le bas. Le Haut Diable, qui a remarqué mon malaise, en a profité pour entrer dans la chambre et refermer la fenêtre derrière lui. Parfois, je me demande ce que je peux bien faire ici, coincé devant une fenêtre fermée à quatre mètres du sol, sous les yeux d'un diable bouffon que ma situation semble beaucoup amuser. Il a fini par ouvrir en me gratifiant d'un clin d'œil complice. Je n'ai pas répondu, évidemment.

Une fois dans la chambre, je suis d'abord frappé par le parfum, lourd et capiteux. Puis par les vêtements qui traînent partout et qui font ressembler les meubles à des esquifs en perdition.

— Le diablotin..., marmonne le Grimacier en me montrant le clavecin sur lequel repose un carafon masqué par un mouchoir. Bon, faisons le tour de cette bicoque. Je commence par le haut, vous par le bas.

À pas de loup, nous commençons à visiter la maison, à essayer de voir où nous pourrions cacher d'éventuels espions. Très vite, nous constatons que toutes les pièces, excepté la grande chambre du haut, ne sont pas utilisées. Pour la plupart, nous avons dû nous frayer un passage à travers les toiles d'araignées.

— Ils n'y vont jamais, me souffle le Grimacier lorsque nous nous retrouvons. Nous n'aurons pas besoin des maçons !

Soudain, nous entendons la porte d'entrée s'ouvrir sur des murmures assourdis.

— Nom d'un chien ! jure le Grimacier. Ils sont déjà rentrés. La fenêtre, vite.

Nous la refermons alors que la Méduse et l'Opalin viennent d'apparaître sur le palier. Le rideau que nous avions écarté en entrant est ouvert à moitié : si la Méduse s'approche de la fenêtre, elle nous verra.

— Vous ne bougez pas, me dit le Grimacier.

Je ne vois pas où je pourrais aller... De toute façon, je ne perds pas des yeux la Méduse, hypnotisé par la beauté de cette créature. L'Opalin a-t-il seulement conscience de partager le lit d'une telle perfection ? S'il n'y avait pas les serpents, je crois que, malgré mon âge, j'aurais tout entrepris pour la séduire. Mon Dieu, chacun de ses gestes suggère l'étreinte comme si elle était capable de caresser l'air qui l'entoure. Ses yeux d'un vert cristallin méritent que l'on les adore pour l'éternité. Que fait-elle ? Elle part, elle se cache derrière le paravent ! Il faut que je lui confie mon émoi, que...

Ma main s'apprêtait à ouvrir la fenêtre lorsque le Grimacier a posé la sienne sur mon avant-bras avec fermeté. L'enchantement se dissipe d'un coup. Je vois à nouveau les serpents qui encadrent son visage, la bouche fine qui inspire la cruauté.

— Vous oubliez qu'elles sont nées pour pétrifier des innocents comme vous, me murmure le Grimacier. Seuls les démons échappent en partie à leur ensorcellement. Croyez-moi, ajoute-t-il en ricanant, vous n'étiez pas très beau à voir : les yeux exorbités, la bouche entrouverte, vous aviez tout du parfait satyre...

L'idée me traverse comme un éclair. Cette idée que je n'avais pas su attraper lors de notre première conversation s'est soudain imposée avec une clarté époustouflante, induite par ce mot clé : satyre ! Le Grimacier sent que quelque chose lui échappe.

— Quoi, qu'est-ce que j'ai dit ? me demande-t-il.

— Le satyre… Il n'a qu'à observer la Méduse, dis-je en déroulant mes pensées. Il doit simplement saisir le moment propice où elle se racontera pour confondre la Romance. Nous glisserons le tout dans une ergastule et le tour sera joué…

— Pas trop fort, Maspalio…, me souffle le Haut Diable. Ils peuvent nous entendre.

— Faites-moi redescendre, Grimacier. Nous n'avons pas une seconde à perdre.

Nous sommes entrés dans la première auberge venue. À une table à l'écart, je lui raconte ce qui m'est venu à l'esprit :

— Le satyre est capable de saisir une scène, n'importe laquelle. Ses yeux lui permettent de la garder en mémoire dans les moindres détails. Imagine que nous puissions le cacher chez la Méduse. Il finira forcément par surprendre une conversation qui nous intéresse. L'Opalin sait qu'il doit la pousser à livrer des détails sur la Romance. Le satyre pourra disposer d'un éventail de petites saynètes que nous couperons, que nous réunirons pour composer un véritable spectacle dénonçant la Romance.

— Mais ces ergastules dont vous parlez ?

— Dans son journal, Adiphoise racontait qu'elles avaient été jetées par le satyre dans le canal. Il suffira d'aller les chercher.

— Ce n'est pas certain que nous les retrouvions.

— Elles n'auront pas bougé beaucoup, j'en suis persuadé. Le vrai problème, c'est de savoir qui plongera pour mettre la main dessus…

Je réfléchis. Qui serait susceptible d'évoluer dans le canal sans difficulté ? L'eau est sale, presque aveuglante. Il faudrait des plongeurs confirmés. Cela nous amène au Palais des Gros. Ces derniers, lorsqu'ils s'aventurent à l'extérieur du Palais, empruntent le plus souvent des luges sur les flancs de leur quartier ou bien des gondoles. Je me souviens que des Escorteurs sont chargés de veiller sur les embarcations. Ils nagent à côté du convoi en s'efforçant de prévenir la moindre fuite. Il suffirait d'en engager un ou deux. Il reste le souvenir que j'ai laissé là-bas. Personne n'acceptera de travailler pour moi. Sauf si j'envoie le Haut Diable.

— Grimacier, lui demandé-je. Vous pourriez engager des Escorteurs du Palais des Gros, ceux qui sont chargés de veiller sur les convois qui empruntent les canaux ?

— Oui, je peux faire cela.

— Moi, je vais immédiatement chercher le satyre. Il faut le convaincre de travailler pour nous.

Au matin, nous sommes tous les trois réunis dans le salon, c'est-à-dire le satyre, le Grimacier et moi-même. Le premier a accepté sans hésiter. Depuis la mort d'Adiphoise, il m'a avoué être rongé par les remords. Il croit que l'apparition de mon Double est entièrement de sa faute. Mais il veut surtout que l'on retrouve les ergastules. Il m'a confié ne plus dormir tranquille depuis qu'elles gisent au fond d'un canal. Il craignait que, un jour, un innocent ne les récupère et ne provoque une nouvelle catastrophe. J'ai dû lui promettre de les détruire toutes dès lors que les ambassadeurs seront convaincus que la Romance existe.

En revanche, le Grimacier n'a pas pu acheter les services des Escorteurs. Logiquement, le Palais refuse que ses gens travaillent pour d'autres : la vie des Gros est en jeu.

Je me suis presque décidé à plonger moi-même pour commencer les recherches lorsque le satyre intervient :

— Je me souviens de l'une des sorties d'Adiphoise par les canaux. Il rejoignait une Maison Close : la Corne des Muses. Il m'a raconté comment fonctionne cet établissement. Ce sont des bains où les Gros peuvent évoluer avec une certaine liberté. Quant aux prostituées, ce sont tout simplement des *sirènes*...

J'esquisse une moue contrariée :

— Des sirènes en catins ?

— Oui, Maspalio. Elles viennent des mers du Nord où des chasseurs de sirènes les attrapent pour les vendre en esclavage.

— Je n'avais jamais entendu parler de ça.

— La Corne des Muses est un établissement très discret. Adiphoise m'avait soufflé que seule l'influence des Gros permettait qu'un tel endroit ne tombe sous le coup des édits cosmopolites.

— Tu crois que nous pourrions louer les services de ces sirènes ?

— Par expérience, je dirais que tu sais comment faire : il suffit de faire chanter les patronnes. Le Palais d'Acier ne connaît pas la Corne des Muses. Les juges seront intransigeants s'ils apprenaient son existence. Et puis, avec quelques écus, l'affaire sera rondement menée.

Je me tourne vers le Grimacier.

— L'idée me plaît, dit-il en me gratifiant d'une grimace paillarde. Des sirènes, tout de même…

— Alors allons-y, messieurs ! m'écrié-je.

Terriblement excité à l'idée de retrouver les ergastules, je prête une maigre attention aux larges bassins que nous longeons en compagnie du portier qui nous a fait entrer. La Corne des Muses se dissimule sous l'aspect d'une vaste demeure privée desservie par un petit canal prolongé, sous les fondations, par une large voûte inclinée. L'endroit est livré, pour l'extérieur, à des mercenaires étrangers, en particulier des Keshites dont les arcs longs et les poignards ont de quoi dissuader les curieux. À l'intérieur, les gardes se font moins menaçants, plus discrets. Le portier nous a invités à le suivre par un grand escalier menant aux sous-sols qui abritent la Corne des Muses.

Nous traversons une succession de salles voilées de vapeurs chaudes et épaisses qui montent des bassins centraux. Le luxe qui règne ici est époustouflant : des colonnades, des cariatides venues du lointain Levant, des immenses corbeilles de fruits, des bancs d'argent recouverts de draps blancs. Ici et là, on entrevoit parfois la silhouette d'un homme qui se glisse lentement dans l'eau bouillonnante. Le Grimacier a voulu plusieurs fois s'écarter du chemin tracé par le portier mais des eunuques surgis de nulle part se sont toujours interposés. Le portier nous a finalement abandonnés près d'une petite porte qu'une femme est venue nous ouvrir.

— Entrez, messieurs.

Nous entrons dans une sorte de boudoir où dominent l'acajou et le velours grenat tandis que notre hôte nous fait signe de prendre place. Elle doit avoir une cinquantaine d'années, le visage sec pour un corps long et osseux. Elle m'est antipathique : son regard austère, ses cheveux coiffés en chignon et surtout sa taille me déplaisent.

— Vous n'êtes pas recommandés à ce que l'on m'a dit, commence-t-elle d'une voix presque accueillante, mais vous avez fait valoir certaines choses qui vous en dispensent.

Elle fait allusion aux termes du chantage soufflé à l'oreille du portier.

— J'ignore qui est responsable de cette indiscrétion, continue-t-elle. Quoi qu'il en soit, vous faites désormais partie de nos clients. Vous serez donc traités comme tels. N'espérez rien d'autre. Nous vous ouvrons nos portes mais vous réglerez en sortant, comme les autres. Je n'aime pas user ainsi d'une telle vulgarité mais je doute qu'il me faille me répéter, n'est-ce pas ?

— Parfaitement, dis-je avant que le Grimacier n'ait le temps de lui répondre. Seulement, chère madame, nous ne sommes pas venus pour profiter des talents de vos sirènes. Ou plutôt si, mais d'une tout autre manière.

— Si vous cherchez des choses particulières, vous n'avez pas frappé à la bonne porte, rétorque-t-elle en pensant sans doute que nous voulons exiger quelque odieuse perversité.

— Non, vous vous trompez. J'aimerais simplement que l'une de vos sirènes retrouve plusieurs objets qui m'appartiennent. Ils ont malheureusement échoué au fond d'un canal.

Elle semble soudain plus à l'aise.

— C'est tout ? s'étonne-t-elle avec un large sourire.

— Je ne vous demande rien d'autre. Lorsque votre sirène aura retrouvé mes biens, nous ne reviendrons plus vous importuner.

— Mon ami parle trop vite, intervient le Grimacier. Pour ma part, votre établissement m'enchante. Je voudrais que vous me comptiez parmi vos clients.

Je jette un regard noir au bouffon qui se contente de hausser les épaules.

— Je vais mettre l'une de mes filles à votre disposition, fait-elle en se levant pour nous signifier la fin de notre entretien. Toutefois, j'ajouterai qu'elle n'opérera que la nuit venue et surtout que plusieurs hommes de cette maison vous accompagneront, c'est entendu ?

— C'est parfait, dis-je en m'inclinant.

Nous patientons jusqu'au crépuscule. Puis le satyre, en compagnie de deux Keshites qu'il est allé chercher à la Corne des Muses, nous conduit au bas du quartier des Gros, près d'un petit canal transversal.

— Voilà, c'est ici.

La sirène est déjà à l'œuvre. Nous distinguons tout juste un visage lorsqu'elle réapparaît régulièrement à la surface de l'eau. Un visage rond encadré d'une longue chevelure rousse. Mais aucun de nous n'a pu apercevoir la queue de poisson qui lui fait office de jambes. Une gondole menée par un Keshite est amarrée à proximité. Au bout de quelques minutes, la sirène brandit la première ergastule, dégoulinante de vase, qu'elle pose sur le pont de l'embarcation. Son va-et-vient dure plus d'une heure avant que le satyre ne fasse savoir que toutes les ergastules ont été remontées. La sirène s'éclipse aussitôt sans avoir satisfait notre curiosité pour le moins déplacée. Une frustration bien vite oubliée lorsque l'on dépose les ergastules à nos pieds. Rosiacre s'est agenouillé, le visage ému. Il nettoie rapidement l'une d'entre elles. À l'intérieur, la scène a disparu : l'eau a brisé la divine proportion.

— Ne vous inquiétez pas, me dit le satyre. Je dois pouvoir la réparer facilement. Voyez (il me tend l'ergastule), l'eau n'a usé que quelques côtés sur une épaisseur superficielle. Donnez-moi trois jours, elle marchera à coup sûr.

— Faites pour le mieux, Rosiacre. Voulez-vous habiter avec nous ?

— Non, je vais avoir besoin de mon atelier. Venez me chercher dans trois jours, elle sera prête.

— Ensuite, ajoute le Grimacier, nous vous introduirons dans la maison de la Méduse au plus vite.

Nous nous séparons alors que les horloges publiques sonnent minuit. Le Grimacier se doit de rejoindre les abysses. Je rentre donc seul, perdu dans mes pensées. Désormais, j'ai le sentiment que nous pouvons réussir. L'ergastule peut devenir une arme formidable, un témoignage irréfutable de la Romance.

XV

L'ambassadeur n'ose pas avouer à Madoquiel que la Province Liturgique n'a pas les moyens de dépêcher l'Inquisition jusqu'ici. Il a reçu le milicien en imaginant qu'il s'agissait d'une simple visite protocolaire. Il était loin de la vérité. L'aveugle a exigé l'intervention d'un tribunal inquisitoire sous prétexte que l'un des assassins qu'il traque actuellement serait possédé par le diable. L'ambassadeur sait que le milicien veut parler de Maspalio. Les paroissiens abymois tendent facilement l'oreille lorsque les rumeurs évoquent le démon. Malheureusement, la plupart des fidèles le dérangent pour des histoires sans importance de diablotins auxquels l'Église n'a pas le temps de se consacrer.

Madoquiel a raison. Si la possession est avérée dans le cas du farfadet, sa place au sein d'Abyme mériterait que l'on fasse venir les inquisiteurs, peut-être même les Défroqués. Cela était encore possible voilà quelques mois alors que la croisade urguemande était à peine amorcée. Mais depuis, des prêtres par milliers sont morts dans les marais urguemands, payant de leur vie pour traquer ce diable d'Agone de Rochronde. L'échec de la croisade a laissé la Province Liturgique exsangue. Les inquisiteurs restés au pays ont fort à faire pour raffermir la foi des fidèles de la Province, mise à mal par cette croisade désastreuse. Non, il ne peut libérer un seul d'entre eux pour venir jusqu'à Abyme.

L'aveugle l'a compris. Le silence observé par l'ambassadeur ne le trompe pas.

— Ce n'est pas grave, dit finalement Madoquiel. Je connais les épreuves que traverse votre pays. Je réglerai cette affaire moi-même, bien que vos inquisiteurs m'auraient été d'un précieux secours. Ils ont l'art et la manière de déjouer les manœuvres démoniaques.

— Cher ami, sachez-le, je suis sincèrement désolé. Nous devons composer avec la fatalité. Par deux fois, déjà, les Rochronde auront sauvé le Royaume d'Urguemand. L'effet a été terrible sur le moral de notre pays. L'Inquisition a même dû intervenir parmi nos vicaires. Certains doutaient…

— Peut-être pourriez-vous m'envoyer l'un d'eux?

— L'un de ces douteux? Ils pourrissent au fond de nos cachots!

— Non, bien sûr. Un vicaire qui a votre confiance. Au moins orientera-t-il nos recherches.

— L'Église pourrait se vexer que vous vous passiez des inquisiteurs pour un tel travail.

— Au risque de laisser ce possédé étendre son influence?

— Vous savez combien le Premier Liturge tient à ce que nos fidèles agissent selon les lois de l'Église. Un vicaire n'a que quelques rudiments sur l'exorcisme. Entre nous, ils suffisent pour une paroisse. Mais à votre échelle, pour un cas comme le vôtre, je risque ma place en détachant l'un d'eux à votre milice. Toutefois, notre Église sera prévenue, je vous le certifie. J'appuierai personnellement votre demande. Si ce Maspalio continue à faire parler de lui, l'Inquisition finira par vous venir en aide.

— Dans ce cas, faites-le moi savoir au plus vite.

— Je vous le promets.

Les deux hommes se sont salués. Madoquiel, tout en retraversant l'immense cloître de l'ambassade, ne peut s'empêcher de ressentir une immense déception. Il avait espéré que l'Inquisition intervienne, il pensait que la possession était jugée suffisamment grave pour motiver une intervention immédiate. L'ambassadeur n'a rien promis, en définitive. Il va falloir se débrouiller avec les Salanistres…

Rosiacre est en place, installé au second dans une antichambre. Nous l'avons conduit sur les lieux la veille, alors que la Méduse et l'Opalin étaient sortis pour assister à un spectacle d'une troupe itinérante sur une place voisine. Le satyre ne paraît pas inquiet. Muni de vivres pour pouvoir rester sur les lieux pendant près de deux semaines, il ne redoute que la curiosité de la Méduse qui pourrait s'aviser de visiter la maison sur un simple coup de tête. La perspective de devoir, nuit et jour, se glisser discrètement dans l'escalier pour aller espionner les époux ne le gêne pas. Malgré ses sabots aux pieds, il peut aisément se déplacer sans faire de bruit. Pourtant, il reste une interrogation fondamentale : la Méduse se confiera-t-elle à l'Opalin ? En toute logique, ce dernier doit l'amener à le faire. Puis-je en être sûr ? J'ai confié cette mission à Hornème, lorsqu'il avait pris le dessus sur l'esprit du démon. Si ce dernier l'emporte, l'Opalin ne suscitera jamais les confidences de la Méduse. En proie à ces doutes qui me taraudent jour et nuit, je parviens néanmoins à résister à l'alcool. Je m'abrutis des romans de Selguance, bercé par des histoires amoureuses qui me font veiller jusqu'à ce que je m'endorme à même le plancher du salon. Combien ai-je lu de ces historiettes, de ces contes galants qui se ressemblent tous ? Peu importe, l'essentiel est de pouvoir tuer le temps sans penser au satyre ou à l'Opalin .

Le Grimacier, lui, joue de sa fortune pour obtenir des confidences dans l'entourage des ambassades abymoises. Il cherche le moment et l'endroit propice pour déclencher l'ergastule. Cette après-midi, il est passé rapidement pour m'annoncer qu'il tenait peut-être quelque chose, l'inauguration d'un bâtiment public auquel la plupart des ambassadeurs ont été conviés. L'événement doit avoir lieu dans seize jours précisément.

Rosiacre les a entendus entrer, monter l'escalier puis se jeter sur le lit. Il devrait sauter sur l'occasion, donner libre cours à son appétit voyeur mais Maspalio lui demande autre chose. Il ne peut pas se permettre de monopoliser la mémoire de ses yeux pour quelques scènes érotiques sans importance. Il se frotte les yeux car la poussière qui règne dans l'antichambre les irrite constamment. Il attend près d'une heure à la porte de sa cachette lorsqu'il entend la voix de la Méduse :

— Rapporte-moi des fruits ! s'est-elle écriée.

Bien…, pense-t-il, voilà qu'ils soupent.

Il entrouvre la porte de l'antichambre pour se glisser dans le couloir. Prenant garde à ne pas faire craquer le vieux bois, il progresse à pas lents jusqu'à l'escalier. En descendant trois ou quatre marches, puis en se penchant d'un côté, il peut observer le lit sans difficulté. C'est là son poste d'observation depuis plusieurs jours. Il s'installe en prenant un temps infini pour s'asseoir sur les marches. Le moindre craquement peut attirer l'attention de la Méduse, il en a fait l'expérience. Il a tout juste eu le temps de rebrousser chemin jusqu'à l'antichambre. Elle a monté quelques marches puis s'est ravisée, pensant sans doute avoir affaire à un oiseau ou simplement un soubresaut de cette vieille maison.

Maintenant, il les voit parfaitement. Le démon est assis, le dos calé contre un large coussin. La Méduse a la tête posé sur son ventre, une grappe de raisin à la main qu'elle suspend au-dessus de sa bouche. L'Opalin s'est mis à caresser d'une main tendre les serpents qui s'épanchent paresseusement sur son ventre. Le satyre grimace. Comment ce démon peut-il plonger sa main dans une telle chevelure ?

— Tu avais faim, ce soir..., lui dit soudain la Méduse.

— Oui, c'est étrange. Je crois que je suis influencé par mon rêve de la nuit dernière.

— Qu'est-ce que c'était ? demande-t-elle en se retournant sur le ventre.

— J'étais un Gros, je courais dans les couloirs d'un immense palais, persuadé que j'allais mourir de faim.

— Un Gros ? Quelle drôle d'idée !

— Oui. Tu sais, je pense que l'on devrait visiter plus longuement cette ville. Ce Palais des Gros, par exemple, je n'y suis jamais allé.

— On ne doit pas s'éloigner trop souvent, je te l'ai dit.

— Pourquoi, Melisse ? Pourquoi me dis-tu toujours cela ?

— Écoute, je ne veux pas t'en parler, pas encore.

— Tu ne me fais pas confiance ?

— Mais si, bien sûr.

— Alors ?

— C'est très difficile à dire. En plus, je risquerais de nous mettre en danger.

— Tu es menacée ?

— Non, je parle de notre amour, rétorque-t-elle en déposant un baiser sur ses lèvres.

L'Opalin la repousse puis attrape son visage entre ses deux mains :

— Je t'aime, Melisse. Tu dois tout me raconter. Quoi que tu puisses m'avouer, je resterai tien. Toujours.

Melisse plonge son regard dans celui du démon. Elle hésite, elle voudrait lui faire partager la Romance. Cet Opalin n'est pas comme les autres. Ses brusques changements d'humeur le rendent insaisissable, mystérieux à tel point qu'elle veut pouvoir creuser encore longtemps dans son âme, découvrir ses secrets les mieux enfouis. Elle a imaginé ce qui pourrait se passer si elle lui parlait de la Romance. Va-t-il partir malgré ce qu'il affirme ? Les abysses ne lui pardonneraient pas une telle erreur. Elle serait obligée de le tuer… Après tout, si ce n'est que ça ? Un seul de ses serpents pourrait se charger de cette besogne. En revanche, s'il accepte la Romance, tous deux pourraient devenir un couple merveilleusement uni, sans l'ombre de ce secret qu'elle doit garder pour elle, qui l'étouffe. Soit, se dit-elle, messire, cette nuit, vous saurez tout.

Le satyre a papillonné des yeux pour qu'ils capturent le moment. Il n'y croit pas. L'instant est inespéré. La Méduse explique patiemment au démon ce en quoi consiste la Romance. Son discours est maintes fois interrompu par l'Opalin, par leurs baisers, mais il suffira de *couper* ces passages. Maspalio va être ravi.

XVI

« Je vous ai tous demandé d'être là ce soir car le jour est proche, mes amis, annonce triomphalement le Double devant ses chefs réunis.

— Oui, continue le Double, je connais désormais le lieu où nous interviendrons.

Les chefs de la Traboulienne retiennent leur souffle.

— Cette bâtisse ! fait le farfadet en déroulant un long parchemin sur lequel figure un plan tracé à la plume. Abyme, sous la pression des ambassadeurs, a accepté de se doter d'un bourgmestre. Voilà où il siégera ! fait-il en tendant le plan aux voleurs. Regardez-le attentivement, la bâtisse est énorme. Personne n'y habite encore. Certaines pièces ne sont pas achevées, les caves sont en chantier. Un endroit rêvé, messieurs !

— Où est-il ? intervient Gifio. Je ne crois pas en avoir entendu parler.

— La politique, Gifio. La nomination d'un bourgmestre va remettre certains privilèges des Palais en question. Le chantier a été entrepris discrètement dans le quartier d'Aigue-Marine au beau milieu des résidences somptueuses de nos grands bourgeois.

— Nos hommes ne sont pas tout à fait prêts, Maspalio, intervient Fedice.

— Ce n'est pas grave. Dans un tel quartier, la milice sera obligée de marcher sur des œufs. Le moindre faux pas provoquera la foudre des plus grosses fortunes abymoises. C'est le lieu idéal, peu importe que nos hommes soient prêts ou non.

— Comment comptes-tu procéder, Maspalio ? demande Gifio.

— Nous investirons les caves trois ou quatre jours avant l'inauguration. Avec nos meilleurs hommes. Fedice et Aldocca, vous serez à leur tête. Gifio sera chargé de faire diversion si par malheur nous sommes découverts avant de présenter nos exigences aux ambassades. Lodetti, tu seras chargé de prévenir les ambassades ainsi que les Palais trois heures après notre apparition dans le bâtiment. Le temps pour nous de filer par les caves avec les ambassadeurs.

— Mais où comptes-tu aller? Tu ne pourras pas déplacer autant d'otages sur une longue distance? s'étonne Aldocca.

— Nous nous séparerons en petits groupes. Chacun se débrouillera pour rejoindre notre repaire le plus vite possible.

— C'est là qu'ils viendront nous chercher! s'écrie Fedice.

— Pas tout de suite. Ils encercleront la bâtisse du bourgmestre où nous aurons laissé quelques hommes pour donner le change. Lorsque la milice aura réalisé son erreur, les ambassades auront déjà payé.

Les voleurs ne cachent pas leur anxiété. Si un seul témoin prévient la milice dans les trois heures imparties pour quitter les lieux, l'entreprise peut échouer. Madoquiel investira les égouts, coupant les voies d'accès pour rejoindre le repaire. À ce moment-là, ils seront terriblement vulnérables, dispersés en petits groupes.

Soudain, Manelfi entre dans la pièce. Le visage fermé, il s'avance vers le Double qu'il attire à l'écart.

— Eh bien, tu es en retard, lui dit ce dernier à voix basse.

— À juste titre, lui rétorque Manelfi. Maspalio connaît notre plan!

— Quoi?

— Je l'ai vu rôder avec un étrange personnage vêtu comme un bouffon du côté de la maison du bourgmestre.

— C'était peut-être autre chose…

— Non, ils observaient les allées et venues des ouvriers. Ils veulent nous faire échouer!

Le Double ferme les yeux. Une onde glacée court le long de sa colonne vertébrale. Comment Maspalio peut-il être au courant? Et pourquoi tente-t-il de s'opposer à son plan?

— Je vois, murmure le Double, il va essayer de gagner les faveurs des ambassadeurs. Il espère peut-être qu'ils intercéderont en sa faveur auprès de Madoquiel.

— Tu vas les prévenir? ajoute Manelfi en montrant les chefs qui commencent à s'agiter sur leurs chaises, intrigués par leur conciliabule.

— Non, évidemment. Ils risquent de tout abandonner s'ils apprennent que je ne suis pas le véritable Maspalio. Tu as pu le suivre jusque chez lui? Tu sais où il habite en ce moment?

— Non. Ils ont disparu dans une ruelle. L'un de mes hommes prétend les avoir vus bondir jusqu'au toit.

— Le bouffon serait un Éclipsiste ?

— Je l'ignore.

— Écoute, tu laisses Maspalio de côté. Nous savons qu'il sera là le jour de l'inauguration. Tu vas te mêler aux serviteurs chargés du repas. S'il n'est pas parmi eux, il passera nécessairement par les caves. D'une manière ou d'une autre, nous l'attraperons.

— Et que dois-je faire si je le découvre ?

— Tue-le.

— Très bien.

— Maintenant, assieds-toi avec les autres.

Le Double tente de faire bonne figure devant les voleurs mais une rage sourde cogne dans son cœur. Maspalio, comment as-tu fait ? ne cesse-t-il de se demander en pensée…

XVII

Je suis appuyé contre un mur, dans une arrière-salle des cuisines. Le cadavre d'un serviteur gît à mes pieds, la gorge ouverte. Je ne l'ai pas tué. Le démon chargé de me surveiller s'en est chargé. On a voulu m'assassiner…, me dis-je en essuyant mon front couvert de sueur. Qui a bien pu commanditer cette tentative ? Le visage de l'assassin ne m'est pas inconnu bien que je sois incapable de me souvenir où j'ai bien pu le rencontrer. Je revois la scène, j'entends encore son cri étouffé lorsque le démon a surgi de mon ombre pour lui sauter au cou. Ses griffes ont déchiré la gorge d'un coup sec, le sang a éclaboussé mon visage. Puis l'assassin s'est écroulé, un poignard serré dans sa main.

J'attrape un tablier pour dissimuler le sang qui poisse mes habits. Du rez-de-chaussée me parviennent les murmures assourdis du repas. Je n'ai pas une seconde à perdre. L'ergastule sous le bras, je me glisse dans les cuisines pour rejoindre la salle principale.

En chemin, je me remémore du mieux que je peux les recommandations du Grimacier. Celui-ci a fini par jeter son dévolu sur ce déjeuner inaugurant le futur bâtiment qui abritera le bourgmestre et ses gens. De nombreux ambassadeurs ont fait le déplacement pour cette journée qui marque une étape importante dans leur lutte contre l'omnipotence des Palais abymois. Le Haut Diable a insisté pour que je me place en haut du grand escalier qui s'ouvre sur la salle principale où une longue table a été dressée pour accueillir les ambassadeurs. Aucun ne pourra manquer les détails du spectacle soigneusement préparé par le satyre. La Romance est là, dans ce cube aux divines proportions restituées par Rosiacre. En définitive, nous avons eu beaucoup de chance avec l'Opalin : Hornème a fini par prendre le dessus sur la personnalité du démon, suscitant la confiance de la Méduse. Comment en ai-je pu douter ? Le Gros était un personnage affirmé, contrairement au démon dont l'âme n'avait pas ou peu de passé.

Je suis parvenu en haut des marches de l'escalier. En contrebas, des ambassadeurs par dizaines dégustent des liqueurs en attendant que le déjeuner soit servi, sous l'œil vigilant du maître de cérémonie qui dirige les serviteurs de petits gestes discrets. À la grande porte d'entrée, je note la présence de l'escorte, composée uniquement de miliciens. Un choix politique, dicté par les convenances : les ambassadeurs ont voulu faire un geste de neutralité bienveillante à l'égard des Palais pour que cette inauguration ne soit pas perçue comme un complot.

Des deux mains, je pose l'ergastule sur la plus haute marche de l'escalier. Un serviteur me dépasse en me jetant un regard perplexe. À l'intérieur du cube, la Méduse achève son récit. La fin est imminente. Soudain, elle tressaute, ainsi que l'Opalin : la scène qui se répète à l'infini va recommencer au début. Le moment est venu. J'effleure délicatement les surfaces ouvragées de l'ergastule pour provoquer l'*agrandissement* des deux personnages.

Le brouhaha qui régnait dans la salle s'éteint doucement. Les ambassadeurs, interloqués, observent sans comprendre l'irruption impossible de ce lit qui flotte au-dessus de l'escalier où s'enlacent une Méduse et un démon. Des murmures de stupéfaction courent sur les lèvres. Plusieurs miliciens ont voulu s'avancer mais des ambassadeurs, la mine intriguée, leur ont fait signe de rester à leur place. Les voix des deux créatures s'élèvent. La Romance se dévoile.

Les deux Salanistres creusent avec une férocité nouvelle, excitées par la proximité de leurs proies. Elles ne savent toujours pas pourquoi elles perçoivent deux vibrations identiques mais, pour la première fois, celles-ci se sont rapprochées suffisamment pour constituer un écho amplifié, un véritable vacarme qu'elles rallient à toute vitesse.

Le ricanement de l'Artificier se répercute sur les murs humides de la grotte. Le voleur, recroquevillé sur lui-même, fixe le fou furieux en essayant d'étouffer la peur qui lui ronge le ventre. Il n'ose même plus baisser les yeux sur ses mains et ses bras transformés en muscles palpitants. Pourtant, il ne ressent aucune douleur. C'est comme si la chair avait disparu pour le mettre à nu. Le fou l'a dépecé tel un vulgaire gibier. Est-ce une maladie foudroyante, un mal qui va progressivement gagner tout son corps pour faire de lui un véritable monstre ?

— Par là, me dis-tu ? fait l'inconnu en montrant un passage étroit qui s'enfonce vers le nord.

— Oui... par là. Il est parti il y a à peine deux heures.

L'Artificier sait que ce pauvre homme ne ment pas. Le vert bouteille du spectre de Maspalio est visible à l'entrée.

— C'est bien, tu a compris où était ton intérêt, ajoute-t-il en tapotant la joue blême du voleur. Mais maintenant, il va falloir assumer... conclut-il d'un grand rire sonore en lui tendant un petit miroir.

Les cris horrifiés du voleur poursuivent l'Artificier de longues minutes alors qu'il progresse, les jambes fléchies, à travers le passage. Maspalio ou son complice va bientôt illuminer les toits d'Abyme. Il a profité de cette nuit pour s'introduire dans le repaire de la guilde, alerté par l'étrange absence des patrouilles. Il pressent que le farfadet prépare quelque chose avec ses voleurs.

— Mais fini de jouer, mon petit..., murmure-t-il. On ne peut pas jouer éternellement contre les abysses. Tu n'as pas oublié toutes ces connivences en retard, j'espère...

Aucun ambassadeur n'a réagi sur le coup. Au fur et à mesure que la Méduse se confiait à l'Opalin, ils se sont contentés de suivre avec attention, gagnés peu à peu par l'effroi de ses révélations. Une mascarade, une mise en scène ? Certains se souviennent des rapports évasifs de quelque espion mêlé au milieu des conjurateurs. Des petits incidents, des détails se recoupent et dessinent la terrible vérité. D'autres, plus sceptiques, ne voient qu'une gigantesque farce, impressionnés malgré tout par la finesse de cette illusion.

— C'est donc vrai..., avoue un ambassadeur du bout des lèvres lorsque le lit et les deux créatures s'évanouissent brusquement.

— Quel est l'auteur de ce sinistre canular ? s'écrie l'ambassadeur des Communes Princières en bondissant sur ses pieds.

— C'est moi, répliqué-je en descendant les marches de l'escalier.

— Qui êtes-vous ?

— Maspalio…

Au même moment, plusieurs portes s'ouvrent violemment sur les côtés de la salle, livrant passage à des dizaines de voleurs armés jusqu'aux dents. La milice veut s'interposer mais le combat est inégal. Le sort des ambassadeurs s'est joué en quelques secondes. S'ensuit un silence pesant que brise soudain une série d'exclamations étouffées : le Double a fait son entrée.

Je suis resté pétrifié, incapable de réagir. Lorsque le Double a fait son apparition, j'ai fini par me laisser tomber sur une marche : mes jambes ne me portaient plus. En un instant, le Double a dissipé mes dernières illusions. Pourquoi a-t-il voulu ma perte ? Lorsqu'il m'avait quitté, il semblait ne pas vouloir de revanche. Comme la plupart des Abymois, j'avais entendu qu'il avait repris la tête de la Traboulienne. Pour m'empêcher de me disculper ?

Il s'est d'abord penché sur l'épaule d'un ambassadeur pour lui murmurer quelque chose à l'oreille puis a monté les marches dans ma direction. Il est devant moi, les poings sur les hanches.

— Eh bien, Maspalio, je suis ravi de constater que nous n'étions pas en concurrence. J'ai bien cru que tu voulais ma perte.

— Tu n'es pas venu pour me discréditer auprès des ambassadeurs ?

— Mais non ! s'exclame-t-il en souriant franchement. J'ai d'autres ambitions, vois-tu. Le hasard facilite ma tâche. Madoquiel va être enchanté…

Le Double savoure l'instant, tout en lorgnant sur ses hommes qui doivent sans doute se poser de douloureuses questions. Seul Manelfi connaissait son secret. Eux découvrent pour la première fois qu'il existe *deux* Maspalio.

— Allez, viens par là, fait-il en prenant le farfadet par le bras. Va donc rejoindre tes amis les ambassadeurs.

J'obéis sans discuter. Je n'ai plus de forces, j'ai perdu. Un ambassadeur me tend une chaise en me soufflant :

— Nous sommes ses otages…

Des otages… J'échoue parce que le Double cherchait de l'or. Je suis envahi par un sentiment de frustration, l'impression saisissante d'avoir été le jouet d'une extraordinaire malchance.

L'Artificier débouche dans une grotte soutenue par des madriers. Le mimétisme lui a permis de passer les sentinelles postées en amont. Sa retraite loin de la ville lui permet de soutenir l'effort sans difficulté. Pour le moment. Il monte un escalier puis débouche dans la grande salle. Des ambassadeurs, des voleurs en faction tout autour d'eux Qu'est-ce que c'est ? Un enlèvement ? Il s'en fiche, de toute façon : il vient d'apercevoir Maspalio. Ou plutôt l'un des deux. *L'autre* est en haut de l'escalier en train de prononcer un discours d'une voix forte. Il n'y avait donc pas d'autre initié de Prisme. Par une magie qu'il ne s'explique pas, le farfadet disposait d'un double. D'un leurre…

L'Artificier ne prend pas le temps de réfléchir. Presque invisible de par son mimétisme, il se faufile jusqu'au bout de la table où est assis l'un des deux farfadets.

— Et vos connivences en retard, messire Maspalio ?

Je sursaute. Je jette un œil autour de moi mais aucun ambassadeur ne semble être l'auteur de cette phrase.

— Ce ne sont pas eux. C'est moi, l'Artificier.

Je deviens fou, c'est certain. Après le Double, voilà le bourreau des conjurateurs. Mon imagination s'emballe, je suis la proie d'hallucinations.

— Je vais devoir emprunter votre âme, me souffle l'Artificier. Mon travail exige que vous passiez par là.

Serait-ce lui ? me demandé-je en remarquant ce flou aux extrémités de mes rétines, comme une fatigue prononcée. Je me concentre pour tenter d'y voir plus clair, je me frotte les yeux. Oui, c'est sans doute l'Artificier, cette forme indistincte qui fait ressembler le décor derrière lui à un reflet dans une eau trouble.

Alors, je ne rêve pas. Je sens une main se poser sur mon épaule. Un contact glacial, paralysant. Au même moment, je sens une présence naître sous mes pieds. Le gardien abyssal a identifié la menace : il surgit de mon ombre.

Hoctence a déjà chassé des conjurateurs qui pensaient qu'un démon pourrait les sauver. Il voit la créature se métamorphoser sous ses yeux alors que les ambassadeurs commencent à paniquer. Des chaises se renversent, des voleurs reculent, terrifiés. L'Artificier, d'un geste nonchalant, renvoie la créature à ses maîtres. Mais quoi ? Elle ne semble pas obéir à son injonction. C'est impossible, les Hauts Diables lui ont donné tout pouvoir pour repousser n'importe quel démon ! La silhouette se matérialise, des reflets d'une couleur qu'il connaît irisent la carapace naissante. Un Pourpre, de l'Ordre du Pandémonium…

Le gardien a décapité l'Artificier. Son corps est apparu brusquement lorsque la tête a quitté son torse, projetée violemment jusqu'au bas du grand escalier que le Double dévale en hurlant à ses hommes d'intervenir. Mais le gardien a accompli son œuvre : l'ombre avale à nouveau la créature avec un claquement sonore. Le Double, qui hésitait à s'approcher, vient se planter devant moi.

— Tu a joué ta dernière carte, dit-il d'une voix nerveuse. Qui était-ce, celui-là ?

— L'Artificier…

— Je vois. Si l'on porte la main sur toi, ce monstre réapparaîtra.

— Tu as compris.

— Soit, nous allons prendre soin de vous, monsieur le conjurateur. Il ne te sera fait aucun mal. Le temps que la connivence qui te lie à cette… créature touche à sa fin.

Les Salanistres progressent désormais à la verticale. Les proies sont là, juste au-dessus. La pierre s'efface devant elles.

Soudain, le sol se dérobe sous nos pieds. Ma jambe s'enfonce sur près de cinquante centimètres comme si la pierre voulait nous ensevelir. Puis, quelque chose m'arrache un cri de douleur, tout comme le Double. Une série d'aiguillons se sont profondément enfoncés dans ma cheville. Plus personne ne réalise ce qui se passe, moi le premier. Le Double, figé dans une posture grotesque, un genou à terre et une jambe *immergée* dans la pierre, veut m'agripper par le cou pour m'étrangler mais se ravise au dernier moment. Il hurle :

— Quel est encore ce maléfice ? Qu'as-tu inventé ?

Aveuglé par la douleur, dans la même position que lui, sa voix n'est plus qu'un grondement indistinct. Je veux tirer ma jambe hors de ce piège mais cela ne fait qu'amplifier la morsure des pointes ancrées dans ma cheville.

Le Double, les larmes aux yeux tant la douleur est insupportable, fait signe à ses hommes.

— Venez m'aider, abrutis ! Sortez-moi de là !

Plusieurs se sont précipités mais la jambe de leur chef reste coincée. Comme si une force inconnue voulait l'entraîner vers le bas.

— Il faudrait vous amputer..., suggère timidement l'un des voleurs.

Le Double ne répond pas, tout entier à ses efforts qui déforment ses traits. Il veut faire appel à ce pouvoir, devenir aussi mou que de l'argile mais la douleur est bien plus forte.

Madoquiel a tendu l'oreille. N'est-ce pas le signal convenu entre Haïm et lui, ce petit morceau de flûte très aigu qui le somme de rejoindre le Keshite ? Il quitte précipitamment son bureau puis s'engouffre dans les couloirs obscurs des geôles du Palais d'Acier. Se pourrait-il que les Salanistres aient attrapé Maspalio ?

Il se prête volontiers à l'examen des étincelles qui veillent dans la serrure. La porte s'ouvre, il entre en criant :

— Elles l'ont attrapé ?

Haïm se tient à l'entrée de la tente.

— Oui, dit-il. Dans Aigue-Marine, je crois. Au sud-est du quartier. Je t'accompagne.

Madoquiel n'en demande pas plus. Moins d'un quart d'heure plus tard, il quitte le Palais d'Acier à la tête d'un groupe de cavaliers.

Les voleurs de la Traboulienne hésitent. Rien ne marche plus comme prévu. D'abord, ces deux Maspalio qui se ressemblent à s'y méprendre. Puis ce démon terrifiant qui a surgi de nulle part pour décapiter un homme qu'ils n'avaient pas vu entrer. Enfin, ce piège qui emprisonne leur chef au point qu'il faille l'amputer. Aldocca consulte Fedice du regard : ils sont d'accord. Mieux vaut fuir pendant qu'il est encore temps. Voilà déjà près d'une demi-heure que l'on s'échine sur *leur* Maspalio pour tenter de le sortir de la pierre. Soudain, l'un des voleurs posté à l'une des fenêtres s'écrie :

— La milice, bon Dieu ! voilà la milice.

Les ambassadeurs commencent à s'agiter. Aldocca entend le galop des chevaux. Il fait signe à ses hommes de fuir par l'escalier menant aux caves.

— Faites comme vous voulez, dit-il aux autres chefs de la Traboulienne. Moi, je pars, fait-il en emboîtant le pas à ses hommes.

— Non, ne l'écoutez pas ! s'exclame le Double. Vous avez les ambassadeurs, la milice n'interviendra pas !

Mais l'argument ne porte plus : la milice est là. Lorsque les premiers coups sourds ébranlent la porte principale, les voleurs se ruent vers l'escalier.

Madoquiel est en retrait, guidé par Haïm qui joue de la flûte pour retrouver les Salanistres. Les miliciens qui l'entourent brûlent de lancer leurs chevaux au galop, d'attraper enfin ce Maspalio qui les a fait courir des semaines durant. Le Keshite s'est arrêté brusquement, le bras levé pour leur faire signe de stopper.

— Là-bas, dit-il en montrant la grande bâtisse visible au bout de la rue.

Madoquiel sent sa gorge se serrer. Il n'avait pas fait le rapprochement avec ce repas d'inauguration qui a monopolisé une partie de ses meilleurs miliciens. Ses cavaliers ont compris eux aussi.

— Jaldino, préviens toutes les tours de guet aux alentours. Fais sonner les cloches des églises. Je veux tout ce que cette fichue cité compte de miliciens ici, dans moins d'une heure. Melicce, fais le tour des casernes. Ramasse tous ceux que tu pourras et gagnez les sous-sols. Ce quartier doit être bouclé ! Petriz, fais mettre les chaînes à toutes les rues qui en ont. Alerte aussi les gondoliers pour qu'ils patrouillent sur les canaux. Allez, faites vite !

Maspalio s'est attaqué aux ambassadeurs, est-ce possible ? se demande-t-il en éperonnant sa monture.

Le Double, abandonné par les siens, tente de se cisailler lui-même la jambe. Mais les ambassadeurs sont déjà intervenus. Ils le désarment puis ouvrent les portes aux miliciens. Ils sortent aussitôt sous leur protection tandis que des voleurs, refluant des caves, sont rapidement maîtrisés. Puis j'aperçois Madoquiel qui vient directement à notre rencontre. Il nous dévisage, semble prendre une décision puis un Keshite, une flûte à la main, vient jouer quelques notes sous notre nez. Immédiatement, je sens ma cheville libérée. Des miliciens m'extraient de la pierre puis me conduisent à l'extérieur. On me hisse dans un chariot muni d'anneaux de fer auxquels on m'enchaîne en compagnie du Double. Celui-ci ne dit rien, prostré. Je cherche Madoquiel : il s'entretient avec plusieurs ambassadeurs en jetant régulièrement des coups d'œil dans notre direction. Le chariot s'ébranle, entouré par des cavaliers. J'entrevois une dernière fois Madoquiel avant que le chariot ne tourne au coin de la rue. Il sourit.

ÉPILOGUE

« Ils t'ont relâché le jour même ? me demande le Grimacier.

— Non. J'ai dû comparaître plusieurs fois devant le tribunal d'Acier. Finalement, au vu des preuves, ils ont cédé devant l'évidence.

— Et le Double ?

— Il a tenté plusieurs fois de s'échapper. Grâce à l'ergastule, il était capable de prendre la forme qu'il voulait, de se glisser sous les portes sans difficulté.

— Et ils sont parvenus à le rattraper ?

— Oui, il n'était pas capable de prolonger cet état très longtemps. Finalement, il a été *enchaîné* à une Salanistre. La douleur l'empêchait d'user de ses talents.

— Et tes pensionnaires ?

— Les ambassades leur ont laissé ce qu'il fallait pour vivre. Je ne me fais pas de souci pour eux.

— Et le satyre ?

— Son aide a été prise en compte. Mais il a été obligé de fermer boutique. C'était la prison ou l'exil : il a choisi.

— Que vont-ils faire du Double ?

— L'exécuter, naturellement. N'oublie pas qu'il était responsable des assassinats qu'on m'avait imputés.

— Oui, bien sûr.

Je souris puis détourne mon regard. Je ne suis pas encore très à l'aise dans mon costume de bouffon. Il flotte un peu sur mes épaules. Tant pis, je n'avais guère le choix. Quoi qu'ils aient pu me promettre, les ambassadeurs ou même Abyme n'avaient pas les moyens de me protéger. Il me restait les abysses. Le Grimacier m'a invité à bras ouverts. L'endroit est un peu grand pour moi mais c'est peut-être à mon avantage. Me voici avec un monde à découvrir. Depuis que la Romance a été dévoilée, je bénéficie de la protection de quelques Hauts Diables depuis longtemps hostiles à ce projet démesuré. D'autres veulent ma mort mais, en somme, j'ai l'habitude. Ici, sous la férule du Grimacier, je cours moins de risques. Bon, il faudra apprendre des tours ridicules, savoir faire rire. Cela ne m'empêchera pas d'assouvir ma curiosité : qui n'a jamais rêvé de visiter les abysses ?

ICARES FANTASY

L'Anthologie des nouveaux maîtres de la Fantasy

Légendaire

Vous aimez tous la Fantasy... Mais qu'est-ce qui vous attire tant vers ces terres inexplorées ? D'où tenez-vous cette faculté de plonger votre regard dans celui d'un dragon, ou de courir la lande aux côtés de mille guerriers ?

Peut-être est-ce en compagnie d'Alaet, le voleur de Karnab, que vous avez forgé vos premières armes magiques... Au fait, n'avez-vous jamais songé à vous transformer en reptile ?

Ou bien ce sont les elfes qui vous ont initié au pouvoir de combattre les démons...

J'y suis : le chevalier Eras, le chercheur de la Belle Arcane, vous a enseigné la manière de planter l'arbre magique des Sylfes.

Mais avez-vous voyagé jusqu'à Atlantys, ou dans le labyrinthe de Jaël, pour affronter vos peurs ?

Si tout cela vous paraît familier, si ARCADIA, LA MALERUNE et LES CRÉPUSCULAIRES vous rappellent de bons souvenirs, n'hésitez pas à vous lancer dans ces nouvelles aventures, autant de regards inédits sur les univers qui vous ont fait rêver.

Et pour tous les paladins en quête de récits originaux, vous apprécierez la fraîcheur et le style de onze auteurs français qui, enfin, renouvellent le genre.

La Fantasy renaît au pays de Rabelais, de Cyrano et de Dumas. D'une plume vigoureuse la nouvelle génération des conteurs, des rêveurs et des aventuriers nous emporte dans un tourbillon d'images épiques et médiévales, pleines de créatures fantastiques, de magiciens et de guerriers. Humour, suspense et action garantis !

(99 FF/15,09 € – ISBN 2-911618-50-5)

ICARES FANTASY

Mathieu GABORIT

Mathieu Gaborit, né en 1972, est l'une des étoiles montantes de la littérature fantastique. Il est l'auteur de sept romans, dont le très remarqué Bohème. *Ce cycle ténébreux et baroque est le best-seller qui a lancé la fantasy française lors de sa parution en trois tomes* (Souffre-jour, Les Danseurs de Lorgol, Agone). *Cette édition en propose l'intégrale, entièrement révisée et augmentée.*

Les Chroniques des Crépusculaires

Il existe un endroit occulte, source de nombreuses légendes, que l'on nomme Souffre-jour. Niché sous l'ombre éternelle d'un arbre gigantesque, c'est un collège où les maîtres d'armes et de magie enseignent les arcanes d'un pouvoir étrange. Plongé dans cet univers mystérieux, Agone, fils du défunt baron de Rochronde, se retrouve confronté aux forces les plus obscures. Tantôt élève, tantôt conspirateur, il tente de survivre au centre d'un écheveau d'intrigues qui convergent vers un dessein caché : qui sont ces mages de l'Éclipse qui hantent les abords du collège ? Qui est l'énigmatique Diurne, dissimulé au tréfonds de l'Arbre noir ? Agone doit se battre s'il ne veut pas sacrifier son idéal. Ses cauchemars le rattrapent... Trouvera-t-il son salut dans le pouvoir de l'Accord, la musique de l'esprit ? L'avenir du royaume est entre ses mains, une poigne fermement accrochée à une rapière dotée d'une âme...

Ainsi commencent *Les Chroniques des Crépusculaires*, la genèse d'un monde flamboyant, peuplé de créatures étranges, tiraillé par les conflits des nobles et des mages avides de puissance, et enchanté par l'inoubliable magie des Danseurs.

(110 FF/16,77 € – ISBN 2-911618-49-1)

ICARES FANTASY

Laurent KLOETZER

Laurent Kloetzer, auteur du roman de Fantasy très remarqué Mémoire Vagabonde *(Prix Julia Verlanger 1998), propose une nouvelle aventure dans cette Renaissance imaginaire et intimiste qui fait le charme de ses récits. La maîtrise de l'intrigue et du style atteint une efficacité redoutable dans un roman à énigme haletant qui flirte avec les polars ésotériques d'Eco et Perez Reverte.*

La Voie du cygne

Pour Jeophras Denio, rien n'est impossible ! Tout le monde sait qu'il est le meilleur inventeur de la ville. Si seulement son engin volant arrivait à fonctionner…

Mais quelle machine, quelle équation pourrait l'aider à conjurer le malheur de sa fille Carline ? Elle a été jetée en prison à la suite d'une réception au palais. Pour elle, c'est la potence, s'il ne parvient pas à l'innocenter du meurtre de Nerio de Lethys.

Endosser le rôle d'un détective n'est pas une mince affaire, même avec l'aide d'un garçon débrouillard comme Alexis. Mais Jeophras ne pensait pas se faire piéger dans un tel engrenage… Dvern est une cité d'intrigues où les puissants jouent à des jeux dangereux. Lequel d'entre eux convoite le pouvoir ? Qui, à la cour, fomente ce complot ? Une séduisante comtesse, un maître d'armes, le prince en personne ?

Jeophras ferait bien de se méfier, s'il ne veut pas tomber au fond du labyrinthe. Derrière cette affaire se cache un mystérieux secret, vieux de dix-huit ans… Mais pour le découvrir il vous faudra pratiquer le jeu de l'oie. Suivez donc Jeophras sur la Voie du Cygne…

(110 FF/16,77 € – ISBN 2-911618-51-3)

ICARES FANTASY

Pierre GRIMBERT

Pierre Grimbert, né en 1970, a connu avec LE SECRET DE JI *un énorme succès couronné par les prix Julia Verlanger 1997 et Ozone 1997 du meilleur roman de Fantasy francophone. Voici l'intégrale du cycle en deux tomes, révisée et augmentée. Personnages attachants, dialogues truculents, suspense haletant dans une quête vivante et habilement construite, grâce à la clarté et la fraîcheur de son style : Pierre Grimbert ressuscite le plaisir de la Fantasy et se montre l'égal d'un David Eddings.*

Le Secret de Ji (vol. 1)

Cent dix-huit ans avant ce jour, Nol l'étrange visita tous les rois du monde connu. Hommes et femmes, parmi les plus sages, l'accompagnèrent alors pour un voyage mystérieux, commencé sur l'île Ji. Peu en revinrent, et Nol n'était pas du nombre. Les survivants emportèrent leur secret dans la tombe... Depuis cette date, leurs descendants se réunissent régulièrement pour célébrer cet événement fatal. À part eux, plus personne ne s'intéresse à cette histoire... sauf ceux qui ont commandité les assassinats de tous les héritiers des sages. Pour les survivants, un seul espoir : percer à leur tour le secret de Ji...

(130 FF/19,82 € – ISBN 2-911618-55-6)

Le Secret de Ji (vol. 2)

Combien de temps Corenn, Grigán, Rey, Bowbaq et leurs enfants sauront-ils échapper aux exécuteurs ? De la tour Profonde de Romine au Grand Temple ithare, des monts Brumeux au val Guerrier, les héritiers poursuivent la quête désespérée dont l'issue fixera le sort des Hauts-Royaumes. Peuvent-ils profaner impunément les plus protégés des secrets des dieux ? Chaque découverte les damne un peu plus...

C'est dans ces conditions que Yan et Léti, les enfants de Ji, découvrent leur monde : ils apprennent la magie des éléments, s'endurcissent au combat et s'encouragent à survivre. La piste de Nol et des sages émissaires va les mener derrière le Rideau, au plus profond des royaumes estiens. Là, seulement, s'ils survivent au plus redouté des Gardiens, ils trouveront ce qui se cache réellement dans l'ombre des anciens...

Les armées se rassemblent, les conspirateurs se démasquent, leurs desseins se dévoilent. Le temps des héritiers est compté...

(130 FF – ISBN 2-911618-56-4)

Icares Fantasy

David GEMMELL

David Gemmell est né à Londres en 1948. Il a collaboré à divers journaux anglais avant de publier son premier roman, dont le succès lui a permis de devenir écrivain à plein temps dès 1986. Il est depuis l'un des best-sellers internationaux de Fantasy. Il a réussi avec la saga du Lion de Macédoine *l'alliance du roman historique, de l'aventure et du merveilleux.*

Le Lion de Macédoine (vol. 1)

Quatre cents ans avant Jésus-Christ. Sparte l'orgueilleuse, la cité guerrière, célèbre ses victoires… et plus personne n'écoute les oracles. Pourtant les présages se multiplient. Une guerre se prépare. Plus terrible que toutes celles qui déchireront jamais la Grèce, elle mettra en jeu le sort de l'humanité.
Le Dieu Noir s'est éveillé, il patiente dans l'ombre. Lorsqu'il prendra forme humaine, le mal déferlera sur le monde.
Mais il reste un ultime espoir. Qui en sera porteur? Xénophon, le glorieux général athénien? Tamis, la sombre prêtresse qui manipule les fils de la destinée? Ou Parménion, ce jeune sang-mêlé qui ose tenir tête aux descendants des rois…

(140 FF/21,34 € – ISBN 2-911618-54-8)

Le Prince Noir (Le Lion de Macédoine vol. 2)

Un navire approche de Samothrace, l'Île des Mystères. À son bord, Philippe, roi de Macédoine, venu à la rencontre d'Olympias, la femme qui hante ses rêves. Parménion, le général mercenaire qui l'a aidé à reconquérir le pays de ses ancêtres, se tient à ses côtés.
Au dessus d'eux plane l'esprit de Dérae, la prêtresse aveugle, attendant l'heure où doit se jouer une tragédie inscrite dans les étoiles. Elle connaît les trames du temps et de l'espace, elle sait qu'elle est la seule à s'opposer encore aux sombres machinations des serviteurs de l'Esprit du Chaos. Mais alors que se répandent les brumes du mensonge, il est peut-être déjà trop tard pour empêcher la venue du Dieu Noir.
L'enfant qui naîtra du mariage d'Olympias et du prince de Macédoine aura pour nom Alexandre et sa renommée traversera les siècles. Rares sont ceux qui connaissent le secret de sa conception, nul ne sait quel maître il servira.

(135 FF/20,58 € – ISBN 2-911618-57-2)

L'Esprit du Chaos (Le Lion de Macédoine vol. 3)

Le prince Alexandre a été enlevé: aidés d'Aristote et de Dérae, le général Parménion et l'assassin Attalos se lancent à sa recherche. Leur quête les entraînera dans une Grèce étrange, où centaures, dryades et minotaures vivent encore parmi les hommes. Une Grèce ravagée par la guerre, où le Dieu Noir s'est déjà incarné sous les traits de Philippos, roi de Macédoyne. Sa soif de puissance est infinie, et le sacrifice de l'Enfant d'Or lui offrira la vie éternelle.
Deux âmes pour un seul corps, ombre et lumière.
Telle est la malédiction d'Alexandre. Il devra lutter pour ne pas succomber à l'Esprit du Chaos, qui a déjà détruit son père, Philippe de Macédoine. Parménion servira t-il le second comme il a servi le premier? Sera t-il capable de tuer l'être qu'il chérit le plus si le mal s'incarne en lui?

(140 FF/21,34 € – ISBN 2-911618-60-2)

ICARES STEAMPUNK

Fabrice COLIN & Mathieu GABORIT

Fabrice Colin et Mathieu Gaborit sont parmi les auteurs les plus prometteurs de la SF et de la Fantasy. Leurs ouvrages Vestiges d'Arcadia *et* Revolutsyia *les ont naturellement amenés à écrire ce roman Steampunk, un genre littéraire qui dépeint un* XIX*e siècle imaginaire et trépidant, entre Jules Verne et Dickens, où la science s'allie au merveilleux.*

Confessions d'un automate mangeur d'opium

Rappelez-vous Paris... 1899 ! La tour Eiffel se dresse au milieu du Champ-de-Mars, ses entrecroises d'aciers s'élevant tel un doigt inquisiteur pointé vers le ciel, un monument à la gloire de l'industrie moderne... Les fiacres et les usines gigantesques, la transition d'un monde aux traditions millénaires à l'emballement technologique... Et vous souvenez-vous des milliers d'aéroscaphes, ces étranges machines volantes qui bourdonnaient dans le ciel ? De tous ces automates cuivrés, toujours prêts à rendre service, et des images du téléchromo ?

Non ? Alors vous allez découvrir un Paris du XIXe siècle comme vous ne l'avez jamais imaginé : une ville noyée dans le brouillard des moteurs à vapeur, un lieu sous l'emprise des grandes puissances de l'industrie et de la politique où la comédienne Margaret Saunders tente de percer le mystère qui entoure la mort de sa meilleure amie. Mais rien n'est simple quand on doit enquêter sur la fin tragique d'une jeune femme tombée du ciel et qui s'est écrasée sur le parvis de l'Opéra Garnier... Même avec l'aide de son demi-frère Théo, médecin dans un asile d'aliénés, Margo se heurte à un écheveau de mystères impossible à démêler... Un savant fou, un poète fiévreux et une substance miraculeuse nommée l'éther, tels sont les ingrédients d'une sulfureuse potion que Margaret doit boire jusqu'à la lie... ou jusqu'à la folie...

(110 FF/16,77 € – ISBN 2-911618-45-9)

Icares Steampunk

Johan HELIOT

Johan Heliot est né en 1970, il a publié plusieurs nouvelles au sein de diverses revues et anthologies. Considéré comme un des auteurs les plus prometteurs de la jeune génération francophone, son écriture lumineuse et son imagination prolifique trouvent leur pleine expression dans ce premier roman, aux frontières du steampunk et du space-opera.

La Lune seule le sait

Printemps 1889. Un vaisseau hybride de chair et de métal fait irruption dans le ciel de Paris, stupéfiant la foule venue célébrer la clôture de l'Exposition Universelle. L'humanité entre en contact avec les extraterrestres Ishkiss et découvre une technologie qui surpasse tout ce que les esprits les plus audacieux ont pu rêver jusque-là…
Dix ans plus tard, l'Europe s'est transformée grâce à l'alliance rendue possible entre la vie et la métallurgie. Pourtant la révolte gronde, menée par les artistes et les écrivains exilés en Amérique. La science fabuleuse apportée par les créatures d'outre-espace est devenue un redoutable instrument d'oppression entre les mains de l'Empereur français. Les droits des peuples sont bafoués, les opposants déportés grâce à la nef ishkiss vers le nouveau bagne que Louis Napoléon vient d'inaugurer dans les entrailles de la Lune… L'Enfer de Dante.
Quels sont les véritables desseins des alliés du maître de l'Empire ? La réponse offre la clé de l'éternité ; un seul homme sur Terre est peut-être capable de l'entrevoir. Celui dont les rêves à présent dépassés ont à longueur de pages fasciné les semblables…

(110 FF/16,77 € – ISBN 2-911618-64-5)

ICARES FANTASY

Nicolas JARRY

Nicolas Jarry est né en 1976. Après la mort de son père, il décide de faire passer sa passion pour l'écriture au premier plan. À mi-chemin entre l'univers crépusculaire du western Impitoyable *et la tendresse nostalgique du roman* Vingt Ans après, Le Loup de Deb, *premier volet des* CHRONIQUES D'UN GUERRIER SÎNNAM, *joue avec les conventions de la fantasy, mêlant avec brio gravité et humour.*

Le Loup de Deb (Chroniques d'un guerrier Sînnam vol. 3)

« Nous sommes, sire Asquin, Loup de Deb, celui dont la hache a taillé une légende à sa démesure, celui qui n'a plus que la mort elle-même à terrasser.
Nous sommes, Nambi Lavone, fils spirituel de Messed et réincarnation de Fankarin, guerrier Sînnam et tueur de Nymphe.
Et enfin nous sommes, Donosson de la Bellecroyance, maître d'armes et maître cuisinier. Je suis le porteur du fléau à trois branches. »

Asquin de Deb a tiré une croix sur son passé de chevalier errant. Seuls comptent pour lui désormais les souvenirs partagés avec ses vieux compagnons d'armes, et les grands vins qu'il amasse avec jalousie dans sa cave. Mais on ne conjure pas aussi facilement les ombres des temps anciens. Le massacre sauvage d'une famille de fermiers placée sous sa protection replonge Asquin au cœur de l'époque sanglante qu'il croyait révolue. Pour l'amour de l'aventure, de l'honneur, et pour quelques bouteilles de vin, il redeviendra le Loup de Deb.

(120 FF/18,29 € – ISBN 2-911618-62-9)

COLLECTION LÉGENDAIRE

Alexandre MALAGOLI

Alexandre Malagoli, né en 1976, s'impose d'emblée avec ce premier roman comme un grand espoir de la nouvelle génération de la Fantasy.

Le Sang d'Arion (La Pierre de Tu-Hadj vol. 1)

L'Empire s'effondre, l'Empire s'enflamme! Les cadavres jonchent déjà les steppes autour de Youbengrad. La main du destin s'est refermée sur ces terres oppressées par les Provinces voisines et tiraillées par les querelles… Mais la fatalité prend parfois des voies surprenantes: qui aurait cru que Wilf, un orphelin recueilli par un maître-tueur, et Lucas, un jeune moine prometteur, se trouveraient engagés dans la même quête? Des bas-fonds de Mossiev au cloître de l'abbé Yvanov, la mage de Djulura, une diseuse de bonne aventure, lui permet d'entrevoir leur avenir.
Haine, guerre, amour et mort sous un linceul de neige dans une capitale assiégée: Wilf et Lucas avancent sur une route glacée où le moindre faux pas peut mener au bûcher. Car ici, on brûle les magiciens… Ici, seul le peuple mythique des Tu-Hadji garde en son sein un espoir de paix…

(54 FF/8,23 € – ISBN 2-911618-52-1)

Les Voix de la mer (La Pierre de Tu-Hadj vol. 2)

Dans les cales de la nef pirate Ib'Onem, un jeune captif croupit, attendant d'être livré aux maîtres d'Orkoum, la cité-oasis perdue au milieu d'un désert de glaces… Wilf, l'enfant-voleur, le dernier héritier de la lignée maudite des Rois-Magiciens.
Contre les desseins des hommes et des dieux, il tentera de mettre à jour le complot maléfique qui a mené à l'assassinat de son ami, tout en menant à bien le difficile apprentissage de la Skah, le pouvoir de l'Âme Intérieure. Mais la clé de sa quête est ailleurs. Cachée dans la tristesse du chant des presque-humains, entre l'écume des flots et les ténèbres des abysses.

(49 FF/7,47 € – ISBN 2-911618-58-0)

COLLECTION LÉGENDAIRE

Isabelle PERNOT

Isabelle Pernot est née en 1980, et poursuit actuellement des études de langue. Avec LES ENFANTS DE LUGHEIR, *son premier roman, elle crée un univers vaste et chamarré qui lui permet de donner libre cours à sa passion pour l'ésotérisme.*

Au Nom de la magie (Les Enfants de Lugheir vol. 1)

Autrefois, à l'époque où la magie blanche dominait le monde, le trône de Lugheir fut conquis dans le sang et les flammes par le tyran Hadrien, empereur de Thyr. Depuis, les sorciers de l'empire ont étendu leur noire emprise sur le continent. Les hauts-druides de Danaan, gardiens du temps et des cycles sacrés, voient leurs plus sombres prophéties sur le point de se réaliser. Les conséquences d'une terrible erreur...
Trente années plus tard, la jeune bohémienne Caitlyn prend connaissance de son héritage : le sang des rois déchus coule dans ses veines ; elle est la dernière descendante des princes de Lugheir. Au fil des épreuves et des rencontres, elle découvrira les dons étranges qu'il lui faudra maîtriser. La vengeance au cœur, elle partira à la reconquête du royaume de ses ancêtres... accompagnée du fils unique de son pire ennemi.

(49 FF/7,47 € – ISBN 2-911618-52-1)

Achevé d'imprimer en octobre 2000
sur rotative par l'imprimerie **Darantière**
à Dijon-Quétigny.

Dépôt légal : octobre 2000
N° d'impression : 20-1099
Imprimé en France